長編サスペンス

立件不能

南　英男

祥伝社文庫

目次

第一章　親友の死

1

靴《くつ》の紐《ひも》が千切《ちぎ》れた。

歌舞伎町《かぶきちょう》一番街から脇道に折れた直後だった。二月中旬の夕方である。

新宿の街は、暮色《ぼしょく》の底に沈みかけていた。

歩行中に靴紐がほどけてしまったことは、幾度かあった。しかし、紐が切れたのは初めてだ。

有働力哉《うどうりきや》は何か禍々《まがまが》しい予感を覚えた。

この通りの暗がりに、自分を逆恨《さかうら》みしている暴漢が身を潜《ひそ》めているのか。緊張感が膨《ふく》らんだ。三十八歳の有働は刑事である。

警視庁捜査一課第二強行犯《きょうこうはん》捜査殺人犯捜査第三係の主任だ。職階は警部補だった。

有働は去年の春まで、本庁組織犯罪対策部の捜査員を務《つと》めていた。いわゆる暴力団係刑事《マルボウデカ》だった。

組織犯罪対策部は、二〇〇三年の改編で生まれたセクションである。刑事部捜査四課、暴力団対策課、国際捜査課、生活安全部の銃器薬物対策課、公安部の外事特別捜査隊などが一本化された部署だ。総勢千人近い。略称は組対《そたい》である。

無法者たちの犯罪を摘発している暴力団係刑事たちは、体躯《たいく》に恵まれた強面揃《こわもてぞろ》いだ。その中でも、有働はひときわ凄《すご》みを利《き》かせていた。

身長百八十二センチの巨漢で、面相《めんそう》はライオンを連想させる。大学時代はアメリカン・フットボール部に所属していた。

鍛《きた》え上げた巨身は筋肉だらけだった。肩はプロテクターのように分厚い。胸囲もあった。といっても、ボディービルダーのように不恰好《ぶかっこう》な体型ではない。それなりに均整がとれていた。

しかし、風体《ふうてい》は筋者《すじもの》にしか見えない。

髪型はクルーカットで、肌が浅黒かった。眼光は鋭い。

身なりは派手好みだった。腕時計は、ダイヤモンドをちりばめたピアジェを嵌《は》めることが多い。

有働は二十代の半《なか》ばに旧捜査四課に配属され、闇社会の犯罪に目を光らせてきた。組関係者や犯罪集団絡《がら》みの殺人捜査にも携《たずさ》わった。

一般の殺人事件の捜査は、捜査一課が担《にな》う。だが、アウトローたちが関与した殺人事件は組対が捜査に当たる。有働は在任中、五件の殺人事件を解決に導《みちび》いた。

もちろん、単独で真相を暴《あば》いたわけではない。

相棒刑事の協力があって、真犯人を突きとめることができたわけだ。とはいえ、有力な手がかりを摑《つか》んだのはどの事件も有働だった。

そうした実績が高く評価され、彼は捜査一課に昨年の春先に引き抜かれたのである。有働を抜擢《ばってき》したのは、殺人犯捜査第三係の波多野亮《はたのりょう》係長だった。波多野警部とは旧知の間柄だ。

五十二歳の上司は有働と同じく、東京の下町育ちだった。

そのせいか、妙に波長が合う。二人は十年ほど前から年に幾度か酒を酌《く》み交わし、捜査情報の交換もしていた。

有働は警視庁一の暴《あば》れ者だった。裏社会の人間に臆《おく》するようなことはない。胆《きも》が据《す》わっていた。

武闘派やくざに銃口を向けられても、決して怯《ひる》まなかった。いつも捨て身で捜査に当たってきた。そんなことで、有働は暗黒社会の首領《ドン》たちにも一目置かれている。

武勇伝は数え切れない。

有働の胸部と腹部には銃創《じゅうそう》の痕《あと》が生々しく残り、背中には刀傷が斜めに走っている。半端な渡世人よりも、はるかに多くの修羅場《しゅらば》を潜《くぐ》ってきた。めったなことでは物事に動じない。

有働は粗野だが、ただの乱暴者ではなかった。侠気《おとこぎ》があり、社会的弱者や無器用な生き方しかできない人間には心優しい。

しかし、有働はスタンドプレイめいた思い遣《や》りは決して示さなかった。ぶっきら棒に相手をさりげなく労《いたわ》る。それだけだった。善人ぶることに抵抗があったからだ。

有働は、狡《ずる》い人間や凶悪な犯罪者には容赦《ようしゃ》がない。

過剰防衛と自覚しつつも、相手をとことん痛めつける。激しやすい性格だった。

そもそも有働は、優等生タイプではない。十代のころは典型的な非行少年だった。補導されたことは一度や二度ではない。何か力を誇示する者には反抗心を懐《いだ》き、叩《たた》き潰《つぶ》してやりたくなる。

そうした気質は、大人になった現在も変わっていない。

有働は警察官でありながら、法律や道徳に縛《しば》られることがなかった。また、権力や権威に屈《くっ》することは最大の恥だとも考えている。偽善者たちを嫌悪し、反骨精神も旺盛だ。

警察は軍隊に似た階級社会である。位《くらい》が物を言う。だが、有働は相手が警察官僚《キャリア》であっても、理不尽な命令や指示には従わない。場合によっては、エリートたちを張り倒してしまう。

有働は警察内部の不正の証拠を握り、上層部の私生活の乱れも知っていた。腐敗やスキャンダルを嗅《か》ぎつける能力は、それこそ猟犬並だった。

そんなわけで、有働はアンタッチャブルな存在になっていた。キャリアや準キャリアたちは苦り切っているが、本庁人事一課監察室も有働には手を出せない状態だった。

有働を追放しようとしたら、法の番人たちの悪事が表沙汰になる。そんなことになったら、警察は完全に威信《いしん》を失ってしまう。敗北だ。

深川《ふかがわ》の豊かな材木商の家に生まれた有働は、子供のころから浪費家だった。まだ独身ということもあって、月々の俸給はたいてい一週間で遣《つか》い果たしてしまう。有働は他人《ひと》に奢《おご》られることが嫌いで、金を出し惜《お》しみするのはみっともないと思っている。賤《いや》しく、野暮ったいことだとさえ考えていた。

そんな具合だから、貯《たくわ》えはない。すぐに懐《ふところ》が寂《さみ》しくなる。

有働は生活費や遊興費《ゆうきょうひ》に窮《きゅう》すると、暴力団が仕切っている秘密カジノや賭場に通う。割に博才はある。勝つことが多い。均《なら》して月に数百万円の泡銭《あぶくぜに》を得ていた。その気になれば、暴力団の幹部たちにたかることもできる。しかし、そうした見苦しい真似《まね》は絶対にしない。そこまで無節操になったら、人間失格だろう。

どんなに貧乏しても、卑《いや》しい小悪党には成り下がりたくなかった。ぎりぎりの矜持《きょうじ》だった。譲《ゆず》れない自尊心でもあった。

有働は素早く周《まわ》りを見回した。

不審な人影は見当たらなかった。不吉なことは自分の身に降りかかってくるわけではないのか。だが、妙な胸騒《かが》ぎは消えない。

有働は巨体を屈《かが》めた。

切れた靴紐を手早く繫《つな》ぐ。まだ五時を回ったばかりだったが、夕闇は一段と濃くなっていた。春とは名ばかりで、きょうも寒気が厳しい。

有働は靴の紐を結び直すと、おもむろに立ち上がった。

左右の飲食店や風俗店のイルミネーションが瞬《また》きはじめていた。けばけばしい色彩で、目が眩《くら》みそうだ。

有働は、ふたたび歩きだした。

百数十メートル先に、スナック『イマジン』がある。雇われマスターの綾部航平《あやべこうへい》は同《おな》い年で、警察学校の同期生だ。

綾部は二年前まで、渋谷署生活安全課少年係の主任だった。真面目な熱血漢である。府中市朝日町の警察学校の寮で同室になったことが縁で、有働は綾部と親交を重ねてきた。

肌合いは異《こと》なっていたが、二人の価値観は似かよっていた。綾部は栃木県出身で、どこか純朴だった。有働とは違って、少しも屈折したところがない。

正義感が強く、気恥ずかしくなるほど青臭いことを口にする。そうした面は少々うっとうしかったが、同時にある種の清々《すがすが》しさも感じさせた。ともあれ、大切な友人だった。

綾部は仕事絡《がら》みのことで挫折感に打ちのめされ、自ら職を辞してしまった。

四年前、彼は強盗傷害事件を引き起こした十八歳の少年を検挙した。その若者は気弱な性格だった。中学時代の先輩に引きずり込まれ、共犯者になってしまった。

綾部はそのことを知り、充分に更生の余地があると判断した。東京少年鑑別所から八王子高等少年院に送られた若者とちょくちょく面会し、立ち直れると励ましつづけたようだ。相手も更生することを誓ったらしい。

だが、綾部の期待は裏切られてしまった。少年は仮退院した翌月に遊び仲間とつるんで、警備保障会社の現金輸送車を強奪しようとした。荷台には、約六千万円の現金が積まれていた。

犯行は未遂に終わった。綾部が目をかけていた少年は事件現場近くの雑居ビルに逃げ込んだのだが、駆けつけた制服警官たちに屋上に追い詰められた。若者はパニック状態に陥《おちい》り、フェンスを乗り越えて身を投げてしまった。

綾部は少年の再犯を防げなかった自分の無力さを責めつづけ、悩んだ末に依願退職をした。むろん、有働は綾部を思い留《とど》まらせようと試《こころ》みた。しかし、綾部の気持ちは変わらなかった。

職を失った彼は、本気で仏門に入る気でいた。

そんなとき、行きつけの『イマジン』の老オーナーが病《やまい》に倒れた妻の介護に専念したいからと綾部に店を任せたいと相談を持ちかけたのである。そうした経緯《いきさつ》があって、綾部は『イマジン』の雇われマスターに収まったわけだ。

マスターといっても、ほかに従業員は誰もいない。

綾部がひとりで店を切り盛りしていた。彼がマスターになってから客種《きゃくだね》は変わり、いつしか非行歴のある若い男女の溜《た》まり場になっていた。

その大半は、刑事時代の綾部に世話を焼かせた者だった。ほとんどが鑑別所や少年院で過ごした体験を持つ。

有働は綾部がスナックを任されるようになってから、週に一、二度は店に通っている。常連客とは、だいたい顔馴染《かおなじ》みだった。

罪を犯した十代の男女は世間では鼻抓《はなつま》み扱いされているが、その素顔は孤独な淋《さび》しがり屋ばかりだ。

家族愛に飢えた同じような境遇の仲間たちと群れ、つい横道に逸《そ》れてしまったが、心根《こころね》まで腐り切っているわけではなかった。押しなべて他人の悲しみや憂《うれ》いには敏感だった。

綾部は彼らに温かく接し、力づけつづけている。

常連客は雇われマスターを兄か、叔父のように慕《した》っていた。綾部は不幸にも青春期につまずいてしまった若い客たちの悩みに親身になって相談に乗り、少年院を仮退院した男女の住まいや働き口の世話もしていた。

有働は面と向かって綾部を誉《ほ》めたことはなかったが、密かに彼を敬《うや》まっていた。宗教家でも、そこまで隣人愛に目覚められないのではないか。真似のできることではない。

法を破った者に対して、世間は実に冷ややかだ。偏見を持っていると言っても過言ではないだろう。

前科者や少年院帰りの若者たちが一般企業に就職することはたやすくない。犯歴がわかると、多くの会社は採用を見合わせてしまう。職場で何か問題を起こすのではないかと疑心暗鬼にとらわれてしまうからだ。

未成年の場合は鑑別所や少年院に送られても、前科歴には載《の》らない。

それでも彼らは色眼鏡《めがね》で見られ、正社員として雇い入れてくれる企業は多くない。人材派遣会社に登録さえできないこともある。

そうなると、日雇いの重労働か水商売関係の仕事にしかありつけない。収入は不安定だし、将来の夢も持ちにくいだろう。

その結果、ついつい刹那《せつな》的な考えに流されやすくなる。経済的にピンチになれば、やむなく犯罪に手を染めてしまうかもしれない。

仕事だけではなく、彼らはアパートやマンションも借りにくいはずだ。借り手がかつて札つきの非行少年と知れば、部屋を貸すことをためらう家主もいるにちがいない。

綾部は、ともすれば捨て鉢になる若い常連客たちに地道に生きることの大切さを諄々《じゅんじゅん》と説《と》きつづけてきた。

その甲斐《かい》があって、ほとんどの問題児が改心し、町工場や個人商店などでまっとうに働いている。大学の二部に通っている者もいた。福祉関係の資格試験にチャレンジしている者もいるようだ。

綾部が深刻そうな声で電話をかけてきたのは、昨夜十時過ぎだった。

「いま、どこか所轄に出張《でば》ってるわけじゃないよな?」

「ああ。先週の木曜日に赤坂署の捜査本部《チョウバ》が解散になったんで、桜田門《さくらだもん》に戻って骨休みしてるとこだ」

「そうか」

「綾部、なんか声が沈んでるな。店の常連客の誰かが何かやらかして、逮捕《パク》られちまったのか?」

「そうじゃないんだ。一昨日《おととい》の深夜、店を閉めて大久保《おおくぼ》の塒《ねぐら》に帰る途中、妙な男に尾《つ》けられてたんだよ」

「襲われたのか?」

有働は訊《き》いた。

「別に何かされたわけじゃないんだが、おれ、命を狙われてるのかもしれない」

「穏《おだ》やかな話じゃねえな。店の客が何かトラブルに巻き込まれたんで、おまえ、首を突っ込んだんじゃねえのか?」

「有働にちょっと力を貸してほしいんだ。おれはもう民間人だから、捜査権がないし、悪人を捕まえることもできない」

「綾部、何があったんだ？」

「会ったときに話すよ。明日の夕方、営業前に『イマジン』に来てくれないか。五時半前後に来てもらえると、ありがたいんだがな」

「わかった」

「悪いな。待ってるよ」

綾部が通話を切り上げた。

有働は前夜の遣《や》り取《と》りを思い起こしながら、足を速《はや》めた。じきに右手前方に『イマジン』の軒灯《けんとう》が見えてきた。まだ灯《ひ》は入っていない。

店は老朽化したバー・ビルの一階にある。店内の照明は灯《とも》っていた。綾部がいつもより早めに仕込みをしているのだろう。

営業時間は、午後六時半から翌日の午前二時までだった。しかし、常連客ばかりだと、夜が明けるまで店を閉めないことが多い。

目的のスナックに達した。

有働は店のドアを勢いよく手繰《たぐ》った。綾部はカウンターの奥の厨房《ちゅうぼう》にいると予想していたが、そこに彼の姿はなかった。出入口のそばのスツールが床《ゆか》に転がっている。

厭《いや》な予感が、またもや胸を掠《かす》めた。何かがあったようだ。

「綾部、どこにいるんだ？」

有働は店の奥に進んだ。

左手にあるL字形のカウンターの反対側にボックス・シートが四組並んでいる。奥のボックス席のテーブルの下から、何かが覗《のぞ》いていた。

有働は目を凝《こ》らした。

人間の片脚《かたあし》だった。有働は奥まで走った。

床《フロア》に俯《うつぶ》せに倒れ込んでいるのは、なんと綾部だった。その背には、ハンティング・ナイフが深々と埋まっていた。

突き刺さった刃物が血止めの役目を果たしていて、出血量は思いのほか少ない。しかし、ナイフは心臓部のほぼ真裏に沈んでいた。

綾部は身じろぎ一つしない。

呼びかけても、返事はなかった。すでに息絶えてしまったのか。

「おい、しっかりしろ！」

有働は床に片膝をつき、綾部の頸動脈《けいどうみやく》に触《ふ》れた。

肌の温《ぬく》もりは伝わってきた。だが、脈動は熄《や》んでいた。有働は友人の名を繰り返し呼びながら、フロアに視線を向けた。

テーブルの下に銀色のライターが落ちていた。

ジッポーのライターだった。綾部は煙草《たばこ》を喫《す》わない。犯人の遺留品《いりゅうひん》と思われる。被害者と揉《も》み合っているときに落としたのだろう。

有働は黒革のロング・コートからハンカチを取り出し、ライターの上にふわりと被《かぶ》せた。ジッポーを抓《つま》み上げ、仔細《しさい》に観察する。

ライターの表面には指紋だけではなく、掌紋《しょうもん》もくっきりと付着していた。犯人のライターなら、初動捜査で身許は割り出せるだろう。事件は早期解決しそうだ。

有働はライターを元の場所にそっと置き、変わり果てた友人に合掌した。

胸は悲しみと憤《いきどお》りで領《りょう》されていた。目頭《めがしら》が熱くなった。ありし日の綾部の姿が脳裏に次々に蘇《よみがえ》る。

「綾部、少し時間をくれ。おまえを殺《や》った奴は、このおれが必ず取っ捕まえる」

有働は声に出して呟《つぶや》き、すっくと立ち上がった。ハンカチをレザー・コートのポケットに突っ込み、懐から携帯電話を取り出した。一一〇番通報して、氏名と身分を告げる。

新宿署刑事課強行犯係の刑事たちと鑑識係員らが臨場《りんじょう》したのは、およそ七分後だった。

数分遅れて、本庁機動捜査隊初動班の面々も事件現場に駆けつけた。全員、顔見知りだった。

有働は事件通報者として、本庁と所轄署の捜査員たちに代わる代わる事情聴取された。当然のことだが、知っていることは何もかも喋《しゃべ》った。

鑑識写真が数十カット撮《と》られ、指紋と足跡《そくせき》の採取作業が開始された。血液反応を検《しら》べるルミノール検査も行われはじめた。

有働は店内の隅にたたずみ、足跡係の動きを見守った。

足跡採取方法はたくさんあるが、主に石膏《せっこう》法、粘着シート転写法、静電気法の三種類が採用されている。

石膏法は土砂面《どしゃめん》などのへこんだ靴跡に石膏を流し込み、足跡を採《と》る。粘着シート転写法は床板、Pタイル、トタンなどにアクリル製の粘着シートを貼りつけ、足跡を転写するわけだ。静電気法は、懐中電灯の光線を斜めに当てても足跡が浮き上がってこない場合に静電気発生装置を用《もち》い、帯電《たいでん》シートに足跡を付着させる。

この現場では、静電気法が行われていた。

有働は、帯電シートを慎重に剝《は》がし終えた二十代後半の足跡係に声をかけた。

「足跡《ソク》がいくつもくっついてるな。犯人《ホシ》の靴跡の特定は難しいか？」

「ええ、そうですね。凶器の柄から指紋《モン》が出なかったら、加害者の割り出しには時間がかかると思います」

相手が溜息混《ためいきま》じりに答えた。

有働は、指掌紋を採取中の係員にも話しかけてみた。ハンティング・ナイフの刀身や柄には指掌紋は付着していないらしい。

「ライターには、指紋と掌紋の両方がべったりと付着してた。犯人《タマ》が前科《ホシ》をしょってたら、初動捜査で片がつくだろう」

有働は誰にともなく言った。

口を結んだとき、本庁鑑識課検視官室の唐木俊夫《からきとしお》警部が『イマジン』に入ってきた。五十二、三のはずだ。のっぺりとした顔立ちで、無口だった。

「検視官、ご苦労さま！」

有働は軽く頭を下げた。唐木とは何度も殺人現場で顔を合わせていた。唐木が片手を挙げ、黒革のドクター・バッグを抱えて被害者に近づいていく。

ドクター・バッグを持っているが、医師ではない。唐木は捜査畑を十数年踏んだ元刑事である。法医学の専門知識を学んで、検視官になったのだ。

検視官は全国にわずか百五十数人しかいない。検視官不足は深刻だ。

数が足りないから、すべての殺人現場に検視官が出向いているわけではない。検視官の都合がつかないときは、ベテラン捜査員が代役を務める。

しかし、特に法医学の知識があるわけではない。見立てを誤ることもある。そのため、殺人事件の被害者は必ず司法解剖されることになっていた。

事件が都内二十三区内で発生したときは、遺体は東大か慶大の法医学教室で司法解剖される。都下の場合は、慈恵《じけい》医大か杏林《きょうりん》大学が受け持つ。

唐木検視官が早々と事件現場に姿を現わしたのは、殺された綾部が元刑事だったからだろう。警察は、よくも悪くも身内意識が強い。警察ＯＢもファミリー扱いされている。

検視官は被害者の傷口や出血量などを入念に検《しら》べ、直腸体温を測《はか》ることは認められている。それだけでも、おおよその死因と死亡推定日時は割り出せる。捜査員にとっては、頼りになる存在だった。

「殺《や》られたのは、どのくらい前なのかな？」

有働は頃合を計《はか》って、唐木に問いかけた。

「午後五時前後だろうね。凶器の先端は心臓に達してるはずだ。被害者《ガイシャ》は即死に近かっただろうから、さほど苦しまなかったと思うよ」

「そんなことは慰《なぐさ》めにゃならない」

「ま、そうなんだがね」

検視官は鼻白《はなじろ》んだ表情で、長い体温計をアルコールを含んだ布で拭《ぬぐ》った。

有働は店を出て、動物じみた唸《うな》り声を発した。立ち番の制服警官がぎょっとして、体ごと振り返った。

「なんでもねえよっ」

有働は吼《ほ》えた。子供っぽい八つ当たりだった。

若い立ち番が怯《おび》え、体を反転させた。有働は相手の背を見て、胸のうちで詫《わ》びた。

2

遺体が店から運び出された。

綾部の亡骸《なきがら》は今夜、新宿署の死体安置所に保管され、明朝に東大の法医学教室に搬送されることになった。

「犯人《タマ》をぶっ殺してやる！」

有働は息巻いた。

本庁初動班の脇坂《わきさか》警部が吐息をついた。『イマジン』の店内には、有働たち二人しか残っていない。

所轄署と本庁初動班の捜査員たちは聞き込みのため、すでに付近を歩いているはずだ。

鑑識係官たちも十数分前に現場から離れていた。

「初動捜査で犯人《ホシ》が割れたら、脇坂さん、おれにこっそり教えてくれねえか」

「そっちは何を考えてるんだ？」

「殺された綾部は、おれの親友《マブダチ》だったんだよ」

「警察学校で同期だったとか？」

「そうなんだ。だからさ……」

「まさか加害者を私的に裁くつもりじゃないよな？」

「殺したりしないよ。けど、たっぷりと痛めつけてやる」

「有働、少し冷静になれって。親しかった同期が死人《マンジユウ》にされたんだから、頭に血が昇るだろうさ。しかし、われわれは警察官《サツカン》なんだよ」

「お巡りだって、人の子だ。民間人と同じさ。そうだろう、脇坂さんよ？」

「有働の気持ちはわかるが、法の番人が私刑《リンチ》はまずいな」

「もう頼まねえ。おれが綾部を殺《や》った奴をてめえで突きとめる。どうせ初動捜査じゃ、犯人《タマ》の割り出しは無理だろうからな」

「言ってくれるね。言い訳に聞こえるだろうが、別に所轄や本庁初動班《ウチ》が無能だってわけじゃない。たったの一両日で加害者を絞り込むのは無理だよ、土台さ」

「まあね」

「数日中に新宿署に捜査本部が設置されて、波多野班が出張《でば》ることになるんだろう。だから、あんまり焦《あせ》って勇み足を踏むなよ」

「もういいって。早く消えてほしいな。ひとりになりてえんだ」

有働は言った。

脇坂が肩を竦《すく》め、『イマジン』から出ていった。

有働はカウンターに近づき、中ほどのスツールに腰かけた。ロングピースをくわえ、火を点ける。

マスコミ報道で事件のことを知った常連客のうちの何人かが、いずれ店にやってくるだろう。有働は顔見知りの客たちから何か手がかりを得られるかもしれないと考え、スナックに居残る気になったのだ。

一服し終えたとき、『イマジン』の経営者の堤敬一郎《つつみけいいちろう》が店に飛び込んできた。七十二歳で、銀髪だった。

「オーナー……」

有働はスツールから滑り降りた。面識があった。

「綾部君が殺されたことをテレビ・ニュースで知って、腰を抜かしそうになりましたよ。

それで国立《くにたち》の自宅を急いで出てきたんだが、もう現場検証は終わってしまったんだな」

「ええ、さっきね。遺体は新宿署にひと晩だけ安置され、明日の午前中に東大の法医学教室で司法解剖されることになったそうです」

「新宿署に行けば、綾部君と対面できるんだろうか」

「無理でしょうね。オーナーは血縁者ってわけじゃないから」

「そうだろうな。マスター、いや、綾部君はどのあたりで亡《な》くなってたんだろうか」

堤が呟いた。湿った声だった。

有働は奥のボックス席を手で示した。堤がそのボックス・シートに歩み寄り、両手を合わせた。有働はオーナーのかたわらに立ち、事の経過を語った。

「一昨日《おととい》の深夜、綾部君は帰宅途中に怪しい尾行者に気づいたのか。それから、命を狙われてるかもしれないと言ったんですね？」

「そうなんですよ。それで綾部は、おれに力を貸してほしいと言ったんだよね。けど、詳しいことは会ったときに話すと言って、具体的な相談内容は明かさなかったんだ」

「そうですか」

「堤さん、何か思い当たることは？」

「残念ながら、何も思い当たらないな。綾部君はわたしの家内が脳出血で半身麻痺《まひ》になってからは、個人的な心配事は何も喋らなくなっちゃったんですよ。わたしが妻の介護に明け暮れてるんで、余計な心配はかけまいと気を配ってくれたんだろうな」

「そうなんでしょうね。あいつは、綾部は神経が濃《こま》やかだったから」

「わたしたち夫婦は子宝に恵まれなかったんで、綾部君を息子のように思ってたんですよ。今年中には店の権利も無償で譲って、彼をオーナーにしてあげるつもりでいたのに……」

堤がへたり込むようにボックス・シートに坐り込んだ。そして、幾度も長嘆息《ちょうたんそく》した。

「宇都宮《うつのみや》の実家には年老《お》いたおふくろさんがひとりで暮らしてるはずだが、息子の訃報《ふほう》に接して悲しみにくれてるだろうな。結婚して久我山《くがやま》に住んでる妹もショックを受けてるでしょうね」

「綾部君は無欲な善人だった。何があったにしろ、そんな彼を殺した奴は人でなしですよ。地獄に行けばいいんだ」

「こっちも、そう思ってますよ」

有働は言った。

堤が嗚咽《おえつ》を洩《も》らしはじめた。笑っているような泣き声だった。

有働は、堤の骨張った肩に無言で手を置いた。手を引っ込めたとき、焦茶《こげちゃ》の革のライダー・ジャケットを羽織《はお》った若い男が店に駆け込んできた。

常連客の道岡勇輝《みちおかゆうき》だった。十九歳で、元渋谷のカラーギャングの一員だ。

勇輝は私立高校の二年生のときに綾部に恐喝罪で逮捕され、東京鑑別所に収容された後《のち》、都内の中等少年院で約十カ月を過ごした。いまは保護観察期間を終え、バイク便のライダーとして働いている。

「綾部さんが刺し殺されたってニュースは本当なんすか？」

「ああ、間違いない。おれは、五時半前後に綾部と店で会うことになってたんだよ。『イマジン』にやってきたら、奥で綾部が刺し殺されてた。おれが第一発見者なんだ」

「綾部さんが死んだなんて、おれ、信じたくないっすよ。死体を見るまでは、そんな話、信じない。有働さん、遺体はどこにあるんすか？」

「新宿署に安置されてるよ。しかし、身内以外は対面できないんだ」

「有働さんは本庁の捜一にいるんだから、なんとか便宜《べんぎ》を図ってくれませんか。おれ、綾部さんには恩義があるんすよ。あの男性《ひと》のおかげで、遊び仲間と縁を切ることができたんす。いまの会社で働けるようになったのも、綾部さんが社長におれを採用してやってくれって何度も頭を下げてくれたからなんすよ」

「綾部の変わり果てた姿は見ねえほうがいいな。見たら、おまえは犯人をぶっ殺したくなるだろう。人殺しをやらかしたら、今度は少年刑務所行きだ。そうなったら、更生するのは容易じゃない。堅気の奴らに白眼視されつづけりゃ、誰だって投げ遣《や》りになっちまうからな」

「でも……」

「黙って聞け。おまえが心から綾部に恩義を感じてるんだったら、まっとうに生き抜くことだ。殺された綾部は、それを最も望んでたにちがいねえ」

「それは、そうでしょうけど」

「勇輝、もっと自分の将来のことを考えろ。それが故人に対する一番の供養《くよう》だよ」

「わかりました」

勇輝が神妙にうなずいた。そのとき、オーナーの堤が上体を捻《ひね》った。

「きみ、犯人に心当たりはない？　綾部君は誰かに命を狙われてたらしいんだよ」

「ひょっとしたら、死神連合会の総長が大輔《だいすけ》がチームを脱《ぬ》けたことで、綾部さんを逆恨みして誰かに……」

「死神連合会というのは、暴走族チームのことだね？」

「そうっす。中央線沿線に住んでるバイク好きで構成されてるチームっすよ。この店によく来てた樋口《ひぐち》大輔って奴がチームのメンバーだったんすけど、総長につき合ってる女の子を姦《や》られちゃったんで、死神連合会を脱けたんす。そのとき、大輔は総長の肩と背中を金属バットでぶっ叩いたんすよね。で、チームを正式に脱けるんだったら、三百万の詫《わ》び料を持ってこいと総長は言ったらしいんすよ」

「大輔は詫び料を渡したのか？」

有働は口を挟んだ。

「いいえ、無視《シカト》こいたままみたいっすね。総長が大輔の彼女に手を出したんすから、当然っすよ。総長は大輔にいろいろ威《おど》しをかけたみたいすけど、綾部さんが話《ナシ》をつけてくれたって言ってました」

「大輔の携帯のナンバー、知ってるんだろ？」

「ええ。あいつに電話しましょうか？」

「ああ、頼む。それで電話がつながったら、おれに替わってくれ」

「はい」

勇輝がライダー・ジャケットのポケットに手を突っ込み、モバイルフォンを摑《つか》み出した。手早く数字キーを押し、相手と短く言葉を交わした。

有働は『イマジン』で四、五度、大輔と顔を合わせていた。突っ張った物言《ものい》いをするが、童顔で凄《すご》みはない。

「どうぞ！」

勇輝が携帯電話を差し出した。有働はモバイルフォンを受け取って、右耳に押し当てた。

「マスターが殺されたって聞いて、おれ、泣きそうっすよ。おれ、先月からピザの配達のバイトをやってんすよね。だから、テレビのニュースを観《み》てなかったんす」

「そうか。そっちは死神連合会の総長と揉めて、三百万の詫び料を出せって凄まれたんだって？」

「そうなんすよ。総長は、おれの彼女をコマしたんす。それで頭にきたんで、おれ、総長の肩と背中を金属バットでぶっ叩いて、チームを脱けるって言ってやったんすよ。総長を殺してやりたかったけど、そこまではできませんでした」

「しつこく詫び料を持ってこいって総長に言われたんで、おまえは綾部に相談したんだな？」

「ええ、そうっす。総長の奴、おれの姉貴をチームの奴らに輪姦《マワ》させて、家に放火するなんて言ったんで、マスターに何もかも話したんすよ」

「綾部は、おまえと一緒に総長んとこに行《ヤサ》ったんだな？」

「そうっす。三週間ぐらい前に箱崎《はこざき》の家に行ったんすよ。あっ、箱崎というのは総長の名前っす。箱崎等《ひとし》って名で、二十三だったかな」

「で、話はついたのか？」

「ええ。箱崎の野郎はマスターが二年前まで渋谷署の生安課にいたとわかったとたん、ビビっちゃってね。三百万の詫び料をおれに持ってこいと言ったのは、ただの冗談だったなんて焦《あせ》って言い訳したんすよ。それから綾部さんがおれの元カノを説得して被害届を出させると言ったら、彼女に示談金を払うから婦女暴行罪で検挙《アゲ》られないようにしてくださいなんて涙声で頼んでたっすね」

「そうか」

「勇輝はさっき総長が腹いせにチームの誰かにマスターを殺《や》らせたんじゃないのかなんて言ってたけど、箱崎は案外、気が小さいんすよ。元刑事のマスターを誰かに殺らせるだけの度胸はないっすね」

「箱崎って奴は相当な悪党《ワル》なのか？」

「いろいろフカシこいてますけど、たいしたことないと思うな。関東義誠会の盃《さかずき》貰ってるとか、久里浜《くりはま》の少年院《ネンショウ》に一年半も入ってたという話も、はったりでしょう。小五からキック・ボクシングをやってたんで、確かに一対一《タイマン》の喧嘩張ると、強いっすけどね。バックに筋嚙《すじか》んでる連中なんていないはずっすよ」

「おまえは、綾部の事件《ヤマ》には箱崎って野郎は関わってないと思ってるんだ?」

「ええ。くどいようっすけど、箱崎にはそれほどの度胸はないっすよ。マスターが話《ナシ》をつけてくれた翌々日、おれ、偶然に高円寺《こうえんじ》駅前で総長にばったり会ったんす。そのとき、箱崎は、おれに悪かったななんて何遍《なんべん》も謝ったんすよ」

「そうか」

「箱崎はすっかりビビってる様子だったから、マスターに仕返しするなんてことは考えられないっすね」

大輔が言った。

「ビビった振りをしてたのかもしれないぞ。それで、箱崎は死神連合会のメンバーに綾部を始末させたとも……」

「総長は頭よくないんすよ。そこまで悪知恵が発達してるとも思えないけどな」

「一応、箱崎の自宅の住所を聞いておこう」

「正確な住所はわからないっすけど、箱崎は高円寺北口の商店街にある『美松屋《みまつや》』って乾物屋の倅《せがれ》なんすよ。長男なんで、ふだんは店番をしてるはずっす」

「そう。ほかに怪しいと思う奴はいるかい?」

「有働さんは、一年ぐらい前まで『イマジン』によく顔を出してた北村華奈《きたむらかな》って二十一の女を憶《おぼ》えてますか？」

「常連の若い客はたいがい会ってるはずなんだが、顔と名前が一致しねえんだ」

「華奈はハーフっぽいマスクしてて、色白な娘《こ》です。高二のときに渋谷の円山町《まるやまちょう》のクラブに入り浸ってて、コカインとマリファナを常習してた女《ナオン》っすよ。綾部さんに逮捕《パク》られて、女子少年院に一年ぐらい喰《く》らってたんじゃなかったかな？　ええ、そうっすよ。そのとき、華奈は行きつけのクラブでＤＪをやってた木内脩《きうちおさむ》とかって男とつき合ってて、ドラッグの味を覚えさせられたって話だったな」

「それで？」

有働は先を促《うなが》した。

「木内ってＤＪもドラッグの所持と使用で捕まって、実刑判決を受けたみたいっすね。で、二人は自然と別れることになったようなんすよ。ところが、十カ月ぐらい前に華奈は渋谷のセンター街で木内と行き会ったみたいっすね。それがきっかけで、二人はまた親しくつき合うようになったみたいなんすよ」

「そうか」

「それは別に問題ないんっすけど、華奈は木内にラブ・ドラッグと呼ばれてる合成麻薬のＭＤＭＡ《エクスタシー》の錠剤を服《の》めと強要されて、困ってたみたいなんすよ」

「そのことで、華奈は綾部に相談したわけか？」

「ええ、そうみたいっすよ。マスターは木内に意見して、二人を引き離そうとしたようなんっす。木内は開き直って、強引に二人の仲を裂いたら、華奈が合成麻薬の常習者だってことを警察に密告《チク》ると言ったらしいんすよ。もしかしたら、そのことでマスターと木内の間で何かトラブルがあったのかもしれないっすね」

大輔が口を閉じた。

有働は礼を言い、電話を切った。

「大輔から何か手がかりを得られました？」

勇輝が問いかけてきた。有働は大輔から聞いた話をかいつまんで伝え、勇輝に携帯電話を返した。

「そういえば、だいぶ前に綾部さんは華奈さんを悪い男から引き離さないと、いつか廃人になってしまうかもしれないと洩《も》らしてたな。元ＤＪが華奈さんを手放したくなくて、綾部さんを殺す気になったんすかね？」

「まだ何とも言えないな。常連客が何人か店にやってくるだろう。勇輝は、華奈って娘《こ》に関する情報を集めてくれないか」

「いいっすよ」

「おれは一応、死神連合会の箱崎って総長を揺さぶってみる」

「箱崎が怪しいんすか？」

勇輝が声をひそめた。

「ちょっとでも疑わしい奴がいたら、探りを入れてみる。それが刑事の仕事なんだよ」

「そうっすか」

「頼んだこと、よろしくな」

有働は、自分の携帯電話番号を勇輝に教えた。オーナーの堤に目礼して、『イマジン』を出る。脇道から人波のあふれた歌舞伎町一番街をたどり、新宿駅に急いだ。下りの中央線電車に乗り込み、高円寺駅で下車する。

『美松屋』は北口商店街の中ほどにあった。まだ営業中で、二十二、三の坊主刈りの男が店番をしていた。箱崎だろう。

「いらっしゃい！」

「悪いな。客じゃねえんだ」

有働はＦＢＩ型の警察手帳を短く提示した。相手が、にわかに落ち着きを失った。

「死神連合会の総長の箱崎だな？」

「そうだけど、逮捕《パク》られるようなことはなんもしてねえぜ」

「ちょっと面《つら》を貸せや」

有働は箱崎の後《うし》ろ襟《えり》を引っ摑むと、店から引きずり出した。少し先に路地があった。

「なんだってんだよっ。令状《オフダ》出せや」

「小僧、粋《いき》がるんじゃねえ」

「けど、いきなりこれはねえだろうが！」

箱崎が気色《けしき》ばんだ。

有働は箱崎を路地に連れ込むと、大きな手で乾物屋の息子の頭を鷲摑《わしづか》みにした。

そのまま民家の万年塀に箱崎の前頭部を叩きつける。一度ではない、三度だった。箱崎が呻きながら、ゆっくりと頽《くずお》れた。

「ひ、ひでえじゃねえか」

「大輔の彼女を姦《や》っちまうほうが、ずっとひどいだろうが！」

「えっ⁉」

「婦女暴行犯として、麦飯《バクシャリ》を喰うか？」

「沙織《さおり》をコマしたけど、親父《おやじ》さんに詫びを入れて、百万の示談金を受け取ってもらったんだ。その件では、地検送りにできねえはずだぜ」

「スケベ野郎が利《き》いたふうなことを言うんじゃねえ」

有働は言うなり、箱崎の腹を蹴《け》り込んだ。

箱崎が長く唸《うな》って、横倒れに転がった。

「警官《マッポ》がこんなことやってもいいのかよっ」

「よかねえだろうな。でもな、おれは手加減なんかしねえぞ。場合によっては、てめえを蹴り殺す！」

「お、おれが何をしたって言うんだよっ」

「てめえがチームの誰かに『イマジン』のマスターの綾部を殺《や》らせたんじゃねえのか？　綾部が大輔の加勢をしたんで、頭にきてな」

「あの元刑事、死んだの⁉　いつだよ？　いつ死んだんだ？」

箱崎が肘《ひじ》を使って、上体を起こした。演技をしているようには見えなかった。今夕の刺殺事件には関わっていないのだろう。

「おたく、おれが誰かに綾部って元刑事を始末させたと思ってたんだな？　そんな危《ヤバ》いことするわけねえだろうが！」

「ちょっと急《せ》いてたんだ。勘弁しろや。そのうち、『美松屋』で極上《ごくじょう》の鰹節《かつおぶし》でも買ってやる。それで、チャラにしな」

有働は言いおいて、路地から表通りに向かった。

3

高円寺駅に着いた。

有働は切符売場の近くにたたずみ、新宿署刑事課に電話をかけた。

受話器を取ったのは、課長の千種登《ちぐさのぼる》だった。五十三歳で、一般警察官《ノンキャリア》の出世頭だ。

「本庁の有働だが、夕方の事件《ヤマ》の初動捜査はどこまで進んでるのかな？ 被害者《ガイシャ》の綾部は警察学校で同期だったんですよ」

「そうだってね。おたくが第一発見者になるなんて、なんとも皮肉な巡り合わせだな」

「課長、ジッポーの指紋鑑定は終わってるんでしょ？」

「ああ、終わってるよ。遺留《リュウ》品と思われるライターには、仁友会《じんゆうかい》三原組《みはらぐみ》の組員の須永雅信《すながまさのぶ》、三十二歳の指掌紋が付着してた」

「組対《そたい》時代に須永には会ってるな。あの野郎が犯行《ヤマ》を踏んだんだろうか」

「わたしも一瞬、そう思ったんだ。しかしね、須永にはれっきとしたアリバイがあるんだよ。いま、須永は東京にいないんだ」

「東京にいない？」

「そうなんだよ。今朝《けさ》十一時過ぎに東京駅を発《た》って、広島に出かけたんだよ。仁友会と友好関係にある地元の組織の理事が二日前に心筋梗塞《しんきんこうそく》で倒れたんで、組長の代理で須永が見舞いに行ったんだ」

「裏付《ウラ》けは？」

「ああ、取ったよ。今夜、須永が泊まることになってる『広島エクセレントホテル』に新宿署《うち》の強行犯係の者が連絡をとって、電話を部屋に回してもらったんだ。須永は間違いなく投宿してた。本人が部屋の電話に出たわけだから、アリバイは完璧《かんぺき》だね」

「ジッポーのライターについて、須永はどう言ってるのかな？」

有働は畳みかけた。

「何日か前に飲み屋かどこかに置き忘れたと答えたそうだ」

「曖昧《あいまい》な供述だな。ライターを置き忘れた場所ははっきりと憶《おぼ》えてなくても、失《な》くした日がいつだったかは記憶してそうだがな」

「ま、そうだね。しかし、須永はシロだろう」

「まだシロと断定するのは早いでしょ？　須永が実行犯じゃないことは確かなんだろうが、組の準構成員か誰かに綾部を殺《や》らせたとも考えられるからね」

「有働警部補、それは考えられないよ。おたくの読み筋《すじ》通りだとしたら、実行犯は現場にわざわざジッポーのライターを落として、須永の仕業《しわざ》と見せかけようとしたことになる」

「いや、そうじゃないな。実行犯は、何日か前に須永にライターを貰ってたんだろう。それをうっかり犯行時に現場に落としたのかもしれねえ」

「そうならば、ジッポーに実行犯の指紋か掌紋がくっついてたはずだ。しかし、ライターからは須永の指掌紋しか出てない」

「そうだったね。なら、実行犯は須永の指示に逆《さか》らえなかったが、人殺しとして捕まりたくなかったんで、須永の犯行と見せかけることを思い立ち、素手《すで》ではライターに触《さわ》らなかったんじゃねえのかな？」

「その推測は、こじつけっぽいね。おたくは負けず嫌いだからなあ」

「課長がこじつけと感じたなら、別にそれはそれでいい。けどね、誰だって代理殺人で捕まりたくないでしょ？　被害者に何か強い憎しみや恨みを懐《いだ》いてたわけじゃないからね」

「それは、そうなんだが……」

「殺人捜査には、あらゆる想定をしてみる必要があるんじゃねえのかな？」

「その通りなんだが、おたくの推理は飛躍がありすぎるよ」

千種が極《き》めつけるような口調で言った。

「話題を変えましょう。地取りで何かわかったのかな？」

「それがね、店内で人が争う物音を聞いた者はひとりもいないんだよ。それから、『イマジン』に怪しい者が出入りするのを目撃したという証言も得られてない」

「綾部の大久保の自宅マンションは、もう洗ったんでしょ？」

「ああ。室内をチェックさせたんだが、手がかりになりそうな物は見つからなかった。マンションの居住者の話でも、被害者宅に不審者が接近したという報告は上がってきてないね」

「地鑑《ちかん》捜査は、どこまで進んでるのかな？」

「新宿署《うち》の人間が宇都宮の実家に飛んだんだが、母親は息子の交友関係はほとんど知らなかったそうだ。被害者は正月に帰省したらしいんだが、別に何か心配事を抱えてるようには見えなかったと言ってたらしい」

「そう。綾部の妹の野上佐世《のがみさよ》、三十三歳の婚家が久我山にあるんだが、そっちにも新宿署《おたく》の強行犯係が行ったんでしょ？」

「妹宅には、本庁初動班の人間が回ってくれたんだよ。しかし、これといった収穫はなかったんだ。二児の子育てに追われてて、妹さんは年に二、三回しか被害者と会ってなかったらしい。そのときは、ふだん通りに明るく振る舞ってたそうだ」

「そう」

「親しくしてた元刑事が殺されたんで、おたくはじっとしてられなくなったんだろうな。しかし、まだ初動捜査が終わったわけじゃないんだ。新宿署《うち》に捜査本部が設けられるまでは、おとなしくしててほしいね。所轄にも本庁初動班にも、それなりのプライドがあるんだからさ」

「わかってますよ。出すぎたことはしない」

「そうしてくれないか」

「早く犯人《ホシ》を割り出してほしいな」

有働は終了キーを押し込み、携帯電話を折り畳んだ。

駅前で客待ち中のタクシーに乗り込み、新宿の歌舞伎町に向かう。三原組は仁友会の二次団体で、組事務所は花道《はなみち》通りにある。歌舞伎町二丁目だ。

三原組は組員およそ五百人で、六階建ての自社ビルを構えている。

組事務所といっても、代紋《だいもん》や提灯《ちょうちん》は掲《かか》げられていない。各階には三原組直営の商事会社、不動産会社、観葉植物リース会社、映像制作会社、芸能プロダクションのオフィスが入っている。

若頭の塙《はなわ》幸司《こうじ》とは、組対時代から親交があった。四十一歳の塙は有名私大を中退した異色のやくざだ。度胸はあるが、ただの荒くれ者ではない。

任侠道をわきまえ、決して堅気には迷惑はかけない筋者だった。漢《おとこ》と呼べる筋の通った人物である。

有働は暴力団係刑事のころから塙に好感を持ち、年に数度は一緒に酒を飲んでいた。

タクシーが三原組の事務所に横づけされたのは、二十数分後だった。有働はタクシーを降りると、三原ビルの一階ロビーに足を踏み入れた。

すぐに一階の事務フロアから若い組員が姿を見せた。顔見知りだった。二十六、七だろう。

「若頭《カシラ》はいるかい？」

「はい、六階にいます」

「来客中じゃないんだろ？」

「ええ。六階の応接室で、ジャン・ギャバンのＤＶＤを観《み》てます。若頭はフランスの暗黒映画《フィルム・ノワール》が大好きですからね」

「もっと年喰ってるインテリやくざだと、高倉健にシビれちまうんだろうがな」

「そうみたいですね。いま内線で、有働さんが見えられたことを若頭に伝えます」

「いや、いいよ。勝手に最上階に上がっても、若頭《カシラ》は怒らねえだろう」

有働はエレベーター・ホールに歩を進めた。

函《ケージ》に乗り込み、六階に上がる。最上階の半分は、三原商事の事務フロアに充《あ》てられていた。残りの半分が組事務所になっている。組長室、会議室、応接室、当直室が並んでいた。


有働は応接室のドアをノックして、大声で名乗った。

「おう、有働ちゃんか！　入ってくれ、入ってくれ」

ドア越しに塙が言った。有働は応接室に足を踏み入れた。

二十畳ほどの広さで、中央に象牙色《ぞうげいろ》の総革張りのソファ・セットが据《す》えられている。若頭はラフな身なりでソファに腰かけ、五十インチのテレビでＤＶＤを観ていた。

「寛《くつろ》いでるときに悪いね」

「いいんだ。何度も観たＤＶＤだからな」

「ちょっと時間を貰いたいんだ」

有働はソファ・セットに歩み寄った。塙がうなずき、映像を消す。有働は塙と向かい合う位置に坐った。

「若い者《もん》にすぐ酒の用意をさせよう」

「若頭《カシラ》、きょうは酒は遠慮しておくよ」

「体調がすぐれないのか？」

「そうじゃないんだが、弔《とむら》い捜査をはじめたんでね。きょうの夕方、おれの親友《マブダチ》の綾部って奴が何者かに刺し殺されたんだ」

「その彼は、『イマジン』のマスターだよな？　テレビ・ニュースで、その事件のことを知ったんだ。それに、新宿署の刑事課の人間がここに聞き込みに来たんだよ」

「そういうことなら、話が早い。所轄の者から探りを入れられたと思うが、事件現場に須永雅信のジッポーのライターが落ちてたんだ」

「ああ、そういう話だったな。で、有働ちゃんはおれんとこの須永が元刑事だという綾部を殺《や》ったんじゃねえかと思ったわけだ？」

「初動捜査で須永にはアリバイがあるってことははっきりしたわけだから、本人が直《じか》に手を汚したんじゃないだろうね。須永はきょうの午前中に東京を発って、広島に行ってるんだって？」

「そうなんだ。ちょっとした義理掛けがあって、広睦会《こうぼくかい》の理事の病気見舞いに行ったんだよ。今夜は広島市内のホテルに一泊して、明日、東京に戻ってくる予定なんだ」

「若頭《カシラ》、単刀直入に言わせてもらうよ。須永が何かで綾部とトラブって、知り合いのチンピラに犯行《ヤマ》を踏ませた疑いはゼロだろうか」

「有働さん、何を根拠にそのようなことをおっしゃってるんです？」

塙が居住《いず》まいを正し、よそよそしい口調になった。

若頭は立腹すると、きまって言葉遣《づか》いが丁寧《ていねい》になる。激昂《げっこう》したときは、笑顔を絶やさない。微笑しながら、人を半殺しにするという伝説があった。

「どうやら若頭《カシラ》を怒らせちまったようだな」

「須永はまだ半人前ですが、わたしの直系の舎弟です。誰かを殺《あや》めるときは、てめえの手を汚すはずです。そういう決着《オトシマエ》のつけ方は、きちんと教えてきました。第三者を使って、殺人《コロシ》をやるような卑怯《ひきょう》な真似はしないでしょう」

「若頭《カシラ》、おれが悪かったよ。目をかけてる舎弟を犯人扱いされたんじゃ、面白くないやね？」

「当然でしょう。須永が誰かに綾部さんを殺《や》らせたかもしれないと思った根拠は、何なんです？」

「なんとなくだね」

「いつもの有働さんらしくありませんね。聞き込みに来た刑事さんは、事件現場に須永の指紋と掌紋が付着してる奴のライターが落ちてたと言ってたが、れっきとしたアリバイがあるとわかったら、何者かがあいつに濡れ衣を着せようとしたと考えるのが普通でしょ？」

「そうだね。警察学校で同期だった綾部が殺されたんで、おれは冷静さを欠いてたんだろう」

「ええ、そうなんでしょうね」

「若頭《カシラ》の気分を害させちまったこと、少し反省してるよ。なんとか赦《ゆる》してほしいな。申し訳ない。この通りだ」

有働はコーヒー・テーブルに両手を掛け、深く頭を垂《た》れた。

「水に流そう。有働ちゃん、頭を上げてくれ」

「若頭《カシラ》が大人なんで、救われたよ。単細胞《マルタン》の幹部だったら、おれは若い衆に取り囲まれて、次々に匕首《ドス》を突き立てられてただろう」

「いまは、そんな幹部はどの組にもいないよ。現職刑事を殺《や》ったりしたら、たちまち警察に組織をぶっ潰《つぶ》されちゃうからね。いまの筋者は損か得かをまず考える」

「若頭《カシラ》は、そんなチンケな渡世人じゃない。気骨のあるアウトローだから、国家権力にも牙《きば》を剝《む》きそうだ」

「有働ちゃん、それは買い被りだよ。おれだって、損得勘定して生きてるし、長い物には平気で巻かれちまう」

「若頭《カシラ》は、そんなご仁《じん》じゃない。漢《おとこ》の中の漢だよ」

「せめてコーヒーぐらい出せって謎かけかい？」

塙が言って、高く笑った。いつもの和《なご》やかな顔つきになっていた。

「そんなセコいことは言わないって。それはそうと、誰かが須永を陥《おと》しいれようとした疑いはあるね。若頭《カシラ》、誰か思い当たる？」

「さあ、わからないね」

「そう。須永と直接、話をしたいんだが、彼の携帯のナンバーを教えてもらえるかな？」

有働は言った。

「それはかまわないが、おれの携帯で須永に電話してみよう」

「それじゃ、悪いな」

「いいって」

塙がツイード・ジャケットの内ポケットからモバイルフォンを摑み出し、短縮番号を押した。

じきに電話はつながった。塙が須永に組事務所に有働が来ていることを告げ、自分の携帯電話を差し出した。有働はモバイルフォンを受け取り、右耳に当てた。

「ご無沙汰《じよさい》してます」

須永が如才なく言った。

「初動捜査を担当してる係官に夕方の刺殺事件のことは聞いてるな？」

「ええ。事件現場におれ、いや、わたしのジッポーのライターが落ちてたと聞かされて、びっくりしましたよ。真犯人《ホンボシ》がわたしの犯行に見せかけようとしたんでしょうね。わたし、『イマジン』のマスターを殺《や》ってませんよ」

「綾部とは面識があったのか？」

「ええ、知ってました。元刑事さんがスナックの雇われマスターになったという噂を耳にしたもんで、冷やかし半分に『イマジン』に一度行ったことがあるんですよ」

「そうかい」

「マスターは二年前まで渋谷署生安の少年係をやってたそうですが、さすがですね。わたしがカウンターに坐った瞬間、堅気《ネス》じゃないことを見抜きましたよ」

「そっちは、頭を七三に分けててもサラリーマンには見えねえからな」

「そうですか。やくざ者に見られないよう心掛けてはいるんですけどね」

「どう努力しても無駄だよ。目の配り方が素人《トウシロ》とは違うからな」

「そうなんでしょうね。困ったもんだ。若頭《カシラ》から聞いたでしょうが、わたし、いま広島にいるんですよ」

「そうだってな」

「わたしにアリバイがなかったら、重要参考人にされてたんでしょうね。そう思うと、ぞっとするな。繰り返しますが、わたしは事件にタッチしてませんから。もちろん、誰かに頼んで『イマジン』のマスターを始末させてもない。本当です」

「それはわかった。それより、ジッポーのライターをどこでいつ失《な》くしたんだい？」

有働は質問した。

「断言はできませんが、五日前の夜にライターを百人町《ひゃくにんちょう》にある『シェイラ』というラテン・パブに置き忘れてきたんだと思います。その店にパブロって店長がいますんで、そいつに確かめてみてくださいよ」

「パブロって店長はコロンビア人か、ボリビア人だな？」

「いいえ、ペルー人です。留学生崩れで、三十一、二の男ですよ。日本人の女と同棲してるんで、日本語は上手です。店にいた客の誰かがわたしのライターをこっそり持ち去ったんでしょうね」

「そのことを捜査員に話したのかい？」

「いいえ、そこまでは言いませんでした。パブロの店に迷惑かけたくなかったんで、何日か前にどこかにライターを置き忘れてきたと答えておいたんです」

「若頭《カシラ》の舎弟分らしいな」

「え？」

「こっちの話だ。ところで、殺された綾部がどこかの組の者と揉め事を起こしてたなんて噂は耳に入ってなかったか？」

「そういう噂は聞いてませんね」

「そうかい。『イマジン』の常連客の多くは少年院《ネンショウ》帰りなんだが、その連中が新宿のやくざと何かトラブってたなんてこともないかい？」

「聞いたことないですね、そういう類《たぐい》の話も」

「そうか。協力、ありがとな」

「どういたしまして。失礼します」

須永が電話を切った。

有働は終了キーを押し、塙にモバイルフォンを返した。

「須永は、やっぱりシロだろう？」

「まずシロだろうね。何者かが彼を殺人犯に仕立てようと企《たくら》んで、事件現場にジッポーのライターを故意に落としたんだろう」

「そういうことなら、こっちも有働ちゃんに全面的に協力するよ。直系の舎弟が罠《わな》に嵌《は》められそうになったわけだから、傍観《ぼうかん》してられない。何か情報を集めてみらあ」

「よろしく！　事件に片がついたら、若頭《カシラ》とゆっくり飲《や》りたいね」

「そうしよう」

塙がにこりと笑った。

有働は暇《いとま》を告げ、応接室を出た。エレベーターで一階に下り、三原ビルを後にした。

裏通りを抜けて、職安《しょくあん》通りを突っ切る。ハレルヤ通りに入り、JR大久保駅方面に向かった。ラテン・パブ『シェイラ』は、大久保通りの少し手前にあった。バー・ビルの地下一階だ。

店のドアを開けると、陽気なサルサが響いてきた。

フロアでは、コロンビア人らしい若い女たちが踊っていた。三人だった。揃《そろ》って妖《あや》しげに腰をくねらせている。

客席は半分ほど埋まっていた。奥から、色の浅黒い外国人男性が歩み寄ってきた。中肉中背だ。

「おひとりですか？」

「警察の者だ。パブロって店長は、おたくかい？」

有働は訊《たず》ねた。

「ええ、そうです」

「日本語、うまいな。一緒に暮らしてる日本人女性の教え方がいいんだろう。そっちのことは、須永雅信から聞いたんだ。ちょっと確かめたいことがあるんだよ。店の前に出てきてくれないか」

「わかりました」

パブロが店を出て、後ろ手にドアを閉めた。防音扉らしく、店内のラテン・ミュージックは聞こえなくなった。

「五日前の晩、須永は『シェイラ』にジッポーのライターを置き忘れたと言ってるんだが、それは間違いないのかな？」

「ええ。須永さんは少し酔ってたんで、煙草だけ上着のポケットに入れて帰られたんですよ。ジッポーのライターが卓上に残ってたことにすぐ気づいたんですが、わたし、あいにくオードブルを運んでたんですよね」

「ライターを店で預かって、次に須永が来店したときに渡そうと思ったわけだな？」

「そうなんですよ。でも、オードブルをお客さまのテーブルに届け終えたら、テーブルの上にあったはずの須永さんのライターが消えてたんです」

「店の従業員が回収したのかな？」

「そうではないんですよ。おそらく須永さんの後にすぐ帰られたお客さんが、ジッポーのライターを無断で持ち去ったんだと思います」

「そいつはどんな奴だった？」

「黒いニット帽を被った若い男で、割にハンサムだったな。それから、手に火傷《やけど》の痕があるからとか言って、店の中でも毛糸の手袋を外そうとしませんでしたね」

「そう。ほかに何か憶えてない？」

「ほかには特に……」

「そうか。その男が須永に罪をおっ被せようとしたんだろう」

「刑事さん、須永さんはどんな濡れ衣を着せられそうになったんです？」

「殺人罪だよ。邪魔したな」

有働は踵《きびす》を返し、階段を上がりはじめた。

4

またもや誤記した。

二度目だった。どうも仕事に身が入らない。

有働は書き損じた送致書類を丸めると、かたわらの屑入《くずい》れに投げ込んだ。

警視庁舎の六階にある捜査一課の自席に坐っていた。元刑事の綾部航平が刺殺された翌日の午前十一時過ぎだ。

前夜、有働はラテン・パブ『シェイラ』を出ると、殺人現場のスナックに回った。だが、『イマジン』は暗かった。オーナーの堤が戸締まりをして、国立の自宅に戻ったのだろう。勇輝たち若い常連客が店内にいると予想していたのだが、誰もいなかった。

彼らは近くの居酒屋にでも集《つど》って、故人の死を悼《いた》んでいたのか。それとも勇輝の提案で、事件の手がかりを求めて散ったのだろうか。

有働は下北沢《しもきたざわ》の自宅マンションに帰り、ひとりでスコッチ・ウイスキーのロックを呷《あお》った。弔《とむら》い酒だった。いくらグラスを重ねても、少しも酔えなかった。

有働は泣きながら、明け方まで飲んだ。

祖父母や両親の兄妹《きょうだい》が亡くなっても、涙は出なかった。父親の葬儀のときは、さすがに泣いた。涙を零《こぼ》したのは、そのとき以来だった。それだけ綾部は、かけがえのない存在だったのだろう。

その友は、もうこの世にいない。有働は感傷に囚《とら》われ、不覚にも涙ぐみそうになった。急いでロングピースをくわえ、使い捨てライターで火を点ける。

捜査一課は大所帯だ。課員が三百五十人もいる。

刑事部屋は、だだっ広い。それぞれが自分の職務に追われていて、有働に関心を払う者はいなかった。

それはそれで、ありがたい。落ち込んでいる姿を他人《ひと》には見られたくなかった。

煙草を半分ほど灰にしたとき、上司の波多野警部が近づいてきた。

「有働、昼飯はまだなんだろう？　食堂で早目にランチでも喰うか？」

「食欲がないんだ。明け方まで酒を喰らってたんでね」

「そうか。きのうの夕方、親しくしてた元刑事が不幸な死に方をしたんだから、当分、辛いだろうな」

「綾部は親友《マブダチ》だったからね」

「早く犯人《ホシ》を絞り込んでほしいだろうが、先走ったことはするなよ」

「係長《ハンチョウ》、新宿署の千種刑事課長が何か言ってきたの？」

有働は煙草の火を消し、上司に訊《き》いた。

殺人犯捜査第三係長である波多野は、波多野班の班長だ。そんなことで、有働たち十人の部下は上司の係長をハンチョウと呼んでいた。

「いや、新宿署や本庁《うち》の初動班から何か言われたわけじゃない。おまえが初動捜査に首を突っ込むかもしれないと思ったんで、一応、忠告する気になったわけさ」

「でしゃばったことはしないよ。でもさ、じっとしていられない気持ちなんだ」

「おまえの気持ちはわかるが、もう少し待て。実はな、少し前に課長室に呼ばれたんだよ」

「新宿署の署長から要請が入ったんだね？」

「そうだ。しかし、新宿署に捜査本部が設置されるのは午後四時と決まった。それまでは所轄と本庁初動班に捜査権がある。だから、有働に先走ってもらいたくないんだ」

「心得てるって。解剖所見は、もう出たんでしょ？」

「ああ。死因は外傷性ショック死だそうだ。死亡推定日時は、きのうの午後四時半から同五時半の間らしい」

「唐木検視官の見立てとほぼ同じだな」

「もう有働は知ってるかもしれないが、金品を奪われた形跡はない。犯行動機は怨恨《えんこん》か、口封じのどちらかだろう」

「綾部は誰にも好かれてたが、何かで逆恨みされてたのかもしれない。そうじゃないとしたら、何か犯罪の証拠を握ってたんだろう。それで、口を塞《ふさ》がれちまったのかな？」

「まだ何とも言えないな。新宿署に出張《でば》るまで少し体を休めておけ」

波多野が言って、自分の席に戻った。

有働は波多野の後ろ姿に目を当てながら、いい上司に恵まれたことを改めて感謝した。

警視庁の捜査一課は、多くの刑事たちが憧《あこが》れる花形セクションである。同課は強行犯捜査係、強盗犯捜査係、火災犯捜査係、特殊犯捜査係と分かれているが、係長クラスになると、ワンマン・タイプが多い。

だが、波多野はむやみに威張《いば》ることはなかった。指導力はあるが、唯我独尊《ゆいがどくそん》ではなかった。部下たちの意見にも耳を傾け、是々非々《ぜぜひひ》主義を貫《つらぬ》く。えこひいきはしない。

有能だが、常に謙虚だった。根っからの刑事だ。現場捜査を活《い》き活きとこなす。

出世欲は稀薄《きはく》で、教養人だった。酸《す》いも甘いもかみ分け、他者の心模様を読み取り、ごく自然に気を配る。実際、部下思いだ。

文京区千駄木《せんだぎ》で生まれ育った波多野は下町っ子らしく、権力におもねることがない。正義感は強いが、ことさら善人ぶったりはしなかった。あくまでも粋《いき》だった。

波多野は、十年以上も前に三つ下の妻と離婚している。元妻は職務にかまけてばかりいた夫に愛想を尽かし、年下の男性と親密になってしまったのだ。夫妻は子宝には恵まれなかった。

波多野は連れ合いの寂しさや不安を汲《く》み取れなかった自分を恥じ、黙って離婚届に署名捺印《なついん》した。預金の半分を与え、再婚した元妻の幸せを願いつづけた。

現在、別れた妻は末期癌と闘っている。法律上はすでに赤の他人だが、波多野は元妻を見舞っていた。

有働は、器《うつわ》の大きな上司を密かに尊敬していた。魅力のある先輩刑事は、自分の目標でもあった。

冷めた緑茶を啜《すす》ったとき、上着の内ポケットの中で携帯電話が鳴った。

有働はモバイルフォンを摑み出した。ディスプレイに視線を落とす。

発信者は保科志帆《ほしなしほ》だった。町田署刑事課強行犯係の美しいシングルマザー刑事である。去年の暮れに満三十歳になった志帆は、五歳の息子翔太《しょうた》と町田市内の賃貸団地で暮らしている。

志帆の夫だった保科圭輔《けいすけ》は、三年十カ月前に殉職している。所轄署の強行犯係刑事だった。

志帆の亡夫は本庁の波多野警部とコンビを組み、潜伏中の殺人犯を逮捕する際、別の事件に関わった男が運転する乗用車に轢《ひ》き殺されてしまったのである。

波多野に取り押さえられた殺人犯は手錠を打たれる直前、隠し持っていた刃物を振り回す素振りを見せた。とっさに波多野は相棒を庇《かば》う気になって、保科圭輔に退《さ》がれと大声で叫んだ。それが裏目に出た。志帆の夫は運悪く轢殺《れきさつ》される形になってしまった。

去年の二月に町田署管内で発生した殺人事件で、捜査本部に送り込まれた波多野は志帆とペアで捜査に当たった。そのことで二人の間の蟠《わだかま》りは消え、いつしか互いに惹《ひ》かれ合うようになったようだ。

有働は、去年の六月に町田署に設けられた捜査本部で初めて志帆と出会った。女好きの彼は、子持ちの美人刑事にたちまち魅《み》せられた。志帆は聡明な印象を与える美女だったが、大人の色気も漂わせていた。凜《りん》とした生き方をしているシングルマザーは有働を虜《とりこ》にした。

だが、志帆は上司の波多野に心惹かれているように映った。彼女の愛息は、波多野を父親のように慕っていた。

波多野のほうも、志帆に好意以上の感情を寄せている様子だった。翔太にも保護者意識めいたものを持っているように見受けられた。

有働は志帆の再婚相手には波多野がふさわしいと考え、潔《いさぎよ》く身を退《ひ》いた。ところが、十一月にも波多野班は町田署に設置された捜査本部に出張ることになった。

有働は志帆と捜査に携《たずさ》わっているうちに、未練を断ち切れなくなってしまった。それを察した波多野が自分の恋情を捩《ね》じ伏せ、志帆に熱い想《おも》いを打ち明けることを有働に勧めた。

　有働は上司に申し訳ないと思いつつも、もはや自分の気持ちを偽《いつわ》ることはできなかった。真面目に志帆に交際を申し込んでみた。

　断られるだろうと半ば諦《あきら》めていたのだが、意外にも志帆は受け入れてくれた。息子の翔太も小さな出来事をきっかけに有働を見直すようになっていた。

　こうして有働は去年の十二月から、志帆と週に一度の割で子連れデートをするようになっていた。といっても、まだプラトニックな関係だ。

　それまで有働はほぼ一日置きにホステス、行きずりの女、娼婦たちを抱いてきた。しかし、志帆と交際しはじめてからは戯《たわむ》れに女たちとは肌を重ねていない。

「いま、電話で話せる？」

　志帆がしっとりとした声で問いかけてきた。

「ああ、大丈夫だよ」

「きょうね、急に非番になったの。だから、ずっと自宅にいるのよ。翔太は保育所に行ったけどね」

「じゃあ、二人っきりになるチャンスだな」

「ええ。デートのときはいつも翔太が一緒だから、あまりロマンチックじゃなかったでしょ？」

「うん、まあ。けど、別に翔太君が邪魔だったわけじゃない。子連れデートも、それなりに愉《たの》しいからな」

「無理しなくてもいいのよ。わたしだって、たまには有働さんと二人だけで会いたいと思うもの」

「そうかい」

有働はにやついた。

「早退《はやび》けして、山崎《やまざき》団地に来てと言いたいとこだけど、無理よね？」

「すっ飛んでいきたい気持ちだけど、きのうの夕方、新宿のスナックで警察学校で同期だった奴が刺し殺されたんだよ」

「被害者は綾部とかいう男性《ひと》じゃない？」

「ああ、そうだ。綾部航平という名で、二年前まで渋谷署の生安課にいたんだよ」

「ええ、朝刊に元警察官だと載《の》ってたわ。なんで警察を辞めちゃったの？」

志帆が問いかけてきた。有働は故人の退職理由を語った。

「責任感が強く、誠実な方だったのね」

「そうだったな。きょうの午後四時に新宿署に捜査本部が設けられ、波多野班が出張ることになったんだ」

「そういうことなら、わがままは言わないわ。捜査本部事件が解決したら、ゆっくりと会いましょうね」

「会いてえな」

「わたしも同じ気持ちだけど、職務を優先して。綾部さんとは親しい間柄だったなら、一日も早く犯人《ホシ》を検挙《アゲ》てやらないとね」

「そうだな。せっかく誘ってもらったのに、申し訳ない」

「ううん、気にしないで。それじゃ、また！」

志帆の声が途絶《とだ》えた。

有働は携帯電話を懐に戻し、ロングピースに火を点けた。紫煙をくゆらせていると、無性《むしょう》に志帆に会いたくなった。彼女は自分に抱かれたくなって、誘いをかけてきたのかもしれない。このチャンスを逃《のが》したら、当分、秘密を共有する関係にはなれないだろう。

志帆の熟《う》れた裸身を想像したとたん、有働は下腹部に甘やかな疼《うず》きを覚えた。いまにも分身が熱を孕《はら》み、雄々《おお》しく猛《たけ》りそうだ。

有働は喫《す》いさしの煙草の火を灰皿の底で揉み消し、すっくと椅子から立ち上がった。大股で波多野の席に急ぐ。

「どうした？」

波多野が机上の書類から顔を上げた。

「寝不足で、頭がぼんやりしてるんだ。レンタルルームかどこかで、ちょっと仮眠をとりたいんだが……」

「仮眠室で二、三時間、横になれよ」

「あそこは男臭くって、苦手なんだ。午後四時までに新宿署に入ればいいんだよね？」

「そうだが、妙な女から誘いの電話がかかってきたんじゃないのか。脂下《やに》がった顔で、誰かと電話で話してたようだからな」

「電話をしてきたのは、おふくろだよ」

有働は言い繕《つくろ》った。いまも波多野は、志帆のことを憎からず想っているかもしれない。そう考え、事実は告げられなかった。

「嘘つけ！　おふくろさんなら、もっと素っ気ない受け答えをしたはずだ。ま、いいさ。しかし、保科巡査長を裏切るようなことはするなよ。彼女は、そっちと真剣な気持ちで交際してるはずだからな。翔太君にしても、有働に懐《なつ》きはじめてるんだ。あの母子を悲しませるようなことをしたら、おれが承知しないぞ」

「係長《ハンチョウ》、いいのかな？」

「何が？」

「おれが保科志帆を引っさらっちゃってもさ」

「いまさら何を言ってるんだ。去年の十一月、おれは町田の『久須木《くすき》』とかって鮨屋《すしや》で元妻の悠子《ゆうこ》にまだ未練があると言ったはずだぞ。それに、保科巡査長はおれよりも有働に惹かれてることを認めてたじゃないか」

「そうなんだが、まだ係長《ハンチョウ》は志帆をひとりの女として……」

「見てない、見てない。五十男には、三十そこそこの女性は物足りないよ。とにかく、保科母子を幸せにしてやってくれ。夕方、新宿署で会おう。早く行け」

波多野が言って、また書類に目を落とした。

有働は目礼し、いったん自席に戻った。黒いレザー・コートを抱え、刑事部屋を出る。通用口を抜け、地下鉄桜田門駅に潜《もぐ》った。

地下鉄電車で新宿駅に出て、小田急線の急行電車に乗る。

町田駅に着いたのは、午後一時数分前だった。

小田急百貨店の二、三階部分が駅構内になっている。有働は改札を出ると、デパートの地下食料品売場に下った。海鮮弁当、ケーキ、生チョコ、クッキーの詰合わせなどを買い込み、駅前のタクシーに乗り込んだ。

古い公団住宅に着いたのは、十数分後だった。五階建ての団地にはエレベーターは設置されていない。

有働は階段を三階まで駆け上がって、保科宅のチャイムを鳴らした。ややあって、スチール・ドアの向こうで志帆が応答した。

「どなたでしょう?」

「おれだよ」

「その声は有働さんね?」

「やっぱり、会いたくなっちまってさ。押しかけてきたんだ」

有働は照れながら、そう言った。

志帆がはしゃぎ声をあげ、手早く玄関のドアを開けた。

髪をポニーテールにまとめ、薄化粧をしている。息を呑《の》むほど美しい。黒いタートルネック・セーターを着込み、下はほどよく色の褪《あ》せたブルージーンズだった。どちらも似合っている。

「仕事、大丈夫なの?」

「午後四時まで新宿署に入れば、別に問題ないんだ」

「波多野さんには断って、ここに来たの?」

「いや、内緒だよ」

「不良ね」

「嫌いか、不良は？」

「優しくてシャイな不良は好きよ」

「おれは優しくないぜ、そっちをレイプしに来たんだからさ」

「もうムードないんだから！　とにかく、入って」

「ああ、お邪魔するよ」

有働は三和土《たたき》に入り、手土産《てみやげ》が入った三つの紙袋を志帆に手渡した。

「こんなにたくさんお土産を持ってきてくれたの!?　悪いわ。お金を遣《つか》わせちゃったわね」

「どうってことねえさ」

「遠慮なくいただきます」

志帆が軽く頭を下げ、玄関マットの上にスリッパを揃えた。有働はダイニング・キッチンに導かれた。

「ケーキをいただいたから、いま紅茶を淹《い》れるわね。どうぞ坐って」

志帆が言った。

有働はダイニング・テーブルに向かった。

志帆が二つのティー・カップとケーキ皿を用意し、ティー・ポットに紅茶の葉をたっぷりと落とした。湯を注《そそ》ぎはじめたとき、有働は椅子から腰を浮かせた。志帆の背後に回り、両腕で彼女の肩を優しく包み込む。

「会いたかったよ」

「来てくれて、ありがとう」

「おれのほうこそ、礼を言わなきゃな」

「こんなふうに二人だけになると、わたし、なんだか緊張しちゃうわ」

「こっちも、なんか照れ臭いよ」

「紅茶、飲もう?」

志帆が言った。少し声が上擦《うわず》っていた。

「それは後にしよう」

「でも……」

「好きだよ。本気で惚《ほ》れちまったんだ」

有働は、志帆を自分の方に向き直らせた。

二人の視線が熱く交わった。

有働は志帆の顎《あご》を上向かせ、背をこごめた。志帆が瞼《まぶた》を閉じ、形のよい唇をこころもち開いた。欲情を煽《あお》られた。

有働は志帆の唇をついばみはじめた。志帆が恥じらいながらも、バード・キスに応《こた》える。

ほどなく二人は舌を絡《から》めた。

有働はディープ・キスをしながら、志帆の体の線をなぞりはじめた。志帆が喉の奥でなまめかしく呻き、全身を預けてきた。柔らかくて、温かい。

濃厚なくちづけを交わすと、有働は両腕で志帆を水平に抱え上げた。志帆が驚きの声を小さく洩《も》らしたが、抗《あらが》うことはなかった。

ダイニング・キッチンの隣は、六畳の和室だった。

ガス温風ヒーターで、室内は暖められている。窓は白いレースのカーテンで塞《ふさ》がれていた。隣の棟のどの部屋からも、部屋の中は見えないはずだ。

座卓の向こうに、五枚の座蒲団が重ねてある。

有働は足を使って、五つの座蒲団を畳の上に並べた。その上に志帆を静かに横たえる。

「ここで？　窓のカーテンを閉めて、客蒲団を敷くわ」

「もう待てないんだ」

「でも、いくらなんでも……」

志帆はそう言いながらも、身を起こそうとはしない。有働は斜めに覆《おお》い被《かぶ》さり、改めて志帆と唇を重ねた。

舌を吸いつけながら、乳房をまさぐりはじめる。その直後、座卓の上で志帆の携帯電話が着信音を刻んだ。

「野暮な電話だな」

有働は苦く笑って、上体を起こした。

志帆が跳《は》ね起き、モバイルフォンを摑み上げる。

次の瞬間、顔つきが引き締まった。町田署からの呼び出し電話か。

二分そこそこで、志帆が通話を打ち切った。

「保育所の先生からの連絡だったの。翔太がジャングルジムから落ちて、左腕を骨折したらしいのよ。いま保育所の近くの整形外科医院にいるんだって。わたし、スクーターで翔太を迎えに行ってくるから、有働さんはここで待ってて」

「いや。おれも一緒に行こう。無線タクシー、呼べるんだろ?」

「ええ。すぐに呼ぶわ」

「そうしてくれ。おれは階段の下で待ってる」

有働はレザー・コートを手にして、先に保科宅を出た。四、五分待つと、外出着に着替えた志帆が階下に駆け降りてきた。

それから間もなく、タクシーが到着した。

二人は、あたふたとタクシーの後部座席に乗り込んだ。タクシーは、すぐさま走りだした。

目的の整形外科医院に着いたのは、七、八分後だった。

翔太はクリニックの待合室にいた。若い保母さんと一緒だった。白い三角布で左腕を吊っていたが、泣きべそはかいていなかった。思いのほか元気そうだ。

「あっ、有働のおじさんだ！」

「翔太君の家に着いたら、保育所の先生から怪我をしたって電話がかかってきたんだよ。ママ、心配してたぞ。大丈夫か？」

「へっちゃらだよ、少しずきずきするけどね。ぼく、このまま家に帰ってもいいんだってさ」

「それじゃ、三人で家に戻って、ケーキを食べよう。ほかにも土産を買ってきたんだ」

有働は、走り寄ってきた翔太の頭を撫《な》で回した。志帆が保母に礼を述べ、有働たちのいる場所に歩み寄ってきた。

三人は整形外科医院を出て、待たせてあるタクシーに歩を運んだ。

第二章　不審な美女

1

後ろめたさが萎《しぼ》まない。

自己嫌悪感は膨《ふく》らむ一方だった。親しい友人が殺されて、まだ丸一日も経《た》っていない。それなのに、浮かれた気分で志帆の自宅を訪ねてしまった。

有働はうなだれた。

新宿署の五階に設けられた捜査本部だ。有働は廊下側の最後尾の席に腰かけていた。同じ列には、同僚刑事たちが坐っている。最前席にいるのは、波多野係長だった。

窓側には、新宿署の強行犯係が縦列《じゅうれつ》に並んでいる。ちょうど十人だった。

捜査会議が開始されたのは数分前である。午後四時十五分を回っていた。

正面のホワイトボードには、鑑識写真が二十葉《よう》ほど貼《は》られている。ホワイトボードの横に立っているのは、新宿署刑事課強行犯係の的場潮《まとばうしお》係長だ。

ちょうど四十歳の的場は、昨夕の事件の初動捜査の聞き込みの結果を報告していた。すすでに知っている情報ばかりだった。

ホワイトボードの横の長い机には、新宿署の大路諭《おおじさとし》署長、千種刑事課長、本庁捜査一課の馬場直之《ばばなおゆき》管理官の三人が向かっていた。管理官は五十四歳で、捜査一課の幹部である。

本庁捜査一課の総責任者は、課長の小田切渉《おだぎりわたる》警視だ。五十七歳で、ノンキャリアの出世頭である。

しかし、気さくな人柄だった。小田切課長は捜査畑が長く、現場捜査員たちの苦労をよく知っている。課長の参謀が理事官の宇佐美暁《うさみあきら》警視だ。五十五歳の切れ者だった。

宇佐美理事官の下には、馬場たち八人の管理官がいる。彼らは各係を束《たば》ねて、指揮を執《と》る。

所轄署の要請で捜査本部が設置されると、原則として馬場管理官が捜査会議に出席することになっていた。管理官の都合がつかない場合は、宇佐美理事官が地元署に赴《おもむ》く。

テレビの刑事ドラマでは捜査一課長が所轄署に出向いて、自ら現場で指揮を執ったりしているが、現実にはあり得ない。ナンバーワンの課長は常に本庁舎に詰めている。

「残念ながら、初動捜査では容疑者を特定できませんでした」

新宿署の的場係長が悔《くや》しそうに言い、言葉を重ねた。

「ご存じのように本件の被害者の綾部航平は、二年前まで渋谷署生活安全課に勤務していました。かつての身内が刺殺されたわけですから、ぜひとも弔い捜査に力を尽くしていただきたいものです」

「犯人の遺留品と思われるジッポーのライターには、仁友会三原組の須永雅信組員の指掌紋が付着してたということですが、アリバイは完璧だったわけですね？」

本庁の寿々木《すずき》努《つとむ》巡査部長が的場に確かめた。

「ええ、そうです。凶器のハンティング・ナイフの刀身や柄から指紋も掌紋も出ませんでしたし、足跡《ソク》でも犯人《ホシ》を特定できませんでした。したがって、白紙状態と言ってもいいでしょう。ただ、手がかりがまったくないわけではありません」

「そうですね。加害者は、わざと現場に須永のライターを落としたんでしょう」

「そう考えてもいいと思います。加害者は、被害者と須永の両方に何らかの恨みを持っていた人物なんでしょうね。だから、須永が綾部航平を刺し殺したと見せかけたにちがいありません」

「的場さん、そういう予断は持たないほうがいいでしょう。予断に引きずられると、どうしても別の読み筋ができなくなりますからね」

　波多野が話に割り込んだ。

　的場係長が一瞬、むっとした顔つきになった。所轄署の強行犯係刑事の中には、本庁の捜査員に敵愾心《てきがいしん》を懐《いだ》いている者もいる。

「波多野警部は、どう筋を読まれてるんです？」

「確信の持てる推測をしてるわけではないんですが、予断は禁物でしょ？　実際、予想外の真相にぶつかることは少なくない」

「そうなんですが、わたしの読み筋が大きく外れてるとは思えないがな」

「別段、的場さんの筋の読み方が間違ってると言ってるわけじゃないんですよ。あらゆる推測をしないと、盲点に気づかないことがありますんでね」

「しかし……」

「的場君、もういいじゃないか」

　刑事課長の千種が部下を諫《いさ》めた。的場係長が仏頂面でうなずく。

　千種課長が、かたわらの馬場管理官を目顔で促《うなが》した。馬場が大路署長に会釈《えしゃく》し、静かに立ち上がった。

「さきほど的場係長が言われたように被害者は、元警察官でした。捜査一課《うち》の有働とは警察学校で同期だったそうです。有働、そうだったな?」

「ええ、そうです。綾部が依願退職してからも、ずっと親交があったんだよね。だから、こっちは……」

「有働の気持ちはわかるが、捜査に私情は挟まないでくれ」

「わかってますよ」

「ほかの方々も個人的な感情は抑《おさ》えて、捜査に当たってください。大路署長に捜査本部長に就《つ》いていただいて、わたしは捜査主任をやらせてもらいます。そして、捜査副主任は新宿署《こちら》の千種刑事課長にお願いすることになりました」

「わたしに捜査班の班長をやらせてもらえませんかね?」

的場係長が馬場に顔を向けた。

「あなたには、予備班の班長を務めていただきたいんだ」

「情報の交通整理ですか。で、捜査班の班長はどなたに?」

「本庁《うち》の波多野が適任だと思う」

「強行犯捜査歴は波多野警部のほうが長いが、わたしだって、駆け出しではありません」

「そうですよね。しかし、波多野は殺人捜査のベテランです」

「所轄の人間は、本庁の方《かた》には田舎刑事に見えるでしょうね。本庁勤めだからって、敏腕とは限らないがな」

「何が不満なんですか？　予備班の班長といったら、捜査副主任に次ぐ要職でしょ？」

「そうなんですが、わたしは捜査班で直《じか》に兵隊を動かしたいんですよ」

「おい、的場！　口を慎《つつし》め。本庁《ホンブ》の管理官殿になんてことを言うんだっ」

大路署長が強行犯係の係長を咎《とが》めた。

「署長、本庁《ホンブ》の方たちにそこまで遠慮する必要はないでしょ？　捜一の方々は客分ですが、捜査費用はすべて所轄署持ちなんですから」

「なんなら、わたしが予備班の班長をやらせてもらってもかまいませんよ」

波多野が大路に声をかけた。

「いいえ、それはいけません。波多野警部には捜査班の班長をやっていただきたいんだ。あなたは、殺人捜査のエキスパートだからね」

「ですが、的場係長が捜査班の頭《あたま》になることを強く望まれてるわけですから」

「的場のわがままなど聞き入れることはありません」

「署長の言う通りだ。的場さんよ、ガキみてえにぐずるなって。みっともねえぞ」

有働は勢いよく立ち上がって、新宿署の係長を睨《にら》みつけた。的場が気圧《けお》されたらしく、伏し目になった。

「的場、馬場警視に謝罪しなさい。失礼も甚《はなは》だしいぞ」

千種刑事課長が語気を強めた。的場が短く迷ってから、馬場管理官に謝った。

「係長の対抗心は士気《しき》から生まれたものだろう。予備班の班長をやってもらえますね？」

「は、はい」

「本庁《うち》の波多野とよく相談して、班の割り振りを頼みます」

馬場が的場に言って、静かに着席した。

「それでは、これで捜査会議は終了です。すぐに班決めをしますんで、そのまま待機してください」

的場が一礼し、波多野の席に歩み寄った。

署長、刑事課長、本庁の管理官の三人が相前後して立ち上がり、連れだって捜査本部室から出ていった。波多野と的場が額を寄せ合って、捜査員たちの割り振りに取りかかった。

有働は椅子に凭《もた》れかかり、煙草を喫《す》いはじめた。

捜査本部は東京都に限らず全国的に通常、庶務班、捜査班、予備班、凶器班、鑑識班などで構成されている。庶務班は捜査本部を設営することが主な仕事だ。

所轄署の会議室か武道場に机、椅子、事務備品、ホワイトボードなどを運び入れ、何本かの専用電話を引く。もちろん警察電話で、他の道府県警本部や警察庁にも架電可能だ。庶務班のメンバーは捜査員たちの食事の世話をして、泊まり込み用の貸寝具も用意しなければならない。電球の交換や空調の点検も守備範囲になっている。捜査車輌の手配もする。

さらに捜査費の割り当てをし、あらゆる会計業務もこなす。とにかく忙しい。本庁のルーキー刑事や所轄署生活安全課から駆り出された者が担当する。

捜査班は、地取り、敷鑑《しきかん》、遺留品の三班に分けられているのが普通だ。各班とも二人一組で、聞き込み、尾行、張り込みに当たる。本庁と所轄署の刑事がコンビを組む。ベテランと若手の組み合わせが多い。

予備班の語感に華《はな》やかさはないが、最も重要な任務を負わされている。班長は、捜査本部の現場指揮官だ。

十年以上の捜査経験を持つ刑事が予備班長に選ばれる。捜査本部に陣取り、集まった情報を分析し、各班に的確な指示を与える。

容疑者を最初に取り調べるのは、予備班の幹部たちだ。メンバーは二、三人と少ない。

凶器班は犯行に使われた拳銃、刃物、石、針金、紐などを探し出し、その入手経路も調べ上げる。

凶器が見つからないときは、樹木の枝を払ったり、伸びた雑草も刈り込まなければならない。海、湖、池、川、下水道、プールなどにも潜らされる。

　鑑識班は初動捜査時に事件現場で加害者の侵入と逃走ルートを突きとめ、指掌紋や足跡を採取する。ルミノール検査も欠かせない。事件によっては、本庁の専門官が幾人かチームに加わる。

「有働、来てくれ」

　上司の波多野に呼ばれた。有働は椅子から腰を上げ、上司に歩み寄った。

　波多野の横には、新宿署の川岸公秀《かわぎしきみひで》巡査部長が立っていた。三十三で、まだ独身だ。コンビを組んだことはないが、顔見知りだった。中肉中背で、眼鏡《めがね》をかけている。

「有働は川岸君と組んでもらう」

　波多野が言った。有働は顎《あご》を引き、川岸に笑いかけた。川岸が口を切る。

「有働警部補、よろしくお願いします」

「堅いな。いちいち職階なんかつけるんじゃねえよ」

「しかし、さんづけで呼んだりしたら、ぶん殴られそうな気がして。あなたの武勇伝はいろいろ耳に入ってます。組対にいたころは、ずいぶん暴れ回ったとか？」

「もう昔の話だ。いまじゃ、仏の有働と呼ばれてる。ね、係長《ハンチョウ》？」

「いまは恋愛してるから、穏《おだ》やかになったよ」

波多野がにやにやしながら、川岸に言った。

「えっ、マジですか⁉　噂だと、有働さんは日替りで女たちとナニしてるって話ですけどね。何か心境の変化があったんでしょうか？」

「うるせえな。おれのことより、そっちはどうなんだ？　つき合ってる女はいねえ感じだな。性感エステの上客かい？」

「自分、そういういかがわしい店には出入りしてません。どっちかというと、草食系ですから」

「情けねえ奴だ。いい女がいたら、押し倒して姦《や》っちまえ」

「そんなことしたら、懲戒免職になってしまいます」

「冗談だよ。真面目な野郎と組むと、これだからな。疲れるぜ。先が思いやられらあ」

「自分、足手まといにならないよう頑張ります」

「もっと肩の力を抜けや」

有働は肩を竦《すく》めて、上司に笑いかけた。

「二人には、三原組の須永の交友関係を洗ってもらうか」

「あいよ」

「犯人《ホシ》はどこかで須永のジッポーのライターを手に入れて、犯行現場に故意に置いてきた可能性があるからな」

波多野が言った。有働は前夜に三原組の事務所をこっそりと訪ねたことを危《あや》うく口走りそうになって、慌《あわ》てて言葉を呑《の》み込んだ。

「何か収穫があったら、すぐ報告してくれ。別班が新情報をキャッチしたら、おまえに連絡する」

「了解！」

「有働、川岸君をあんまりからかうなよ」

波多野が釘を刺した。有働はにやついて、川岸と捜査本部を出た。

二人はエレベーター乗り場に直行し、一階に降りた。通用口から捜査車輛専用駐車場に回る。

「自分が運転します」

川岸が灰色のアリオンに駆け寄った。

そのとき、有働の懐で携帯電話が着信音を発した。有働はモバイルフォンを摑み出した。

電話をかけてきたのは、道岡勇輝だった。

「連絡が遅くなって、すみません！　できるだけ多く情報を集めたくて、駆けずり回ってたんすよ」

「それは悪かったな。いま、仕事の途中なんだろ？」

「いいえ、ちがいます。おれ、きょうは仕事を休んだんっすよ。綾部さんには何かと世話になったんで、できるだけのことはしなくちゃと思ったんでね」

「いい奴だな、おまえは。若いのに、ちゃんとしてる。で、何かわかったのか？」

「ええ。綾部さんは、木内脩に刺し殺されたんじゃないっすかね？」

「その男は元ＤＪで、北村華奈って娘《こ》の彼氏だったな？」

「そうっす。彼氏というよりも、ヒモっすね。『イマジン』を溜まり場にしてる連中に昨夜《ゆうべ》から今朝《けさ》にかけて、できるだけ会ってみたんすよ。それでね、華奈さんは薬物中毒状態で木内と組んで美人局《つつもたせ》をやって、生活費と麻薬《クスリ》を買う金を稼いでることがわかったんす。彼女は合成麻薬のＭＤＭＡ《エクスタシー》だけじゃなく、幻覚剤のＬＳＤやメスカリン、それからコカインや大麻樹脂《チョコ》もやってるみたいっすよ」

「木内も薬物中毒なのか？」

「覚醒剤《スピード》にハマってるそうっす、木内のほうは」

「覚醒剤《シャブ》を体に入れてる野郎は、たいがい自分の女にも粉か錠剤を与えてる。どっちも性感を高めるからな。おそらく華奈って娘《こ》も、覚醒剤の味を覚えさせられたんだろう」

有働は言った。

「そうなんでしょうね。彼女、げっそりと痩《や》せてたって話でしたから」

「二人が住んでる家《ヤサ》は？」

「中野坂上《なかのさかうえ》駅の近くにある『北新宿スターレジデンス』というマンションの三〇三号室に住んでるらしいんすよ。住所まではわからないんっすけど、それは間違いないと思います。それからね、去年の暮れに『イマジン』の近くで綾部さんと木内が路上で怒鳴《どな》り合ってたという話も聞きました」

「情報源《ネタモト》は？」

「『イマジン』の常連の宙《そら》から聞いた話っす。磯貝《いそがい》宙ですよ。有働さんは店で何度か会ってるはずっす」

「両親が医者で、中学生《チューボウ》のときにクラス担任を木刀でめった打ちにして、練馬《ねりま》の鑑別所に送られた奴だっけ？」

「そうっす、そうっす。宙は、仲間には絶対に嘘はつかない男っす。宙の話によると、マスターは木内に華奈さんと別れなかったら、おまえを刑務所に送り込んでやると言い放ってたそうっすよ」

「木内はどんな反応を示したって？」

「近いうちに綾部さんをぶっ殺すと喚《わめ》いて、走り去ったらしいんす。おれ、木内が怪しいと思うな。一度、調べてみてくれませんか」

　勇輝が言った。

「ああ、わかった。きょうから、新宿署の捜査本部に詰めてるんだ。おれの携帯がつながらなかったら、緊急のときは上司の波多野警部に連絡してくれ」

「はい」

「ありがとな」

　有働は通話を切り上げ、覆面パトカーの助手席に乗り込んだ。シートを後方一杯に下げたが、ひどく窮屈《きゅうくつ》だった。

「三原組の事務所に向かえばいいんですね？」

　川岸がギアをＤ《ドライブ》レンジに入れた。

「いや、中野坂上に行ってくれ。知り合いから、ちょっとした情報が入ったんだ」

「どんな情報なんです？」

「ほかの連中には黙ってろよ」

　有働はそう前置きして、勇輝から聞いた話をした。

「偽情報《ガセネタ》じゃなければ、その木内脩って奴がクロっぽいですね」

「まだわからねえが、確かめてみる必要はあるだろうな」

「そうですね。そのマンションに向かいます」

川岸がアリオンを走らせはじめた。

新宿署は青梅街道に面している。覆面パトカーは左折し、中野方面に向かった。

「綾部の亡骸《なきがら》は、東大の法医学教室から宇都宮の実家に搬送されたんだな？」

「ええ。もうとっくに実家に着いてると思います。亡くなり方が普通ではないんで、密葬になるみたいですよ」

「そうだろうな。早く犯人《タマ》を捕まえねえと、綾部は成仏できねえ」

有働は低く呟き、口を閉じた。早くも捜査車輛は、成子坂下《なるこざかした》交差点に差しかかっていた。地下鉄中野坂上駅は少し先にある。

アリオンは交差点を右折した。『北新宿スターレジデンス』は、北新宿二丁目のほぼ真ん中にあった。八階建ての賃貸マンションだったが、出入口はオートロック・システムにはなっていなかった。常駐の管理人の姿も見当たらない。

川岸が覆面パトカーをマンションの際《きわ》に寄せた。

有働たちは車を降り、すぐに『北新宿スターレジデンス』のエントランス・ロビーに足を踏み入れた。エレベーターで三階に上がる。

川岸が三〇三号室のインターフォンを鳴らした。なんの応答もない。留守なのか。

有働は青いスチール・ドアに耳を押し当てた。

かすかに女の愉悦《ゆえつ》の声が聞こえる。憚《はばか》りのない卑語《ひご》も耳に届いた。ドラッグでハイになった木内と華奈がベッドで狂おしく交わっているのだろう。

有働は玄関のドアを荒っぽく蹴りつづけた。

数分経ったころ、ドアが内側から押し開けられた。二十六、七のトランクス姿の細身の男がステンレスの文化庖丁を翳《かざ》して、怒声を張り上げた。

「てめえら、うるせえんだよ。二人とも、ぶっ刺してやる！」

「警察だ」

有働は入室するなり、相手の急所を蹴り上げた。半裸の男が庖丁を足許《あしもと》に落とし、玄関マットにうずくまった。唸《うな》りつづけている。

「木内脩だな？」

「そうだよ。おれを逮捕《パク》りに来たんだったら、まず令状を見せてくれ」

「一丁前のことを言いやがって」

有働は木内の茶髪《ちゃぱつ》を引っ掴んで、膝頭で顔面を蹴った。骨と肉が鳴った。木内が呻いた。鼻血が滴《したた》りはじめた。

「有働さん、やり過ぎですよ」

「そっちは黙ってろ！」

有働は相棒を叱《しか》りつけ、木内の頭髪を強く引き絞った。

「い、痛《いて》えじゃねえか」

「『イマジン』のマスターの綾部をきのうの夕方、てめえが殺したんじゃねえのかっ」

「何を言ってやがるんだ⁉ おれは殺人《コロシ》なんかやってねえよ。覚醒剤《シャブ》は喰ってるけどな」

「とりあえず公務執行妨害罪だ、庖丁を振り回したからな」

「手錠《ワッパ》掛けますか？」

川岸が緊張した顔で訊いた。有働は首を振って、自分で木内に前手錠を打った。

「生安課の人間を呼んでやれ。部屋の中には、各種のドラッグがあるだろうからな」

「はい」

「木内が逃げる気配を見せたら、思いっきり蹴りを入れてやれ」

「わかりました」

川岸が身構えた。有働は靴を脱ぎ、奥に進んだ。

間取りは１ＬＤＫだった。リビングの右手に十畳の寝室があった。ダブルベッドの上には、全裸の女が仰向《あおむ》けに横たわっていた。その両手首は格子柄のマフラーできつく縛られている。剝《む》き出しの性器には、白い粉がまぶされていた。覚醒剤だろう。

「誰なの?」

瘦《や》せた女が気だるげに訊いた。

「警察の者だ。北村華奈さんだな?」

「うん、そう」

「早く木内と別れないと、そっちは廃人になっちまうぞ」

「別れたいんだけど、もう別れられないわ。あたし、覚醒剤《シャブ》漬けにされちゃったの。だから、もう駄目よ」

「まだ若いじゃねえか。やり直せるさ。保護するからな」

「それより、あたしを抱いてよ。したくてしたくて仕方がないの。だってさ、男の人に突っ込まれると、いきまくっちゃうんだもん。感じすぎて、おしっこが漏《も》れちゃうときもあるの。人間も結局、ただの動物なのね。うふふ」

「二十一や二で獣《けもの》に成り下がっちまったら、親が泣くぜ。人生棄《す》てるにゃ、早過ぎる。生き直せや」

有働はベッドに近づき、マフラーをほどきはじめた。

2

取調室は丸見えだった。

有働はマジック・ミラー越しに取調べの様子を眺めていた。新宿署刑事課の取調室1に接した小部屋である。

面通し室だ。警察関係者は〝覗き部屋〟と呼んでいる。

時刻は午後六時近い。

グレイのスチール・デスクを挟んで、新宿署の的場係長が木内脩と向き合っている。手前に腰かけているのは木内だ。手錠は外されているが、腰に回された捕縄《ほじょう》はパイプ椅子に括《くく》りつけられていた。

隅のノートパソコンに向かっているのは、的場の部下だった。関根《せきね》という名だったか。二十七、八だ。

木内の自宅マンションには、覚醒剤、コカイン、LSD、大麻樹脂、MDMAが隠されていた。それらは新宿署生活安全課に押収され、北村華奈も麻薬取締法違反で緊急逮捕された。華奈は生活安全課で取調べを受けている。

「同じことを何遍《なんべん》も言わせねえでくれ。おれも華奈もドラッグを常習してた。それから、去年の夏ごろから美人局《つつもたせ》もやってたよ」

　木内の声が響いてきた。

「美人局をやろうと言い出したのは、おまえなんだな？」

「ああ、そうだよ。ＤＪの仕事が激減しちゃったし、華奈もホステス稼業が長続きしなかったからね。喰わなきゃならねえし、麻薬《クスリ》も只《ただ》じゃ手に入らないじゃん？」

「美人局はどのくらい重ねたんだ？」

「月平均すると、三、四回はやってたな。金を持ってそうな中高年の男に華奈が声をかけてさ、ホテルに誘い込んだんだよ」

「頃合を計って、おまえが部屋に入ったわけだ？」

　的場が確かめた。

「そう。相手の男がシャワーを浴びたころにホテルの部屋に押し入って、『おれの女に手を出しやがって』と二、三発ぶん殴ると、相手はたいがい震え上がったね。それでさ、有り金をおとなしく出すんだよ」

「現金を脅し取っただけじゃないんだろうが！　銀行のキャッシュカードを奪って、暗証番号も吐かせたんだろっ」

「毎回ってわけじゃなかったけど、そういうこともやったよ」

「毎月、どのくらい稼いでたんだ?」

「均《なら》したら、百四、五十万円かな」

「それだけの実入りがあれば、無職でもリッチに暮らせるな」

「あんまし贅沢《ぜいたく》はできなかったよ。おれも華奈も、もうジャンキーだからさ。麻薬《クスリ》代がばかにならないんだ」

「各種のドラッグは、新宿、渋谷、六本木の外国人密売人から買ってたって話だったな?」

「うん、そう。売人はイラン人、ナイジェリア人、日本人といろいろだったけど、そいつらの本名は知らない。顔を見れば、すぐわかるけどね」

「それは、生安課が調べる。それより、きのうの夕方は原宿のヘアサロンでカットしてもらってたという話は本当なんだな?」

「まだアリバイを調べてくれてねえのかよっ。きのうの午後四時四十分ごろから、ヘアサロンでカットと染めをしてもらったのは嘘じゃねえって」

「いま刑事が裏付《ウラ》けを取りに行ってるから、もう少し待て」

「早くしてくれねえかな。去年の暮れに『イマジン』の近くの路上で綾部と口喧嘩をしたことは、事実だよ。それから、あいつを殺してやると口走ったこともね。けど、おれは元刑事を刺し殺してなんかない。綾部を憎んでたけどさ」

「被害者は、おまえと北村華奈を引き裂こうとしてたそうだな？」

「そうなんだよ。でも、おれと華奈はドラッグ・セックスで強く結びついちゃってるから、離れることはできねえんだ。別れるなんて無理だよ」

「そうか」

「刑事さん、おれを信じてよ」

「わたし個人は、おまえには人殺しはできないと思ってる。しかし、おまえを検挙《アゲ》た本庁《ホンブ》の有働って捜査員がクロかもしれないと言ったんでな」

的場係長が背筋を伸ばし、面通し室に目を向けてきた。挑発するような眼差《まなざ》しだった。

有働は神経を逆撫《さかな》でされ、取調室に駆け込みたい衝動に駆られた。ちょうどそのとき、上司の波多野が〝覗き部屋〟に入ってきた。

「どうだ？　木内は落ちそうなのか？」

「いや、本件には関わってないと繰り返してる」

「そうか。いま生安課に行ってきたんだが、北村華奈も木内が昨夕、原宿のヘアサロンに行ったと証言したよ。木内のアリバイの裏付《ウラ》けが取れたら、本件ではシロだろう」

「木内が誰かを抱き込んで、綾部を殺《や》らせたのかもしれないぜ」

「その可能性はゼロとは言わないが、木内は薬物中毒者なんだ。仮に殺したい人間がいたとしたら、ドラッグの力を借りて自分で犯行《ヤマ》を踏む気がするね」

「そうかな?」

「有働、少し焦《あせ》ってるんじゃないのか? 『イマジン』の常連客の証言だけで、木内脩を容疑者と思い込むのは早計だな。もっと冷静になれ」

「係長《ハンチョウ》、まだ木内のアリバイの裏付《ウラ》けが取れたわけじゃない。おれの勘が外れてたのかどうかは、まだわからないでしょ?」

「それはそうなんだが、おれの心証では木内はシロだな。それはそうと、おまえは昨夜《ゆうべ》から密かに事件のことを調べ回ってた」

「そのことを係長《ハンチョウ》に黙ってたのは、悪かったと思うよ。けどさ、別に初動捜査の妨害をしたわけじゃないんだから、大目に見てもらいてえな」

「むろん、説教めいたことを言うつもりはない。ただ、くどいようだが、捜査に個人的な感情を持ち込むと、見える物も見えなくなることがある。おれは、それを心配してるんだよ」

「そう」

「有働は理詰めの捜査はまどろっこしいと反則技を使ったりしてるが、数多くの殺人事件を解決に導いた。おれは、おまえが焦って汚点を残しはしないかと少し心配なんだよ。有働のことは、頼りになる片腕と思ってるんだ」

「そこまで言われると、尻《けつ》の穴がこそばゆくなるな。だけど、悪い気はしないね。係長《ハンチョウ》の足を引っ張るようなことはしないよ」

「そんな気遣いはしなくてもいいんだ。それよりも、おまえ自身の輝かしい実績を無にしないようにしろ」

「わかったよ。少し頭を冷やす」

「ああ、そうしてくれ。ジッポーのライターは、やはり大きな手がかりになると思う」

「そうだね」

有働は相槌《あいづち》を打った。

「きのう、三原組の須永雅信は広島のホテルに泊まった。須永自身が加害者でないことは間違いない。アリバイもあるし、うっかり事件現場に自分のライターを落とすなんてことは考えにくいからな」

「三原組の若頭《カシラ》は須永を陥《おとしい》れようとした人間がいるかどうか探ってみると言ってくれたんだが、むろん他人任せにする気なんかない。須永の交友関係を相棒の川岸と洗ってみる」

「そうしてくれ。若頭の塙幸司と有働のつき合いは知ってるが、筋者の力を借りるのはできるだけ避けたいからな」

「係長《ハンチヨウ》、塙の旦那は警察に恩を売っておこうなんて思惑《おもわく》や打算があって、協力を申し出たわけじゃないよ。若頭《カシラ》は直系の舎弟の須永が濡れ衣を着せられそうになったんで、黒白《こくびやく》をはっきりさせたいと思っただけさ」

「多分、そうなんだろうな。しかし、犯罪を暴《あば》くのはわれわれの仕事なんだ。なるべく裏社会の人間に頼らないようにしないとな」

波多野が忠告した。有働は素直にうなずいた。

そのすぐあと、新宿署の的場係長が上着の内ポケットから携帯電話を摑み出した。部下からの報告なのか。

的場がモバイルフォンを耳に当てながら、意地の悪そうな笑みを浮かべた。木内脩のアリバイの裏付けが取れたのかもしれない。有働は、取調室の音声に耳をそばだてた。

「おまえは本件ではシロだ」

的場が携帯電話を二つに折ってから、木内に告げた。

「別班の人間が、おれのアリバイの裏付けを取ってくれたんだね？」

「そうだ。昨夕、おまえは間違いなく原宿のヘアサロンでカットして、髪を栗色に染めてもらってた。被害者の死亡推定時刻は、きのうの午後四時半から同五時半の間だった。おまえが綾部航平を殺害するのは、物理的に不可能だ」

「やっと信じてもらえたか」

「念のために訊くんだが、第三者に殺人《コロシ》を頼んだりしてないよな？」

「してないって。綾部が交通事故か何かで死んじまえばいいと思ってたけどな。わざわざ殺し屋を雇ってまで『イマジン』のマスターを葬《ほうむ》りたいなんて考えたりしねえよ」

「そうか。三原組の須永のことは知ってるな？」

「知ってるよ、顔と名前はね。でも、個人的なつき合いはまったくないんだ。ヤー公と親しくなったら、ろくなことはないからね。あいつらは利害が絡まないときはいいけど、何か揉めたりすると、本性を剝《む》き出しにしやがるから」

「ああ、そうだな」

「よく知らねえけどさ、須永も裏で何か悪さをしてたんじゃないの？　事件現場にあの男のライターが落ちてたって話だったよね？」

「そうだ」

「須永にひどい目に遭《あ》わされた奴がさ、綾部殺しの罪を被せようとしたんじゃないの？

それなのに、大男の刑事はおれを疑ってるようだった」

「本庁捜一の刑事たちは自信家が多いんだよ」

「おれ、誤認逮捕されたんじゃないの？　弁護士に有働とかいう刑事《デカ》が勇み足を踏んだことを話さないと、腹の虫が収まらないな」

木内が言った。

「腹立たしかったら、別に弁護士に喋ってもかまわないよ。殺人犯扱いされたら、誰だって怒る。おまえの悔しさはわかるよ」

「同じ刑事なのに、庇《かば》わないの？」

「彼は本庁《ホンブ》の人間だからね。わたしの部下だったら、味方するだろうがな」

「本庁と所轄の人間の間には、いろいろ確執《かくしつ》があるみたいだね」

「総じて桜田門の連中は思い上がってる。本庁勤めだからって、必ずしも能力が優《すぐ》れてるわけじゃないんだ。現に有働警部補はポカをやらかしたからな」

的場がマジック・ミラーをちらりと見た。

「あの係長、おれに喧嘩を売ってやがるんだな。上等だ。売られた喧嘩は買ってやろうじゃねえかっ」

「有働、そうカッカするな」

波多野が制した。

「けどさ、面白くねえよ」

「的場係長の挑発に乗るのは大人げないな。それに有働は木内を本件に関与してるかもしれないと思ったから、彼を捜査本部《チョウバ》に連行したわけだろう？」

「そうだけど、おれは公務執行妨害と麻薬取締法違反で木内を緊急逮捕すると言っただけだぜ。そのことは、相棒の川岸も知ってるよ。別段、こっちは木内を誤認逮捕したわけじゃない。別件で身柄《ガラ》を押さえるケースはごまんとある。ポカをやったわけじゃない。そのことを的場係長にはっきりと言ってやらねえと、気分がすっきりしないよ」

「有働、いまは堪《こら》えろ。的場係長に突っかかって、時間を無駄にしてもいいのか？　少しでも早く真犯人を検挙《アゲ》たいんだろ？」

「ああ、それはね」

有働は気持ちを鎮《しず》めた。

「ドラッグのことは全面的に自白《ゲロ》したんだからさ、文化庖丁を振り回した件には目をつぶってもらいたいな」

木内が的場に相談を持ちかけた。

「個人的には目をつぶってやってもいいと思ってるが、最終的には刑事課長の判断に委《ゆだ》ねることになるだろうな」

「課長にうまく言っといてくださいよ」

「わかった。しかし、おまえと北村華奈は実刑は免《まぬか》れないぞ。執行猶予は付かないだろう」

「まいったな。どうせなら、医療刑務所に入れてほしいね。覚醒剤の禁断症状は半端じゃないからさ。一般の雑居房に入れられたら、おれ、同室の奴らを嚙み殺しちゃうかもしれないよ」

「そこまではやらないだろうが、かなりフラッシュバックに苦しめられるだろうな」

「ああ、それは絶対だよ。華奈は麻薬《クスリ》欲しさに股をおっぴろげて、刑務官たちを誘惑しそうだな」

「おまえは、悪い男だ。二十一の娘をそこまでジャンキーにしてしまったんだから」

「でもさ、華奈はドラッグ・セックスで一生分の快楽を味わったんだから、プラマイ零《ゼロ》なんじゃない？　こっちも同じだね。身から出た錆《さび》ってやつだから、ちゃんと服役しますよ」

「それで、ドラッグとはおさらばするんだな」

「そうしたいけど、難しそうだね」

「呆《あき》れた奴だ。まったく反省してないじゃないか」

的場が苦く笑った。

「捜査本部《チョウバ》に戻ろう」

波多野が先に小部屋を出た。有働は上司の後に従った。

捜査本部に入って間もなく、志帆から電話がかかってきた。有働は廊下に出ると、すぐにモバイルフォンを耳に当てた。

「きょうは無理をさせてしまったようで、ごめんなさいね。それに、散財させてしまった感じで……」

「気にすんなって」

「捜査会議に間に合ったのかしら？」

「ぎりぎりセーフだったよ」

「よかった！　翔太が引き留《と》めたから、慌《あわ》ただしい思いをさせてしまったわね」

「もっと遅くまで一緒にいたかったんだが、初日から遅刻はまずいからな。短いデートだったが、有意義だったよ。ファースト・キスもできたしな。思わぬ邪魔が入っちまったが、別に翔太君を恨んじゃないよ。まだ疼痛《とうつう》が消えてないのかな？」

「鎮痛剤が効いてきたらしくて、疼《うず》きはなくなったみたい。あなたが持ってきてくれた残りのケーキを頬張って、にこにこしてるわ」

「そう」

「捜査のほうはどう？」

「ちょっと怪しい奴がいたんだが、本件には関わりがないことがわかったんだ。係長《ハンチヨウ》にあんまり焦るなって、少し前に忠告されちまったよ」

「有働さんがせっかちになるのはわかるけど、焦りは禁物ね。それから生意気を言うようだけど、もどかしがって違法捜査に走るのも慎んだほうがいいと思うわ」

「極力《きよくりよく》、反則技は控えるよ」

「ええ、そうして」

「そっちの声を聴《き》いたら、また町田に行きたくなってきたな。目の前のご馳走《ちそう》を急に取り上げられちまったわけだからさ」

「どう返事をすればいいのかしら？」

「いいんだ、いいんだ。楽しみは後に取っておくよ」

「ええ、そのほうがいいと思うわ。だけど、わたしは子供を産んでるから、若い独身女性とは違って体の線がもう崩れてる。多分、有働さんをがっかりさせちゃうだろうな。いっそキスまでで留《とど》めておく？」

「殺生《せっしょう》なことを言うなって」

「うふふ。早く事件が解決することを祈ってます。それじゃ、またね」

志帆が電話を切った。有働は反射的に終了キーを押し込んだが、すぐにモバイルフォンを折り畳む気にはなれなかった。

そうこうしていると、今度は道岡勇輝から電話があった。

「有働さん、木内脩はきのうの事件に関わってました？」

「木内の身柄を確保したんだが、犯人《ホシ》じゃなかったよ」

有働は事の経過を手短に伝えた。

「そういうことなら、木内がマスターを殺したわけじゃないんでしょうね。混乱させるような情報を流して、ごめんなさい。宙《そら》の話を聞いて、てっきり木内が犯人だと思っちゃったんすよ」

「済まながることはねえさ。それより、何か手がかりになるような話を小耳に挟んだら、また教えてくれや」

「わかりました。それはそうと、今夜八時から常連客たちが『イマジン』に集まって、綾部さんのお別れ会をやることになったんすよ」

「そうか。オーナーの堤さんも参加するのかな？」

「はい。オーナーも必ず顔を出すと約束してくれました。忙しいだろうけど、マスターと仲のよかった有働さんも出席してくれると、嬉しいんすけどね。時間の都合をつけるのは無理っすか?」

「おれも絶対に店に顔を出す。みんなで、綾部を偲《しの》ぼう」

有働は告げて、通話を切り上げた。

3

大音響だった。

店内には、『カントリーロード』が流れていた。故人が愛聴していた名曲だ。『イマジン』である。午後八時を六分ほど回っていた。

有働は店内を見回した。

カウンター席もボックス・シートも、ほぼ埋まっていた。

若い男女が圧倒的に多い。店の常連客ばかりだ。

カウンターの中には、オーナーの堤がいた。青いバンダナを巻き、何かオードブルを作っていた。

正面の壁面には、綾部のスナップ写真がたくさん貼ってあった。その多くは、店内で撮られた写真だ。壁際に献花台が置かれ、大きなフォト・フレームが載《の》っていた。

遺影の前には多くの花束が並んでいる。故人が常連客たちに慕われていたことがよくわかる。

「有働さん、ここに坐ってください」

勇輝がスツールから滑り降り、歩み寄ってきた。

「盛大な追悼会だな」

「いろんな奴に声をかけたら、どいつも必ず出席すると言ったんっすよ。でも、みんなが一斉に八時に店に来たら、入りきれないから、少しずつ時間をずらしてもらったんす」

「そうか。いまは三十人近くいるのかな？」

「ええ、二十八人です。後から次々にやってくるだろうから、百人は来そうっすね」

「綾部は、いい奴だったからな」

「ええ、そうっすね。誰もがマスターの死を悼《いた》んでます。あちこちから泣き声が聞こえるでしょ？」

「そうだな」

「オーナーが気を利かせて、ボリュームを上げてくれたんっすよ。泣きやすいようにね。

うるさいっすか？」

「いや、ちっとも気にならねえよ」

「それじゃ、このままでいいっすね？」

「ああ。綾部は、このカントリー・ミュージックが好きだったよな。酔うと、いつも『カントリーロード』をくちずさんでた」

「ええ、そうでしたね。郷里の栃木に何か思い入れがあったんだろうな。そのことを訊いても、マスターはただ笑ってましたけど」

「そうか」

有働は、綾部の婚約者が十数年前に宇都宮市内で交通事故死したことを知っていた。しかし、あえて明かさなかった。事故死した女性は綾部の高校時代の後輩で、看護師だった。

有働は、その婚約者の写真を見ている。優しそうで、笑顔が美しかった。

「おれ、ちょっとボックス席を回りますんで、どうぞカウンター席に坐ってください」

勇輝がボックス・シートに足を向けた。

有働は、勇輝が坐っていたスツールに腰かけた。左隣には、磯貝宙《そら》がいた。ウイスキーをロックで飲んでいる。

「きみ、ちょっとピッチが速《はや》いよ」

オーナーの堤が宙に声をかけた。

「別に只《ただ》で飲ませてもらえるからって、ハイピッチで飲《や》ってるわけじゃないんすよ。おれ、辛《つら》くてさ。早く酔っ払わないと、子供みたいに大声で泣き喚《わめ》きそうなんでね」

「綾部君が好きだったんだな」

「大好きでしたよ。親兄弟よりも、ずっと好きだったすね。マスターは、いい男性《ひと》だったな」

「ああ。青春期に足を踏み外した若い子たちを温かく見守ってたし、親身に面倒も見てた」

「綾部さんは、おれたちの兄貴だったんすよ。ボックス席で泣き通しの舞衣《まい》が先公たちに見放されたときに校長やクラス担任を怒鳴りつけて、退学処分を撤回させたんすよね。それだけじゃない。マスターは、高幸《たかゆき》が増尾《ますお》組の構成員にさせられそうになったとき、組長をたしなめてくれたんすよ。そのとき、綾部さんは日本刀《ポントウ》で叩っ斬られそうになったたって話だったな。親兄弟だって、なかなかそこまではやれないでしょ？　他人のために体を張れる大人なんて、めったにいないっすよ」

「そうだね」

「オーナー、ウイスキーをダブルにして。おれ、泣きそうになってきたからさ」

「泣いてやれよ、綾部のために」

有働は、宙の肩を叩いた。

ほとんど同時に、宙がカウンターに突っ伏した。すぐに嗚咽《おえつ》を洩らしはじめた。

「いい追悼集会だね。何を作ります？」

堤が有働に訊いた。

「ジン・ロックをいただきます」

「タンカレーでいいですか、ジンは？」

「ええ」

有働はロングピースをくわえた。

ジン・ロックを傾けながら、ひとしきりオーナーの堤と故人の思い出話に耽《ふけ》った。それから有働はボックス席に移った。

「有働さんさ、マスターを殺した奴を取っ捕まえたら、即、頭《ペテン》を撃ち抜いちゃってよ」

麻耶《まや》が酔眼を向けてきた。ちょうど二十歳《はたち》の彼女は、歌舞伎町のキャバクラに勤めている。

中学時代から家出を繰り返し、援助交際をしているうちにチンピラやくざたちに輪姦され、裏ＤＶＤに出演させられていた。綾部はそんな麻耶をチンピラやくざたちと縁を切らせ、接客業に就かせたのである。

「そうしてやりてえな」

「でも、刑事の有働さんはやれないよね。あたしが犯人を殺《や》ってやる！　キャバ嬢の仕事もなんかかったるくなってきたから、あたし、女子刑務所にぶち込まれてもいいよ」

「そっちが犯人を殺《や》ったりしたら、綾部が悲しむぜ。あいつは横道に逸《そ》れた若い連中を命懸けで立ち直らせてきたんだ」

「そっか、そうだね。あの世に行っちゃった恩人を悲しませちゃいけないな」

「そうだよ。ところで、浅見《あさみ》ちはるが来てないな」

有働は言いながら、ボックス席を改めて眺めた。やはり、姿が見えない。

二十二歳のちはるは、三年前まで都内で最大の女暴走族《レディース》の総長だった。横須賀《よこすか》から遠征してきたレディースの総長ら三人を鉄パイプで殴打し、狛江《こまえ》市内にある女子少年院『慈愛学園』に十一カ月ほど収容され、仮退院後はディスカウント・ストアでアルバイト店員をしている。ちはるは、綾部にだいぶ世話になったはずだ。

「どうしようかな？　有働さんは刑事だけど、あたしらの味方だよね？」

「敵じゃねえと思うよ」

「だったら、あたし、喋っちゃう」

麻耶が前屈《まえかが》みになった。

「あの娘《こ》、何かやらかしたんだな？」

「うん、ちょっとね。ちはる姉《ねえ》、『慈愛学園』で法務教官をやってる相馬邦則《そうまくにのり》って四十二歳の男の背中を果物ナイフで刺して逃亡中らしいのよ」

「刺したのは、いつなんだ？」

「ちょうど一週間前ね。教官を刺した後、あたしの携帯にちはる姉から電話があって、高飛びするけど、マスターや店の常連には黙っててくれって頼まれたの」

「その後、ちはるから連絡は？」

「ない。こっちから何度か電話したんだけどさ、いっつも電源が切られてた。そんなわけで、ちはる姉の潜伏先はわからないのよ」

「ちはるは『慈愛学園』にいるとき、相馬という教官に陰湿ないじめ方をされたんだろうか。女子少年院の教官は、けっこう偉ぶってるらしいからな」

「そのへんのことはよくわからないけど、果物ナイフで相馬とかいう教官を刺したことは間違いないみたいよ。でも、殺す気はなかったんで、浅くしか刺さなかったと言ってた。バイト先や目黒《めぐろ》の自宅にも電話したんだけど、ちはる姉の行方はわからないの」

「刺された教官は被害届を出したんだろうか。出してたら、ちはるは指名手配になってるはずだ。それは、後で調べてみらあ」

「ええ、そうして。そんなことだから、ちはる姉はマスターのお別れ会に出てこられないのよ。綾部さんが殺されたことは知ってるんだろうけどね」

「ああ、多分な」

有働は言って、次のボックス・シートに移動した。若い常連客たちから手がかりを引き出したかったのだが、結果は虚しかった。

有働はトイレに入り、上司の波多野に電話をかけた。浅見ちはるが指名手配されているかどうか調べてくれるよう頼む。

「そのまま待っててくれ」

波多野の声が途切れた。有働はモバイルフォンを耳に当てつづけた。一分ほど待つと、上司の声が流れてきた。

「その事件の被害届は所轄署に出されてないな。したがって、浅見ちはるに指名手配はかかってない。背中の傷はごく浅かったんだろう」

「そうなのかな」

「傷はたいしたことなかった。だから、ちはるって彼女の将来のことを考えて、相馬という教官は被害届を出さなかったんだろう」

「そうなのかもしれないが、こうも考えられるんじゃない？　教官の相馬は浅見ちはるが女子少年院に入ってるころ、何かひどいことをしてた。たとえば、セクハラめいたことをしてたのかもしれないね。で、ちはるは仕返しをする気になって、相馬の背中を果物ナイフで刺した。そういうことだったんじゃねえのかな？」

「そうだったとしたら、もっと早く仕返しをするんじゃないのか？　仮退院したのは、二年近く前だったんだろう？」

「だと思うよ。しかし、保護観察期間が一年ほどあるはずだから、その間は罪を犯せない。それで、仕返しは保護観察が解《と》けてから決行することにしたんじゃねえのかな？」

「あるいは、別の理由で浅見ちはるは教官の背中を浅く刺したんだろう。殺意があったら、もっと深く刺してたはずだからな」

「そうだね。一種の警告行為だったんだろうな。それとも、相馬が抵抗したんで深く刺せなかったんだろうか」

「なるほど、そうも考えられるな。しかし、その事件と本件とは何もつながりはないと思う」

「ああ、おそらくね。何か手がかりを得られるかもしれないから、もう少し粘《ねば》ってみるよ」

　有働は言った。

「それはいいが、あまり単独で動かないでくれ。新宿署の川岸君とおまえはコンビを組んでるわけだからな」

「そうなんだが、綾部のお別れ会は私的な集まりだからね」

「ま、そうだな。しかし、できるだけ相棒と行動を共にしてくれ。いいな？」

　波多野が先に電話を切った。有働は用を足してから、化粧室を出た。

　すると、献花台の前に黒っぽい背広姿の男がぬかずいていた。

　五十代の半ばだろう。男は床《フロア》に両手をついて、男泣きに泣いていた。震える肩が痛ましい。

　勇輝が自然な足取りで近づいてきた。有働は、立ち止まった勇輝に男のことを訊《たず》ねた。

「保護司の綿引和久《わたびきかずひさ》さんっす。綿引さんは税理士なんすけど、ボランティア活動で保護司をやってるんすよ」

「そうか」

「常連客の何人かが綿引さんの世話になったんで、たまに『イマジン』に顔を出してたんすよね。マスターとは志《こころざし》を同じくしてたんで、意気投合してたんす。綿引先生はマスターと同じように、この店の客たちが仕事に困ってると、働き口を紹介してくれたんすよ。先生に感謝してる奴は大勢いるっす」

「そう」

「同志とも言えるマスターが死んでしまったんで、綿引先生は気落ちしてると思うっす」

勇輝が口を結んだ。

保護司は法務大臣の委嘱《いしょく》で、犯罪者たちの更生に当たっている。身分は非常勤の国家公務員ということになるが、まったくの無俸給だ。ただし、職務に必要な経費などは支払われている。

現在、全国に五万二千五百人の保護司がいる。その八割近くの者が別の生業《なりわい》を持っている。残りは年金生活者か、悠々自適の暮らしをしている資産家だ。

保護司たちは、少年鑑別所、少年院、刑務所を仮退院・仮出所した者たちの更生を手助けしている。保護観察対象者は担当保護司宅を月に一度訪ね、生活状況や交友関係を報告しなければならない。

保護司たちも、法務省保護局に属する保護観察所の担当保護観察官に毎月、報告書を提出することを義務づけられている。保護観察官は保護司の報告書を参考にして、対象者の保護期間の延長などを判断しているわけだ。年齢や罪によって、保護観察期間は一年から五年とまちまちである。

保護司の綿引がハンカチで涙を拭《ぬぐ》って、ゆっくりと立ち上がった。勇輝が綿引に声をかけた。

「先生、ご紹介します。こちらはマスターと警察学校で同期だった方で、警視庁捜査一課の有働さんです」

「初めまして……」

綿引が名乗って、名刺を差し出した。有働も自己紹介し、保護司に自分の名刺を手渡した。

「綾部さんは年下でしたが、尊敬できる方でした。死が惜《お》しまれてなりません。綾部さんは若い人たちは社会の財産だと常々、言ってたんですよ。わたしも同感でしたんで、とても心強く感じていたんですがね」

「皮肉なことに、きのう、ここで綾部の死体を発見したのはこっちなんですよ」

「そうでしたか。本庁の捜査一課にいらっしゃるんなら、捜査本部の動きはわかるんでしょう?」

「新宿署に設けられた捜査本部に出張《でば》って、本格的な捜査に乗り出したばかりなんですよ。残念ながら、まだ捜査線上に被疑者は浮かんでません」

「そうなんですか。一刻も早く犯人を捕まえてほしいですね」

「ベストを尽くします。そこで、綿引さんにも捜査に協力していただきたいんですよ。少し時間を貰えます？」

「もちろん、協力します」

綿引が目で空席を探しはじめた。勇輝が宙《そら》に席を譲るよう声をかけ、二つのスツールを空けてくれた。

「ありがとう」

綿引が勇輝と宙に礼を言って、スツールに腰かけた。有働は、綿引のかたわらに坐った。

「綿引先生、わざわざ足を運んでいただいて申し訳ありません」

オーナーの堤が犒《ねぎら》った。

「綾部さんはわたしの同志だったんですから、当然のことですよ。宇都宮の実家には弔《ちょう》電《でん》を打っておきました。告別式に列席させてもらうつもりでいたんですが、家族葬をするようだから、遠慮することにしたんです」

「そうですか。先生、何をお飲みになります？　きょうは店の奢《おご》りですから、お好きなものをどうぞ！」

「それでは、ウイスキーの水割りをいただきます」

綿引が注文した。オーナーが酒と肴《さかな》の用意に取りかかった。

「保護司になられたのは？」

有働は綿引に訊いた。

「十六年前です。わたし、スタッフを五人使って、税理士事務所を経営してるんですよ。仕事一本槍で、子供のことは家内に任せっ放しでした。ひとり娘が中一の秋から自室に引きこもったときも、いじめに負けるようでは駄目だと叱ってばかりいました」

「そうですか」

「そんな娘が十五になって間もなく、鉄道自殺してしまったんです。母親には先立つことを詫びる遺書を残してありましたが、父親のわたし宛の手紙はありませんでした。娘は、わたしのことを薄情な父親と憎んでいたのかもしれません」

「そうなんだろうか」

「ひとり娘が自死したことは、とてもショックでした。若い人たちを支えて励ますのが大人の務《つと》めだと改めて思いましてね、保護司になったんですよ」

「立派な心掛けだな」

「娘を死なせてしまったんで、その罪滅《ほろ》ぼしのつもりでボランティア活動をやってるだけですよ」

綿引は、きわめて謙虚だった。綾部が好感を持ちそうな人柄だ。

オーナーが綿引の前にウイスキーの水割りとオードブルを置いた。有働にはジン・ロックが供された。

二人は軽くグラスを触《ふ》れ合わせた。

「アルコールが悲しみを完全に消してくれるなら、救いになるんですがね」

綿引が打ち沈んだ表情でグラスを傾けた。釣られて有働もジンを啜《すす》った。

「綾部さんの命を奪った人間を八つ裂きにしてやりたい気持ちです。仇討《あだう》ちが認められているんだったら、わたしが真っ先に復讐してやります」

「こっちも同じ気持ちですね。ところで、犯人に心当たりはありませんか？」

「綾部さんは悪の世界に引きずり込まれそうになった若い男女を真人間にするために暴力団関係者と敢然と渡り合ってきましたんで、法律の向こう側にいる連中には逆恨《さかうら》みされてたんではないのかな？　具体的なことはわかりませんが、犯人は堅気じゃないような気がしますね」

「その可能性がないとは言いませんが、綾部は元刑事だったんです。やくざは現職警官はもちろん、退職者さえ殺害したら、警察全体を敵に回すことになるとわかってるはずです」

「ええ、警察関係者は身内を庇《かば》う意識が強いですもんね」

「そうなんですよ。だから、どこかの組員が綾部を殺害したとは思えないんです」

「そうですね、そうだろうな。しかし、綾部さんが堅気の人間に強く憎まれたり恨まれるなんてことはまずないと思うんです。温厚な性格で、傲慢《ごうまん》なとこはまったくない方でしたから」

「ええ、そうでしたね」

「金銭上のトラブルがあったとは考えられないでしょ？」

「そうですね。女性とも遊びでつき合えるタイプじゃなかったから、そっち関係で恨まれてもいなかったはずです」

「女性には初心《うぶ》な感じでしたよね？　でも、綾部さんは犯歴のある女性たちとも公平に接してました。男運の悪いホステスや風俗嬢なんかの身の上話をちゃんと聞いてやって、親切に相談に乗ってましたよ。内縁の夫の暴力に泣かされてたショー・ダンサーをこっそり逃がしてやったこともあったな。その彼女がアパートを借りるときには、確か綾部さんが身許保証人になってあげたんじゃなかったかな？　ええ、そうですよ」

「そこまで面倒を見てやるとは、お人好しだな。でも、綾部なら、やりそうですね」

「有働さん、そうした女性のひとりが綾部さんに親切にしてもらったことで勘違いして、自分は惚《ほ》れられてると思い込んじゃったんではありませんかね？」

「しかし、綾部は隣人愛に衝《つ》き動かされただけで、下心や恋愛感情があったわけじゃない。それだから、少しずつ相手と距離をとるようになった？」

「そうです、そうです。それで相手は綾部さんが急によそよそしくなったと感じて、憎むようになった。そして、いつしか殺意が膨《ふく》らんで犯行に及んでしまった……」

「綿引さんの推理にケチをつける気はないんですが、ハンティング・ナイフの切っ先は綾部の心臓に達してたんですよ。女の力では、そんなに深く突き刺せないと思うな」

「となると、男の犯行なんですかね？」

「おそらく、そうなんでしょう」

「いったい誰が、綾部さんを殺したんだろうか」

綿引はウイスキーの水割りを一気に飲み干すと、スツールから立ち上がった。

「もうお帰りですか？」

オーナーの堤が綿引に問いかけた。

「深酒すると、また涙ぐみそうなんで……」

「先生のご自宅は恵比寿《えびす》でしたね。もっと飲んでくださいよ。酔い潰《つぶ》れたら、わたしが夕クシーで家まで送り届けます」

「せっかくだが、ここで綾部さんが刺殺されたと思うと、なんだか切なくて居たたまれないんですよ」

「そういうことなら、強くは引き留めません。綿引先生、綾部君のことはずっと忘れないでやってください。無器用な人間でしたが、稀《まれ》に見る好漢でしたんでね」

「もちろん、死ぬまで彼のことは忘れませんよ。わたしの同志だったんですから」

「そうしてください」

「有働さん、お先に失礼しますね。わたしの分も、供養のお酒を飲んでください」

綿引がスツールから離れた。

有働は止まり木を滑り降り、店を出ていく綿引を見送った。

4

店内が一瞬、静まり返った。

女優のように容姿の整った女性が『イマジン』を訪れたからだ。保護司の綿引が帰ってから、およそ三十分後だった。

「誰なんです?」

有働は、カウンターの中にいる堤に小声で問いかけた。

「知りません。白菊の束《たば》を抱えてますから、綾部君の知り合いであることは確かなんでしょうけどね、凄《すご》い美人だな。それに、プロポーションも素晴らしい」

「そうですね」

「きみも彼女のことを知らないの?」

オーナーが、有働の左隣に腰かけている勇輝に顔を向けた。勇輝が無言で首を振る。

有働は上体を大きく捻《ひね》った。

ウールの黒いテーラード・スーツに身を包んだ三十前後の美女は居合わせた男女に目礼すると、献花台に歩を進めた。オーナーがBGMの音量を絞った。

正体不明の女は綾部の遺影を見つめ、携《たずさ》えてきた花束を手向《たむ》けた。しなやかな白い指は長い。パーリー・ピンクのマニキュアがきらめいた。

女は合掌し、目を閉じた。

長い睫毛《まつげ》が小さく震えはじめた。懸命に悲しみに耐えているのだろう。

やがて、官能的な赤い唇が控え目に動きはじめた。彼女は何かくちずさんでいるようだった。

「『カントリーロード』を唱和《しょうわ》してるんですよ」

　オーナーの堤が呟くように言った。

「綾部が愛聴してた曲を知ってたわけだから、あいつとは親しい間柄だったみたいだな」

「有働さん、そうなんだと思いますよ。綾部君は女擦《ず》れしてないのに、よくあれほどの美女をゲットしたもんだな」

「綾部は魅力のある男だったから、彼女のほうが積極的にアプローチしたんでしょう」

「ええ、きっとそうにちがいありませんよ。それにしても、飛び切りの美人だな」

「そうですね」

　有働は口を結んだ。

　謎めいた女が合掌を解《と》き、指先で遺影をなぞりはじめた。いとおしげな手つきだった。

　彼女はカウンター席とボックス席に一礼すると、出入口に向かった。

　有働は素早くスツールを離れ、黒いスーツの女を呼び止めた。

　相手が立ち止まり、優美に体を反転させた。香水が淡く匂った。

「失礼だが、故人とはどういった関係だったんです？」

「あなたは？」

「申し遅れました。有働といいます。綾部とは警察学校で同期だったんだ。あいつとは妙に気が合って、ずっと親しくしてたんですよ」

「それでは、あなたはお巡りさんなのね？」

「ええ、そうです。警視庁の捜査一課所属で、いまは綾部の事件の捜査に当たってます」

「そうなの。綾部さんから、わたしのことを聞いたことはありません？」

「ええ、残念ながら」

「そうですか。彼は本気でわたしのことを想ってくれてたわけじゃなかったのね、やっぱり」

「やっぱりって、どういうことなのかな？」

「わたし、御園奈津《みそのなつ》といいます。五カ月前まで綾部さんと交際してたんですよ」

「綾部とは、どこで知り合ったんです？」

有働は訊いた。

「日比谷《ひびや》の帝都ホテルのエレベーターの中です。ちょうど一年前の夜のことです。そのとき、わたし、変態趣味のある外国人男性に追いかけられてたの」

「話がよくわからないな。ここでは話しにくいことだったら、店の外で説明してもらってもかまわないが……」

「ええ、そのほうがいいわ」

奈津が身を翻《ひるがえ》し、先に『イマジン』を出た。有働は彼女につづいた。二人は店の前にたたずんだ。

「表は寒いわ。失礼して、コートを着させてもらいますね」

奈津が小脇に抱えていた黒のカシミヤ・コートをテーラード・スーツの上に羽織《はお》った。

有働は上着の襟《えり》を立て、スラックスのポケットに両手を突っ込んだ。夜気《やき》は凍《い》てついていた。吐く息が白い。

「わたしね、二十六までモデルをやってたの。でも、仕事が急激に減ってしまったんで、五井物産専属の高級娼婦になったんですよ。いろんな国の取引先の方が商談で日本に来たとき、投宿先のホテルで一夜妻を務めてたの」

「どこの組が仕切ってたんだい？」

「ううん、やくざが管理してたわけじゃないの。モデルクラブの社長の大学時代の友人が五井物産に勤めてたんで、売れなくなったモデルたちがそういう裏の仕事をやってたんですよ。食べるためにね」

「そう」

「その夜はアルジェリア人のベッド・パートナーを務めることになってたんですけど、相手の男性が自分のおしっこを無理にわたしに飲ませようとしたの。強く拒《こば》んだら、男はわたしの頬をバックハンドで殴って、お腹も蹴ってきたんです」

「で、部屋から逃げ出したわけだね？」

「ええ、そうです。わたし、靴も履《は》かずに部屋から飛び出しちゃったんですよ。函《ケージ》の中で怯《おび》えてるわたしに綾部さんが優しく声をかけてくれたの。わたしは少し迷ったんですけど、経緯《いきさつ》を話しました。そしたら、綾部さんは元刑事だと言って、アルジェリア人の男をとっちめてくれたんです」

「そんなことがあって、恋心が芽生えたわけだ？」

「ええ、そうなの。でも、わたしは売春で食べてたわけですから、すぐには綾部さんに交際を申し込めませんでした。いったんは彼のことを諦めようとしたの。でも、熱い想いは掻き消せませんでした。それで、綾部さんに胸の想いを打ち明けたんですよ。汚れた過去も話しました。それでも綾部さんは、わたしを受け容《い》れてくれたんです。あのときは、本当に嬉しかったわ」

奈津が遠くを見るような眼差《まなざ》しになった。

「その後のことを聞かせてほしいな」

「はい。わたしたちは親密な関係になって、いつか結婚しようと誓い合いました。でも、五カ月前のある早朝、彼の大久保のマンションから真面目そうな女性が出てきたんです。

綾部さんとその彼女は別れしなに玄関先でキスをしたの。それを目にして、わたしは自分が遊びの相手にされたんだと覚《さと》りました。外国人相手の娼婦だったわけだから、まともな恋愛対象にはならないんでしょうけど、綾部さんに裏切られたという気持ちで一杯になりました」

「ちょっと待ってくれないか。綾部とは長いつき合いだったんだ。あいつは適当なことを言って、女たちとうまく遊べるような男じゃない。そっちの話をそのまま信じることはできないな。綾部は誰に対しても誠実だった。それに女に関しては、初心《うぶ》だったんだよ。戯《たわむ》れに女を引っ掛けるなんてことはできない奴だ」

「あまり女擦れしてないことは確かだったわ。だけど、女に言い寄られたら、その気になってしまうんじゃない？」

「綾部に限って、そういうことはないと思うがな」

「でも、現に彼は二股をかけてたのよ。誠実な人柄でも、性的な欲望はほかの男たちと変わらなかったんでしょうね。そういうことがあったんで、わたし、彼のことを諦めたの。死ぬほど好きだったんだけど、わたしの体は汚れてるという負い目《おめ》があったんで……」

「綾部は、そっちを引き留めなかったのか？」

「わたしと別れたくないとは一応、言ってくれたわ。でも、キスした相手も自分が支えてやらないといけないんだとか言って、縁を切る気はないと……」

「はっきりとそう言ったのかい？」

「ええ。そして、できれば二人の女性と公平につき合いたいとも言ったわ」

「綾部がそんなことを言うわけないっ」

有働は言下に否定した。

「親友のあなたは彼を庇いたいだろうけど、綾部さんはそう言ったのよ。そのときの言葉は、いまも耳にこびりついてる。わたしは屈辱感で、身が震えそうだったわ。憎悪も覚えたわね。ほんの一瞬だったけど、彼を殺してやりたいとも思いました。でも、自分ではそんなことはできない。知り合いに殺し屋がいたら、綾部さんを殺してなんて頼んでたかもしれないわね」

「まさか誰かに綾部を殺《や》らせたんじゃないだろうな？」

「わたし、そんなに執念深い女じゃありません。悲しい別れ方をしちゃったけど、彼には未練があったんですよ。それだから、『イマジン』にやってきたの」

「今夜、ここでお別れ会があることを誰から聞いたんだい？」

「えーと、それは……」

奈津が口ごもった。

「質問に答えてほしいな」

「お別れ会のことは、三原組の構成員の男に教えてもらったの」

「そいつの名前は？」

「名前までは知らないわ。二十八、九で口髭《くちひげ》を生やしてる男よ。その彼とは、桜通りのパチスロ屋でよく顔を合わせてたの。わたし、パチスロにハマっちゃってるんですよ」

「そう。いまは何をやって喰ってるんだい？」

「モデル仲間だった娘《こ》が青山でセレクト・ショップをやってるの。その店を手伝ったり、ネールアートの店でバイトをしてます。経済的には大変だけど、綾部さんには感謝してるんです。彼と知り合ったことで、売春から足を洗えたわけだから」

「そっちの携帯のナンバーを教えてくれないか」

「困ったな。実は先月から、ある男性と一緒に暮らしてるんですよ。その彼、病的なほど嫉妬《しっと》深いの。自分の知らない男から電話がかかってくると、すぐに不機嫌になるんですよ」

「なら、青山のセレクト・ショップの店名を教えてもらおうか」

「『マロニエ』です。店のオーナーは葉月玲華《はづきれいか》です。わたしと同じ三十歳なの。わたしに連絡したいときは、その彼女に電話してもらえます？」

「ああ、そうしよう」

「有働さんでしたよね？　早く綾部さんを殺した犯人を逮捕してください」

「必ず取っ捕まえるさ。ご協力に感謝するよ。ありがとう！」

有働はポケットから右手を抜き、高く掲《かか》げた。奈津が軽く頭を下げ、足早に歩み去った。

故人が元高級娼婦と五カ月前まで恋仲だったという話は、事実なのだろうか。綾部は、情にほだされやすかった。

奈津の堕落《だらく》した暮らしを知って、泥沼から救い出してやりたくなったのだろうか。美しく色っぽい彼女と接しているうちに、綾部は心を奪われてしまったのか。

女馴《な》れしていない男が陥りやすいパターンだ。そこまでは、うなずける。

しかし、綾部が奈津と交際しながら、別の女性とも親密な関係にあったという話はどうしても信じられない。奈津の話には、何か裏がありそうだ。

そうだとしたら、彼女はどんな目的で綾部の追悼集会に顔を出したのか。奈津は弔問を装って、自分が怪しまれていないか確認したかったのか。そうなら、彼女は加害者と何らかのつながりがあるにちがいない。

有働は懐からモバイルフォンを取り出し、相棒の川岸刑事の携帯電話を鳴らした。スリーコールの途中で、電話がつながった。

「まだ捜査本部《チョウバ》にいるんだな？」

「ええ」

「端末を操作して、すぐに犯歴照会してくれねえか。生年月日、現住所、本籍地は不明だが、氏名は御園奈津だ。本人は三十歳だと言ってる」

「何者なんですか、その彼女は？」

「綾部と五カ月前まで恋仲だったと称して、将来は結婚する約束をしてたとも言ってた。しかし、綾部が別の女とも交際してるとわかったんで、別れたと言ってたんだが……」

「有働さん、その女とはどこで接触したんです？　自分は頼りにならないんでしょうけど、相棒じゃないですか。聞き込みには同行させてくださいよ」

　川岸が恨みがましい口調で言った。

「私的な外出先で、たまたま御園奈津って女と会ったんだ。男のくせに僻《ひが》むんじゃねえよ」

「ですけど」

「面倒臭え野郎《くせ》だな。早くA号照会しやがれ。御園奈津の名で該当なしだったら、似たような名を思いつくままに打ち込んでみな」

「わかりました」

「回答があったら、コール・バックしてくれ」

有働は電話を切り、ロングピースをくわえた。指先がかじかみはじめていた。足踏みしながら、煙草を吹かす。

一服し終えたとき、川岸から電話がかかってきた。

「御園奈津の名ではヒットしませんでした。ですが、犯歴データベースに御影《みかげ》奈津の名は登録されてました」

「多分、そいつだろう」

「そうでしょうね。御影奈津はちょうど三十歳で、新宿署《うち》の生安課に一年半前に売春防止法違反で検挙《アゲ》られて、書類送検されてますよ。生安課に問い合わせたら、該当者は新宿の高層ホテルのバーやロビーで客を引いてる高級娼婦だそうです」

「おれには、五井物産の取引先の外国人たちの一夜妻をやってると言ってたが、おそらく新宿のホテルを稼ぎ場にしてたんだろう」

「そうなのかもしれませんね」

「川岸、御影奈津の家《ヤサ》はどこにあるんだ?」

「中野区上高田《かみたかだ》二丁目三十×番地、『上高田エミネンス』の五〇一号室が自宅になってますね。本籍地は三鷹市上連雀《かみれんじやく》七丁目です」

「わかった」

「その彼女が本件に何らかの形で関与してるんですか？」

「もしかしたらな」

「それなら、これから御影奈津の自宅を張り込んでみましょうよ」

「功を急ぐな。そんなに手柄が欲しいか？」

「そう思われるのは心外ですね。自分、点取り虫なんかじゃありません」

「けど、肚《はら》の中じゃ本庁《ホンブ》の奴らには負けられねえと思ってるんだろうが？」

「新宿《うち》の的場係長と一緒にしないでください。自分は本庁《ホンブ》も所轄の刑事も同じ仲間だと思ってます。おかしなライバル意識なんか持ってませんよ」

「優等生的な発言だな。おれは、いい子ちゃんが苦手なんだ。こっちは、不良少年上がりだからな」

「有働さんは、照れ隠しに悪党《ワル》ぶってるだけなんでしょ？」

「おい、こら！　年下のくせに、生意気なことを言うんじゃねえ」

「あっ、失礼しました。それはそうと、張り込まなくてもいいんですか？　別班に先を越されるのは、やっぱり癪《しやく》ですからね。できたら、自分ら二人で真犯人《ホンボシ》を突きとめたいじゃないですか」

「そういう言い回し、なんとかならねえのか。小僧っ子じゃねえんだから、何々じゃないですかなんて言い方するな。そんな日本語はねえんだからさ」

「はい、気をつけます。で、張り込みの件ですが、どうしましょう？」

「せっかちな野郎だな。おまえ、早漏《そうろう》気味だろう？」

「それは関係ないでしょ？」

「冗談も通じねえのか。まいったな。きょうは小便して、早く寝ろ！」

有働は明るく悪態《あくたい》をついて、通話を切り上げた。『イマジン』の中に戻って、同じスツールに腰かける。

「謎めいた美女は何者だったんです？」

オーナーが、すかさず問いかけてきた。

「五カ月前まで綾部と交際してたと言ってたんですが、そういう話を聞いたことはあります？」

「一度もないね」

「そうですか。さっきの彼女、綾部が別の女と二股をかけてることがわかったんで、別れたんだとも言ってたんですよ。そういう気配はうかがえたのかな？」

「いや、まったく。綾部君には特定の彼女なんかいなかったと思うがな」

「こっちも、そう思ってたんですが……」

有働は、かたわらの勇輝を顧《かえり》みた。

「つき合ってる女性はいなかったと思うな。さっきの女、なんか怪しいっすよ。有働さん、綾部さんの元恋人とか言ってる女を調べてみてくれませんか」

「おれも不審に思ったんで、ちょっとマークしてみようと思いはじめてたんだ」

「そうっすか。あのマブい女、犯人の情婦《おんな》なのかもしれませんよ」

「加害者に頼まれて、警察の動きを探りに来た？」

「そうなんじゃないのかな、ちょっと大胆すぎる気もしますけどね」

勇輝が言って、ビア・グラスを持ち上げた。

そのすぐあと、店のドアが開いた。黒っぽいダウン・パーカ姿の三十代半《なか》ばの男が険《けわ》しい顔つきで、店内を無遠慮に見回した。

「おたく、どなた？」

堤が問いかけた。

「狛江の『慈愛学園』で教官をやってる寺戸《てらど》博文《ひろふみ》という者です。浅見ちはるがこの店の常連客だと聞いたもんで、ちょっと寄らせてもらったんだよ」

「わたしは、この店のオーナーの堤です。確かに以前はよく来てたな、彼女。しかし、最近は姿を見せてないですよ」

「そうですか」

「彼女が何か問題を起こしたのかな?」

「浅見ちはるは一週間前にわたしの上司の相馬という教官に怪我を負わせて、逃亡中なんですよ。それで、彼女を捜し回ってるわけです」

寺戸がいったん言葉を切って、居合わせた若い男女に声を放った。

「誰か浅見ちはるの居所を知ってるんじゃないのか?」

「ちはる姉《ねえ》がどこにいるのか、あたしたちも知らないのよ」

麻耶が口を開いた。

「おまえは、ちはると親しかったのか?」

「ちょっとさ、何様なの!　初対面の人間に向かって、おまえ呼ばわりはないんじゃないっ」

「いっぱしの口を利くんじゃない。おまえら、どうせヤンキー崩れなんだろっ。おまえらの反抗的な目つきを見りゃ、すぐにわかるんだ」

「少年院《ネンショウ》の先公だからって、でかい面《つら》しないでよ!」

「風俗店かどっかで働いてるんだろ、おまえは。そんなケバい恰好《かっこう》して、恥ずかしくないのか？」

「あたしはキャバクラで働いてるのよ」

「スケベな客どもに調子のいいことを言って、高い料金をぶったくってるわけだ。賤《いや》しい仕事だな」

寺戸が嘲《ちよう》笑《しよう》した。

「職業に貴賤《きせん》はないでしょ！　あたしらだって、必死こいて働いてんのよ」

「楽したいんだったら、いっそ体か覚醒剤《シャブ》を売れよ。そのほうが手っ取り早く稼げるし、おまえらみたいな屑《くず》どもには似合ってる」

「てめーっ、死にてえのかっ」

宙《そら》がシートから立ち上がって、ビア・グラスを床に叩きつけた。額に青筋を立て、殺気立っていた。

「あんた、麻耶に謝れよっ」

勇輝がスツールから降り、寺戸を指さした。居合わせた若者たちが一斉に腰を上げ、寺戸を睨《ね》めつけた。

「おまえら、手を出したら、全員、少年院か少年刑務所行きだぞ」

「それがどうしたんでえ！」

宙が腰の太い革ベルトを引き抜いた。すぐに彼は、右の拳《こぶし》にベルトを巻きつけた。麻耶は、いつの間にかフォークを逆手《さかて》に握っていた。目が尖《とが》っている。

「どっからでも、かかって来い。クソガキどもは、ひとり残らず叩きのめしてやる」

寺戸が後ずさりながらも、虚勢を張った。

有働はスツールから腰を浮かせた。

「浅見ちはるを見つけ出して、何をするつもりなんだい？」

「あんた、誰？」

「本庁捜一の有働って者《もん》だ」

「やくざにしか見えないな。刑事になりすまそうとしても、無理だって」

寺戸が口の端を歪《ゆが》めた。有働は懐から警察手帳を摑み出し、寺戸の眼前に突きつけた。

「どう見ても、組員風だが……」

「相馬って上司が浅見ちはるに怪我させられたって話だが、地元署に傷害の被害届は出してるんだろう？」

「それは出してない」

「どうしてなんだ？」

「傷は浅かったし、上司はちはるの将来のことも考慮したからだよ」

「それだけじゃねえんだろ？　浅見ちはるの行方を自分らだけで懸命に追ってるのは、それなりの理由があるからなんじゃねえのか？」

「えっ⁉」

寺戸が顔色を変えた。有働は相手を怪しんだ。寺戸は上司に何か弱みを握られ、協力を強《し》いられているのではないか。

「図星だったようだな。相馬って教官は何か悪さをして、ちはるに金玉を握られちまったんじゃねえのか。だから、血眼《ちまなこ》になって浅見ちはるを追っかけてるんだろうが？　そっちは、相馬の手下じゃねえのかい？」

「無礼なことを言うな。われわれは『慈愛学園』で非行や犯罪に走った未成年の少女たちを更生させるべく、日夜、指導に励んでるんだ。教官が後ろ暗いことをするわけないじゃないかっ」

「疚《やま》しさがないんだったら、所轄署に被害届を出して、警察に浅見ちはるを捜してもらうんだな」

「傷害の被害届を出したら、ちはるは書類送検だけでは済まなくなる。相馬先輩は、そういう事態を避けたいんだよ」

「まだ綺麗事《きれいごと》を言ってやがる。仕方ねえから、そっちを不法侵入罪で逮捕するか」

「不法侵入罪だって⁉」

寺戸が声を裏返らせた。

「ああ、そうだ。この店は今夜、営業してるわけじゃねえんだよ。なのに、そっちは無断で店の中に足を踏み入れた。それから、居合わせた者に脅迫じみたことも言ったよな？　れっきとした犯罪じゃねえか」

「屁理屈《へりくつ》だよ、そんなのは」

「両手を出せや」

有働は腰の後ろに手を回した。

「冗談じゃない。あんたの言いがかりに屈したりしないぞ」

「おれを殴り倒して、逃《フ》げ《ケ》る気になったか。それなら、相手になってやろう」

「あんたの名は憶《おぼ》えておくからな。それなりのことはさせてもらう」

「いいから、パンチを繰り出せや。足蹴《ゲソパン》りでもいいぜ」

「その手に乗るかっ」

寺戸が捨て台詞《ぜりふ》を吐いて、あたふたと逃げ去った。

拍手が鳴り響いた。

「よせやい。みんな、飲み直そう」

有働は頭に手をやって、止まり木にどっかりと坐った。

第三章　作為の気配

1

覆面パトカーが路肩《ろかた》に寄せられた。『上高田エミネンス』の斜め前だ。助手席から、賃貸マンションの表玄関は見通せる。

「ここでいいですか？」

運転席の川岸刑事が問いかけてきた。

有働は黙って顎を引いた。綾部の追悼集会が開かれた翌日の正午過ぎである。

頭が重い。『イマジン』を出て下北沢の自宅マンションに帰りついたのは、午前七時ごろだった。

ジン・ロックを二十数杯も飲んでしまい、二日酔い気味だ。寝不足でもあった。

「マンションはオートロック・システムにはなっていないようですから、自分、五〇一号室に御園、いいえ、御影奈津がいるかどうか確認してきます」

「どんな手を使うつもりなんだ？」

「太陽パネルのセールスでも装おうと思ってますが、まずいですか？」

「いや、別に問題はねえよ。しかし、あんまり細かいことまで喋ると、相手に怪しまれるぜ」

「はい、気をつけます。それよりもここで張り込むより、いっそ五〇一号室に行って、奈津を直《じか》に追い込んだほうがいいんじゃありませんか？」

川岸が提案した。

「まだ勉強が足りねえな。奈津は堅気の娘っ子じゃねえんだぞ。犯人と何らかの関わりがあったとしても、あっさりと吐くわけねえ。だから、張り込んで対象者の動きを探ってみようと言ったんだ」

「あっ、そうか」

「奈津がてめえの部屋にいるかどうか確かめたら、すぐ戻ってこい。いいな？」

有働は言った。

相棒が大きくうなずき、アリオンから降りた。川岸は自然な足取りで進み、じきに『上高田エミネンス』の中に消えた。

有働は上着の内ポケットから携帯電話を取り出し、セレクト・ショップ『マロニエ』の代表電話番号を番号案内係に教えてもらった。無駄と知りつつ、店に電話をかけてみる。

経営者は男性で、葉月玲華という名に心当たりはないと答えた。嘘をついているような気配はうかがえなかった。

「御影奈津という客はいます？」

「いいえ、そういったお客さまはおりませんね」

「そう。お忙しいとこを申し訳ない」

有働はモバイルフォンを折り畳んで、ロングピースに火を点けた。奈津に対する疑念が一段と深まった。

といっても、彼女が実行犯とは思っていない。奈津の知り合いの男が綾部の背中にハンティング・ナイフを突き立てたのだろう。

上司の波多野の話によると、きょう近親者だけで通夜が営まれ、明日には綾部は荼毘《だび》に付されるらしい。有働は故人の母親と妹には会ったことがある。しかし、辛すぎて彼女たちにも悔みの電話をかけていない。

礼を欠くことは百も承知だった。だが、綾部の血縁者をどう慰《なぐさ》めればいいのか。弔電だけを打つのは、いかにも空々《そらぞら》しい。この不義理や不作法を故人はわかってくれるだろう。

有働は短くなった煙草を灰皿の中に突っ込んだ。

それから間もなく、川岸が戻ってきた。

「いたか？」

有働は、運転席に腰を沈めた相棒に訊いた。

「ええ、いました。同棲してる男はいないようでしたね」

「そうか。奈津は何してた？」

「ビデオを観《み》ながら、エアロビクスに励んでるようでした。体型を維持してないと、高級娼婦でいられなくなるんでしょうね」

「いまもホテルで客を漁《あさ》ってるんだろうか」

「新宿署《うち》の生安課の者は、まだ現役だと見てるそうです。なかなか足を洗えないんでしょうね。一晩で十万前後は稼げるんでしょうし、愛人みたいにパトロンに縛られることもありませんから」

「そうだな」

「有働さん、なんか眠そうですね。自分がしっかり張ってますから、少し仮眠をとられたら？」

「そうはいかねえよ。今回は、弔い捜査だからな」

「なんだか有働さんが羨《うらや》ましいですよ。警察学校で同期だった連中とは年に数回飲んでますが、自分には親友と呼べるような奴はひとりもいませんから」

川岸が寂しそうに明かした。

「別に綾部とおれは、べたついた友情を示し合ってたわけじゃねえんだ。そっちの同期の奴らも誰か仲間が殉職したりすれば、熱くなって真犯人捜しをすると思うよ」

「そうですかね。仮に自分が殉職しても、同期の連中は特に何もしてくれないような気がするな」

「おまえ、僻《ひが》みっぽいね。どういう家で育ったんだ？」

「自分、兄貴と妹に挟まれてるんですよ。都会と違って、東北ではいまだに長男が大事にされてるんです。次男の自分は、親にそれほど大事にされた記憶はありません。妹は女ですから、それなりにかわいがられたんですがね」

「秋田だっけな、田舎は？」

「そうです。大学に入るときに東京《こっち》に来たんですが、自分にはもう帰れる場所はないんだと少し悲愴《ひそう》な気分でしたね。実際、長男の兄貴が実家の跡を継《つ》いで、嫁さんと半農半漁をやってますんで」

「故郷や身内にしがみつくことはねえさ。東京に根っこを張って、しぶとく生きろや。とりあえず、プラス思考でいくんだな。ネガティブ・シンキングはよくねえよ。人生、愉《たの》しまねえとな」

「ええ、そうですね」

会話が途絶《とだ》えた。

有働たちは張り込みに専念しはじめた。いたずらに時間が流れ、陽《ひ》が傾いた。

奈津が自宅マンションから現われたのは、午後五時十分ごろだった。着飾って、化粧もしていた。

奈津は西武新宿線の新井薬師前《あらいやくしまえ》駅に向かって歩きだした。

「追尾《ついび》します」

川岸が緊張した面持《おもも》ちで言い、捜査車輛を低速で走らせはじめた。

「対象者《マルタイ》は電車に乗るかもしれねえな。そうだったら、おれが尾行する。川岸は車で待機して、おれの連絡を待つ。いいな？」

「了解！」

「車間距離、詰めすぎだな。もう少し減速してくれや」

有働は相棒に言って、フロント・シールド越しに奈津を見た。

歩調は一定していた。一度も振り返らない。尾《つ》けられていることには気づいていない様子だ。

ほどなく奈津は駅前通りに出た。

「やっぱり、西武新宿線に乗るようですね。こんな時刻から、ホテルのロビーで客を漁《あさ》るんでしょうか？」

「ちょいと時間が早いな。どこかに寄ってから、客を引く気なんだろう」

「そうなのかもしれませんね」

川岸が口を結んだ。

そのとき、奈津が駅の手前のコーヒー・ショップに入った。有働は店の十数メートル手前で、相棒に車を停めさせた。川岸が舗道ぎりぎりまでアリオンを寄せる。

「そっちは、まだ面が割れてねえな。コーヒー・ショップに入って、対象者《マルタイ》の様子を探ってみてくれ」

有働は相棒に指示した。

川岸が静かに車を降り、駅前の洒落《しやれ》たコーヒー・ショップに入っていった。その数分後、上司の波多野警部から電話があった。

「勝沼《かつぬま》・森《もり》班が被害者宅を再チェックしたんだが、新たな手がかりは見つからなかったそうだ。奈津の線から何か出そうか？」

「まだ何も摑めてないんだが、奈津は犯人《タマ》と接点があると思うね。あの女が五ヵ月前まで綾部と恋仲だったとは信じがたい気がするし、偽名を使ったことも怪しい」

「そうだな。そっちの報告で、御影奈津が一流シティホテルを稼ぎ場にしてる売春婦だということがわかった。殺された綾部がはぐれ者たちのよき理解者だったとしても、春をひさいでる女と親密な間柄になるとは考えにくい」

「そうだよね。奈津が昨夜《ゆうべ》おれに喋った話は、事実じゃないな」

「奈津の実家は本籍地にあったよ。六十代の両親が住んでるんだが、奈津は十年以上も前に父に勘当されてからはまったく親許には寄りついてないそうだ。したがって、娘の仕事や交友関係については何も知らないと父母は口を揃えたらしい」

「その通りなんだと思うね。何か進展があったら、すぐ報告を上げるよ」

　有働は電話を切った。

　川岸がコーヒー・ショップから出てきたのは、二十数分後だった。

「奈津は二十五、六の甘いマスクの男と親しげに談笑してました。そのイケメンは、奈津に翼《つばさ》と呼ばれてたな」

「姓ではなく、下の名なんだろう」

「でしょうね。翼は、歌舞伎町のホスト・クラブで働いてるようです。それで二人の会話から、いつも奈津が店で翼を指名してることもわかりました」

「奈津は、体で稼いだ金を年下のホストに貢《みつ》いでるんだろう」

「そんな感じでしたね。奈津のほうが翼にぞっこんなんでしょう。翼は、彼女を単なるカモと思ってるだけなのかもしれません」

「すべてのホストがそうとは言わないが、奴らは上客の顔が札束に見えるなんて平気でうそぶいてるからな。ホストの甘い言葉を真《ま》に受けて、何千万円も入れ揚げた風俗嬢やソープ嬢がいる」

「ええ、ほとんどのホストが金を持ってる女性を喰いものにしてるみたいですね。奈津は下手な女優よりも美人ですが、体を売って生活してることに強いコンプレックスを感じてるんでしょう。だから、まともな恋愛はできないと思って、お気に入りのホストと擬《ぎ》似《じ》恋愛を愉《たの》しんでるんでしょうね」

「そうなんだろうか」

「あっ、ひょっとしたら……」

「翼が綾部を殺《や》ったんじゃないかと思ったんだな？」

有働は先回りして、そう言った。

「ええ、そうです。有働さんも、自分と同じ推測をしたんですね？」

「うん、まあ。『イマジン』の常連の女の子がルックスのいいホストに夢中になって、金を貢がされてた。そのことを知った綾部が翼って野郎に意見して、その娘《こ》を遠ざからせた。それで翼が綾部を逆恨みしたのかもしれないと思ったんだが、ちょっとリアリティーがないな」

「リアリティーがありませんかね？」

「ああ。売れっ子ホストなら、小娘から金をせびらなくても、金持ちのおばさんたちにいくらでも甘えられるだろう。ベンツどころか、客の女社長に億ションを買ってもらったホストもいるって話だ」

「そうらしいですね。翼って男、母性本能をくすぐりそうなイケメンだから、年上の女たちが競《きそ》って貢ぎまくってる感じだったな。ルックスがいいだけで、そんなことがあってもいいのかなあ。自分、なんか許せないですね」

　川岸が真顔で不満を洩らした。

「やっかむなって。奴らも、それなりに苦労してるんだろう。河馬《かば》みたいな女実業家におべんちゃらを言って、時にはベッド・パートナーを務めてるんだろうからな。いくら金のためとはいえ、てめえの母親に近い年齢の女たちを抱かなきゃならねえとしたら、そりゃ地獄だぜ」

「でしょうね。辛いことも少なくなさそうだから、ホストを毛嫌いしたり、軽蔑するのはやめましょう。それにしても、男としては少し情けない職業ですよね？」

「まあな。人には人の生き方があるわけだが、月に一千万円稼げるとしても、おれにはホストはやれねえな」

「その前に雇ってくれる店がないでしょ、有働さんは組員たちが目を逸《そ》らしそうな強面《こわもて》ですからね」

「そこまで人相悪いかよっ」

「あれ、有働さんを怒らせちゃいました？」

「気分よくねえな。退屈しのぎに、ちょっと川岸をサンドバッグ代わりにぶっ叩くか」

有働は軽口をたたいた。

相棒が引き攣《つ》った笑顔を返してきた。

ちょうどそのとき、コーヒー・ショップから奈津が若い男と出てきた。流行の細身の黒っぽいスーツの上に毛皮のコートを羽織っていた。ハンサムで、上背もある。

「連れがホストの翼だな？」

「ええ、そうです。二人は一緒に電車に乗るんですかね？」

「そうなのかもしれない」

有働は顔を伏せながら、アリオンの助手席から出た。

そのとき、奈津たち二人がコーヒー・ショップの斜め前にある小料理屋に入った。『しのぶ』という屋号だった。有働は目顔で相棒に車の中で待てと告げ、ゆっくりと歩きだした。

通行人の振りをして、小粋な小料理屋の前を通過する。

数十メートル先で踵《きびす》を返し、来た道を引き返しはじめた。『しのぶ』の真ん前で立ち止まって、そっと店内を覗き込む。

奈津と翼は素木《しらき》のカウンターに並んで向かい、女将《おかみ》らしい五十年配の和服を着た女性と談笑していた。先客はいなかった。

有働は相棒を手招きした。

川岸がアリオンから敏捷《びんしょう》に降り、駆け寄ってきた。

「二人に任意同行を求めるんですね?」

「そうだ。従《つ》いてこい」

有働は相棒に言って、『しのぶ』のガラス戸を大きく開けた。

「いらっしゃいませ。お二人さまですね?」

着物姿の女がにこやかに言った。有働は、警察手帳をちらりと見せた。

奈津がぎょっとして、中腰になった。ハンサムなホストは茫然としている。

「女将さんだね？」

有働は和服の女に確かめた。

「はい、そうです」

「店に迷惑はかけないから、騒がないでほしいんだ」

「わかりました」

相手が困惑顔を奈津に向けた。奈津は伏し目になった。

有働は奈津に近づいた。

「あんたの本名は御影奈津だな？　現住所は中野区上高田二丁目三十×番地、『上高田エミネンス』の五〇一号室。本籍地は三鷹市上連雀七丁目だな？」

「……………」

「一年半前に売春防止法違反で書類送検されてる。そっちは高層ホテルのバーやロビーで客を引いてる娼婦だ。なぜ偽名を使って、綾部の元恋人になりすました？」

「そこまで調べ上げられたんじゃ、もうシラを切っても無意味ね。翼、もう観念しようよ」

「そうだね」

ホストが苦く笑った。有働は翼の肩を摑んで立ち上がらせた。

「そっちの名は？」

「坊城翼《ぼうじょう》です。年齢《とし》は二十五で、職業はホストです。歌舞伎町の『愛の方舟《はこぶね》』ってホスト・クラブで働いてます。一応、ナンバーツウです。奈津さんは店のお客さんなんですよ。初回から指名してくれた大切なお客さんです。でも、今回のことで奈津さんに迷惑をかけちゃったな」

「二人は綾部殺しに関わってるんだなっ」

「直《じか》に手を汚してはいないけど、無関係じゃありません」

「どういうことなんだい？」

「ぼく、三原組の須永雅信さんからね、『イマジン』のマスターを始末してくれる人間を紹介してくれって頼まれたんですよ。詳しいことは知りませんけど、どうも須永さんは綾部という元刑事に恨みがあったみたいですね」

「苦し紛《まぎ》れの作り話か」

「ぼく、嘘なんか言ってませんよ。本当に須永さんに頼まれたんです。以前、須永さんにちょっと世話になってたんで、協力する気になったわけですよ。謝礼の二百万円のうちの半分を流れ者の関西訛《なまり》のある男に渡して、『イマジン』のマスターを殺《や》らせたんです」

「もっともらしい嘘をよく思いつくな。おまえ、詐欺師になれるよ」

「刑事さん、ぼくの言葉を信じてください。本当にシゲやんと呼ばれてる四十前後の男に綾部ってマスターを刺し殺してもらったんですから。ぼく、シゲやんを『イマジン』の前に連れていって、ハンティング・ナイフを渡したんです。マスターを刺し殺すとこは見てませんけどね」

坊城翼が言った。

「そのシゲやんという男が実行犯なら、どこに隠れてるかも知ってるはずだ。潜伏先は？」

「わかりません。シゲやんはマスターを殺《や》ったら、沖縄に逃げると言ってたけど、その通りにしたのかどうかはわかりません」

「警察をなめてんのかっ」

「ぼく、事実を言ってるのに。犯行現場にジッポーのライターが落ちてたでしょ？」

「ああ、それがどうした？」

「あのライター、須永さんの物なんですよ。ぼくがある所で手に入れ、シゲやんに渡して、『イマジン』の店内に落としておいてくれって頼んだんです」

「なぜ、そんなことをしたんだ？」

川岸刑事が奈津の片腕を摑みながら、ホストに問いかけた。

「シゲやんが逮捕されたときのことを考えて、ちょっと保険をかけておく気になったんですよ。シゲやんがぼくにマスターを殺してくれと頼まれたと白状しても、犯行現場に須永さんの指紋が付着したライターが残ってれば、自分は言い逃れができると思ったわけです」

「しかし、須永には事件当夜、アリバイがあったんだ」

有働は言った。

「ええ、知ってますよ。須永さんは、自分が疑われないよう完璧なアリバイを用意すると言ってましたからね」

「本当なのか!?」

「はい。だから、ぼくも自分に捜査の目が向けられたときのことを考えて、事件現場に須永さんのジッポーのライターを落としておくことを思いついたんです。シゲやんがぼくにマスター殺しを頼まれたと自供しても、こっちは空とぼけつづければ、なんとか罪を免れられると思ったんですよ。でも、奈津さんにマスターの昔の彼女になりすましてもらって、『イマジン』に様子を見に行ってもらったのは失敗だったな」

「ばかね、翼は。わざわざ自分でそんなことを喋らなくてもよかったのに」

奈津が吐息を洩らした。

「奈津さんがぼくを庇ってシラを切りつづけてくれると思うと、なんか切なくなってきたんだ。ぼくはいつからか、奈津さんを本当の姉貴か従姉《いとこ》のように思うようになってたんだよ。だからさ、もう無理をさせたくなかったんだ」

「翼……」

「ぼくらは、どっちも親に勘当された似た者同士だからね」

「もっと要領よく立ち回ればいいのに」

「奈津さん、もういいんだよ。ぼくはシゲやんにマスター殺しを頼んだわけだから、もう殺人教唆《きょうさ》の罪を認める」

坊城翼が言って、有働に顔を向けてきた。

「ぼくを連行してもいいけど、奈津さんは見逃してやってください。ぼくのために、ひと芝居打ってくれたけど、殺人事件にはまったくタッチしてないんですから」

「とにかく二人とも、新宿署の捜査本部まで来てもらう」

有働は仰天《ぎょうてん》している女将に目顔で詫び、奈津たち二人を『しのぶ』から連れ出した。

そのとき、坊城翼の手から乳白色の噴霧《ふんむ》が拡散《かくさん》した。有働と川岸は相前後して、顔面にスプレーを噴《ふ》きつけられた。

催涙スプレーだった。瞳孔がちくちくと痛み、目を開けていられなくなった。

気配で、奈津たち二人が逃げ去ることがわかった。しかし、追うことはできない。

「くそったれ！」

有働は両眼を擦《こす》りながら、歯噛みした。

二人の足音が聞こえなくなった。相棒刑事が地団駄踏んだ。

「目が見えるようになったら、捜査本部《チヨウバ》に連絡して、逃げた二人の行方を追ってもらおう。どっちも重要参考人だからな」

有働は言って、目頭に手を当てた。

2

ホストの塒《ねぐら》は造作なく見つかった。

坊城翼の自宅マンションは、新井薬師前駅の反対側にあった。

八階建ての賃貸マンションだった。相棒の川岸がホスト・クラブ『愛の方舟』の支配人から、坊城の現住所を聞き出してくれたのである。

「どうせ留守だろうが、一応、部屋に行ってみようや」

有働は、先に覆面パトカーの助手席から腰を浮かせた。川岸が倣《なら》う。

二人が小料理屋の前で催涙スプレーを顔面に噴《ふ》きつけられたのは、三十数分前だった。どちらの目も、まだ充血していた。有働は異物感も覚えていた。別班が奈津と坊城を追っているはずだが、二人の身柄を確保したという連絡はない。

有働たちはアリオンから離れ、坊城の自宅マンションのアプローチに足を向けた。モダンな造りだが、表玄関はオートロック・システムにはなっていなかった。常駐の管理人もいない。

有働たちはエレベーターで、四階に上がった。

坊城の部屋は四〇七号室だ。歩廊《ほろう》に面した窓は暗い。

川岸刑事がインターフォンを鳴らす。しかし、なんの応答もなかった。有働はドアに耳を近づけた。室内は静まり返っている。

「やっぱり、いねえな」

「奈津の自宅に貼りついてみましょうか。逃げた二人はどこかで時間を潰《つぶ》してから、『上高田エミネンス』にこっそりと……」

「いや、それは考えられねえな。多分、奈津と坊城は今夜はそれぞれの塒には戻らねえだろう。張り込むだけ無駄だよ」

「そうでしょうか。支配人の話だと、きょうはホストたちの給料日らしいんです。毎月、現金で給料を手渡ししてるそうだから、坊城翼は店に顔を出すかもしれませんよ」

「それはどうかな？　店のナンバーツウなら、金には困ってねえだろう。焦《あせ》って給料を受け取りに行くかね？」

「しばらく身を隠さざるを得なくなったわけですから、まとまった逃亡資金が必要になるでしょ？　一応、『愛の方舟』を張ってみたほうがいいような気がします」

相棒が言った。あえて反対する理由はなかった。有働は同意した。

二人はエレベーターで一階に降り、賃貸マンションを出た。捜査車輛に乗り込み、新宿の歌舞伎町をめざす。

二十分弱で、目的地に着いた。

川岸が覆面パトカーを『愛の方舟』の近くに停めた。そのまま張り込みを開始する。

一時間が過ぎても、坊城が職場に近づく気配はうかがえなかった。二人は近くのコンビニエンス・ストアで買った弁当で夕食を済ませ、なおも張り込みつづけた。しかし、何も動きはなかった。

「そっちは、このまま張り込んでてくれ。おれは、ちょっと三原組の事務所に行ってくる」

有働は相棒に告げた。九時半を回っていた。

「坊城が言ってたことを須永雅信に直《じか》に確かめるんですか？　そうだとしたら、それは得策ではないでしょ？」

「なぜ、そう思う？」

「須永は堅気じゃないんですよ。綾部さんを始末してくれとホストの坊城に頼んだなんて、あっさり吐くわけありません」

「それが事実なら、須永はばっくれるだろうな。しかし、おれは坊城翼の話を鵜呑《うの》みにはしてねえんだ。いかにも供述内容が嘘っぽかったからな。おそらく奴は殺しの依頼人を庇《かば》いたくて、須永の名を出したんだろう」

「そうなんでしょうか。坊城は、事実を喋ったんだと思いますがね」

「そうなら、別に坊城は逃げる必要はなかっただろうが。須永が本当に綾部殺しの実行犯探しを坊城に頼んでたとしたら、いずれ殺人教唆《きょうさ》罪で検挙《アゲ》られる。そうなれば、坊城が須永にリンチされる心配はねえわけだ」

「ええ、それはね。しかし、坊城と御影奈津も悪事の片棒を担《かつ》いだわけですから、捕まりたくなかったんでしょう。だから、催涙スプレーを使って逃げたんだと思いますよ」

川岸が言った。

「そうも考えられるか。けど、須永がホストなんかに綾部殺しの実行犯を見つけさせたとは思えねえんだよ。あの男は、筋を通すことで知られてる若頭の塙幸司の直系の子分なんだぜ。須永とは面識があるんだが、そんな腰抜けには見えない。殺したい人間がいたら、てめえで手を汚すだろう」

「坊城が言ったことは、もっともらしい作り話なんでしょうか。しかし、あのホストはジッポーのライターのことにも触《ふ》れたんですよ。単なる苦し紛《まぎ》れの嘘だったとは思えないですけどね」

「坊城は殺しの真の依頼人に悪知恵を授《さず》けられて、須永を殺人者に仕立てようとしたんだろう。ひょっとしたら、須永は坊城のバックにいる人物に心当たりがあるんじゃねえかな。すぐに戻ってくらあ」

有働は覆面パトカーを降りた。

夜風が頬に痛い。有働はレザー・コートのポケットに両手を突っ込み、大きなスライドで歩きだした。裏通りをたどって、三原組の事務所に急ぐ。

有働は若頭の塙を訪ね、坊城の供述をそのまま伝えた。一階のロビーでの立ち話だ。

「誰かが須永に濡れ衣を着せようとしたんだな」

「ああ、おそらくね。若頭《カシラ》、須永と会わせてもらえないか？」

「いいよ。奴は近くのクラブで飲んでるはずだ。すぐ事務所に呼んでやるよ」

塙がエレベーター乗り場に足を向けた。有働は塙と六階に上がり、応接室に入った。塙が須永に電話をかけた。若頭と並んでソファに腰かけて、須永を待つ。

十分ほど経ったころ、須永が姿を見せた。

有働は片手を挙げた。

「愉《たの》しく飲《や》ってるときに呼び出しをかけて悪かったな」

「いいえ、お気になさらないでください。有働さん、わたしはまだ綾部さん殺しの件で疑われてるんですか？　そうなら、心外ですね」

須永が言って、有働と向かい合う位置に坐った。若頭が須永に坊城翼の供述内容を教えた。奈津のことにも触れた。

「あのホスト野郎、そんなことを言ってやがるんですかっ。ふざけやがって！」

「坊城とは、どの程度のつき合いなんだい？」

有働は須永に問いかけ、ロングピースをくわえた。

「何年も前から坊城のことは知ってますが、それほど親しくしてるわけじゃないんですよ。そんな奴に、元刑事を殺《や》ってくれそうな人間を見つけてくれなんて頼むわけないでしよ？」

「殺したい相手がいたら、てめえで殺《や》っちまうか？」

「ええ、まあ」

「そっちを陥れようとした奴にまるで思い当たらねえか？」

「ええ、残念ですが。坊城の背後にいる奴が、わたしを殺人犯に仕立てようとしたことは間違いないでしょうね。わたしのジッポーのライターを手に入れて、実行犯に『イマジン』に落としてくるよう指示したんでしょう」

「多分、そうなんだろう。御影奈津って女は知ってるかい？」

「いいえ、知りませんね。どこかの組に管理されてる娼婦やデリバリー嬢なら、たいてい面《つら》は知ってますが、個人でホテルの泊まり客を引いてる売春婦まではわかりませんので」

「そうだろうな」

「その女は、坊城の愛人《レコ》なんですか？」

「体の関係はないのかもしれねえな。イケメンのホストは、御影奈津を実の姉貴か従姉《いとこ》みたいに慕ってるみてえだったから」

「そうですか。その奈津って女は綾部さんの元恋人とか称して、『イマジン』のお別れ会に顔を出したんですね？」

須永が確かめるような口調で言った。

「そうなんだ。そんな嘘をついてまで追悼集会の様子をうかがいに来たのは、よっぽど警察の動きが気になったんだろうな」

「ええ、そうなんでしょうね。坊城を操《あやつ》ってる奴は堅気《ネス》なんではありませんか？　やくざ者なら、そこまでびくつかないでしょ？」

「だろうな」

「人気ホストとつながりがある堅気となると、『愛の方舟』の上客の金持ち女あたりが怪しいですね。坊城の客を洗ってみました？」

「いや、まだ洗ってない。ホスト・クラブで豪遊してるリッチな女と綾部には接点がなさそうだからな」

有働は煙草の火をクリスタルの灰皿の底で揉み消した。

その直後、若頭の塙が沈黙を破った。

「連行されそうになったホストと娼婦は当分、どこかに潜伏するつもりなんだろう。しかし、二人とも新宿で生きてきた人間だ。それぞれの交友関係をとことん洗えば、居所は突きとめられそうだな。有働ちゃん、おれも二人の行方を追ってみるよ」

「若頭《カシラ》、そこまでやってくれなくてもいいって」

「有働ちゃん、誤解しないでくれ。別段、警察に貸しを作っておく気になったわけじゃないんだ。おれの弟分に殺人の濡《ぬ》れ衣を着せようとした奴らを放っておくわけにはいかない。若い者たちに逃げた二人の隠れ家を突きとめさせて、少し懲《こ》らしめてやらないとな。おれたちが堅気に虚仮《こけ》にされたんじゃ、笑い者になっちまう」

「そういうことなら、別班が二人の行方を追ってるんだが、若頭《カシラ》に協力してもらうか。けど、二人を勝手に始末したりしないでくれよな」

「わかってるって。ホストたち二人を押さえたら、すぐ有働ちゃんに連絡するよ」

「そうしてほしいな。急に押しかけたりして、悪かったね」

有働は塙に言って、応接ソファから立ち上がった。若頭と須永に見送られ、エレベーターに乗り込む。三原組の持ちビルを後にして、大股で張り込み場所に戻った。

覆面パトカーの助手席のドアを開けると、相棒が先に口を開いた。

「依然として、坊城は店に現われません。きょう、給料を受け取る気はないんですかね？」

「ああ、おそらくな。貯《たくわ》えがたっぷりあって、今月分の給料を受け取らなくても、当分、金には不自由しないんだろう」

有働は助手席に坐り、ドアを閉めた。

「何か収穫はありました？」

「特になかったが、やっぱり須永はシロだな。坊城が誰かに指示されて、須永を綾部殺しの犯人に仕立てようとしたにちがいない」

「その謎の主犯格は、坊城と親しい『愛の方舟』の上客とは考えられませんかね？」

「三原組の須永も同じ推測をしてたが、そうじゃねえと思うな。ホスト・クラブの上客と綾部はつながらねえし、利害関係もないはずだ」

「ええ、そうでしょうね。坊城は、綾部さんの知り合いの風俗嬢に甘い言葉を囁《ささや》いて、店に毎晩のように通わせてたんじゃないんですかね。その娘《こ》は消費者金融から高利の金を借りまくって、『愛の方舟』に通ってた。そのことを知った本件の被害者が坊城を強く叱りつけたんではないのかな？」

「それで？」

「ホストは自分で犯行《ヤマ》を踏む度胸がないんで、関西訛のあるシゲやんにハンティング・ナイフと須永組員のライターを渡して、元刑事の綾部さんを刺殺させたと筋を読んでみたんですが、どう思われます？」

「その線はねえな」

「ないですかね？」

「おい、そんなにへこむなよ。そっちの読み筋が間違ってると決まったわけじゃねえんだからさ」

「ですけど……」

「案外、そうなのかもしれねえぞ。それだから、御影奈津が弟のようにかわいがってる坊城翼は逮捕《パク》られやしないかと心配になって、綾部の元恋人と偽ってさ、『イマジン』に様子を見に行ったとも考えられなくはない」

「有働さん、なんか無理をしてませんか？」

川岸が探るような目を向けてきた。

有働は狼狽しそうになった。相棒の推測にはうなずけなかったが、年下の刑事の士気を殺《そ》ぐような言葉は控えたのである。

「別に無理はしてねえよ。そういう可能性もあると思ったんだ」

「本当に本当ですか？」

「おまえ、疑り深いね」

「よく筋を読み違えて、強行犯《うち》係の的場係長や千種課長に嘲笑されてるんで、なんとなく自信がなかったんですよ」

「二人とも悪い上司だな。部下は、誉《ほ》めて育てるもんだ。先輩風吹かして、揚げ足を取るようじゃ駄目だな」

「そうですよね？」

「係長や課長が川岸を小ばかにするようなことを言ったら、即《そく》、蹴りを入れてやれ」

「で、できませんよ、そんなこと。警察は階級社会なんですから、上司には絶対に服従しないとね」

「それじゃ、ストレスが溜《た》まる一方じゃねえか」

「そうなんですが、仕方ありません」

「おれは、気に喰わねえ上役や警察官僚《キャリア》にも楯突《たてつ》いてるぜ。場合によっては、ぶっ飛ばしてる。川岸、いいことを教えてやらあ。偉いさんたちの不正の証拠を握るんだよ」

「はあ？」

「どこの署だって、架空の捜査協力費を経費に計上し、せっせと裏金づくりに励んでる」

「それは昔の話でしょ？　何年も前に警察の裏金のことがマスコミで叩かれたんで、どこもそうした不正は改めてるはずですよ」

「まだ若いな。手口が巧妙化しただけで、いまも裏金づくりは続行されてるよ。おれは、ちゃんと裏付《ウラ》けを取ってるんだ」

「本当に？」

「ああ。プールされた裏金は幹部クラスが異動になったとき、餞別として遣《つか》われてる。何百万円という餞別を貰った署長もいるよ。偉いさんたちの不正は、それだけじゃねえ。交通違反や傷害罪の揉み消しをして、小遣い銭を稼いでる奴もいる。政財界人の圧力《アツ》に屈して、黒いものを白くしちまうキャリアだっているんだ」

「そういう噂は知ってますが、やっかみ半分のデマだと思ってました」

「デマや中傷じゃなく、警察社会も腐ってるんだよ。そうした連中の弱みを押さえてりゃ、キャリアどもも恐れることはねえさ。現におれは……」

「言いかけて、なぜ急に黙り込んだんです？」

「偉いさんたちの急所を握ってることは確かだが、それを切り札にしてる自分自身も感心できる人間じゃねえよな？」

「でも、別に弱い者いじめをしてるわけじゃないようだから」

「この話は、もうやめよう。もう坊城は店には来ないだろうから、張り込みは切り上げようや」

「いいんですか？」

「何かあったら、おれが責任を持つ。新宿署に戻ってくれ」

「はい」

川岸が短い返事をして、捜査車輛を走らせはじめた。

十分そこそこで、新宿署に着いた。有働は先に捜査本部に上がった。各班のあらかたが署に戻っていた。

有働は、捜査班の班長を務めている波多野に捜査活動をかいつまんで報告した。

「そうか。ご苦労さんだったな」

「捜査本部《チョウバ》に動きは？」

「木内脩と北村華奈は本件には関与してないことがわかったんで、明日、身柄を東京拘置所に移すことが決まった」

「そう。で、本件に関する聞き込みの成果は？」

「新しい情報は上がってきてないんだが、被害者の携帯電話の履歴《りれき》をチェックし直したら、手がかりがあったんだ」

波多野警部が言った。

「えっ、どんな手がかりがあったの？」

「先月の中旬から逃亡中の浅見ちはるは十数回、綾部航平に電話をかけてたんだ。被害者も、ちはるに七度電話をしてる」

「浅見ちはるは何か問題か悩みを抱えてて、綾部に相談してたんじゃねえのかな？」

「おれも、そう直感したんだ。その浅見ちはるは女子少年院『慈愛学園』の相馬という教官の背中を果物ナイフで刺して、現在、逃走中だよな?」

「そうだね。相馬の部下の寺戸博文って教官が『イマジン』にやってきて、勇輝たち常連客たちに浅見ちはるの居所を知らないかと詰め寄ってた。ちはるの傷害事件は本件とはリンクしてないと思ってたが、実はつながってたのかもしれない」

「多分、そうなんだろうな。ちはるに背中を刺された相馬教官は、なぜだか地元署に被害届を出してない」

「そのことについては、部下の寺戸は相馬教官が浅見ちはるの将来のことを考え、傷害事件を表沙汰にしなかったと言ってたな」

「有働、それだけの理由で警察に被害届を出さなかったのかね? 相馬教官は浅かったとはいえ、果物ナイフで背中を刺されてるんだ。怪我を負いながらも、浅見ちはるを庇いつづけるなんて、ちょっと綺麗事すぎる」

「係長《ハンチヨウ》の言う通りだね。おそらく相馬には、ちはるに刺されたことを表沙汰にはできない事情があったんだろう。そうにちがいない」

「こっちもそう思ったんだ。で、浅見ちはるの検挙歴を調べてみたんだよ。ちはるは約一年、狛江の『慈愛学園』に入ってた。収容中に相馬、寺戸の両教官の指導を受けてたことは間違いない」

「相馬は入所してる浅見ちはるを面談室かどこかに呼び出して、レイプしちまったんじゃねえのかな？　そういう弱みがあるんで、相馬は浅見ちはるに果物ナイフで背中を刺されても、そのことを警察に通報できなかった。そういうことなんじゃねえのかな？」

「相馬教官は二十代の独身男じゃないんだ。性衝動《リビドー》を抑《おさ》えられなくなって、入所してる女の子を犯すなんてことは考えられないな」

「わからねえぜ。女房の体に飽《あ》き飽きしてたら、ぴちぴちした十代の娘を抱きたくなってもおかしくない。といって、職業柄、性風俗の店には行けないだろうしな。悶々《もんもん》としてるうちに狂おしい欲情に克《か》てなくなって、浅見ちはるを姦《や》っちまったのかもしれない」

「そうなんだろうか。明日から、川岸君と一緒に相馬と寺戸のことを少し調べてみてくれないか」

「了解！」

有働は波多野から離れ、近くの椅子に腰かけた。ほとんど同時に、庶務班の若い刑事がコーヒーを運んできた。

「ありがとよ」

有働は礼を言って、マグカップに長くて太い腕を伸ばした。

3

塀《へい》は、それほど高くない。有刺鉄線も張り巡らされてはいなかった。一般の刑務所とは違った雰囲気だ。暗いイメージはない。むしろ、明るかった。『慈愛学園』は住宅街の一角にあった。

有働は覆面パトカーの助手席から出た。

斜め前にある女子少年院は鉄筋コンクリート造りの三階建てで、外壁はクリーム色だった。ホスト・クラブを張り込んだ翌朝だ。まだ別班は、坊城と奈津の身柄を確保していなかった。間もなく十一時になる。

「明るい感じですね。普通の女子高とあまり変わりないんじゃないかな?」

相棒の川岸がアリオンの運転席から降り、開口一番に言った。

「おれも、もっと暗いイメージを持ってたんだ」

「そうですか」

「十代のころに少しグレてても、それで人生が終わりってわけじゃない。鑑別所や少年院を一般の刑務所のような造りにしたら、立ち直る気持ちが萎《しぼ》んじまうだろう」

「そうでしょうね。中・高校時代にちょっと横道に逸《そ》れても、更生のチャンスはあるわけだから、特別視する必要はないんだよな」

「川岸の言う通りだ。十代のころはチンピラみたいだったおれも、刑事としてなんとかやってる。だいたいグレちまう子は感受性が豊かなんだよ。だから、ちょっとしたことで傷ついちまう。でもな、神経がデリケートだから、他人《ひと》の怒りや悲しみも汲《く》み取れる。半グレの奴らは、たいがい根は優しいんだ。優等生みたいにエゴイストじゃない」

「有働さんが、その好例ですよね？」

「おれのことは措《お》いといて、そういう傾向があることは確かだ。クリエイターやアーティストで成功した連中の大半は、元不良なんじゃねえの？」

「言われてみると、そうですね。大人に受けのいい優等生たちは名門大学を出て一流企業に入ったり、官僚になってますが、どこか人間的な魅力がありませんよね。権力や権威に弱くて、利己的な奴らが多いからな。自分も、いい、いい子ちゃんは好きじゃありません。それから……」

「なんだい？」

「偽善者も大っ嫌いです。善人ぶって、正義感を振り翳《かざ》してる人間はどこか胡散《うさん》臭いですからね。もう亡くなった高名な時代小説家がエッセイに書いてましたが、どんな人間も善と悪の両面を併《あわ》せ持ってるはずなんです」

「おれも、そう思うよ。その物故作家が言ったように、人間は善《よ》いことをしながら、悪いことも考える。そして逆に悪いことをしながらも、時には善行をする。それが人間の本質なんだろうな」

「ええ、そうなんだと思います。だから、自分、妙に偉ぶったり、道徳家ぶったりする人間は苦手なんですよ。生身の人間なら、いろんな欲望や打算もありますからね」

「そうだな」

「なのに、自分だけ清廉潔白《せいれんけっぱく》に生きてるような顔をして、他人に人生訓を垂れる奴がいるでしょ？」

「ああ、大勢いるな。そういう偽善者どもは、悪人よりも醜い。軽蔑すべき存在だね。人間として、品格がなさすぎるし、どこか思い上がってる。この世に他者に上から目線で物を言える人間なんかひとりもいねえんだ。社会的にどんなに偉くなっても、所詮《しょせん》は誰も只《ただ》の人間なんだからさ。そのことを忘れて他人に偉そうなことを言うなんて、てめえを知らなすぎるよ。人間なんて、五十歩百歩なんだ。人生のプロなんかいねえんだから、謙虚さを忘れちゃいけねえよ」

「ええ、本当にその通りですね。自分、有働さんみたいに悪党《ワル》ぶってる方のほうが好きですし、信用もできるな。好漢は全員、露悪《ろあく》というか、偽悪趣味があるんじゃないですか。いい人ぶってる奴は、腹黒いのが多いからな」

「おれも腹黒いぜ。おまえが手柄を立てたら、すぐ横奪《ど》りしてやろうと考えてるからな」

有働は言った。

「そんなふうに照れ隠しをするのは、腹が黒くない証拠ですよ。自分も早くそういうダンディズムを身につけたいな」

「おまえ、貯金はいくらある？」

「二百数十万はあります」

「その貯金をそっくり引き下ろして、持ってきな。そうしたら、捨て身で生きる術《すべ》を伝授してやらあ」

「本気なんですか⁉　気っぷのいい有働さんがそういうことを言うとは思いませんでした。がっかりだな」

「ガキだな、まだ川岸は」

「冗談だったんですね？」

「あたぼうよ。こちとら江戸っ子だぜ。その程度の端《はし》た金《がね》なら、秘密カジノで一晩で稼げらあ」

「やっぱり、有働さんは有働さんだ」

川岸がにっこりと笑った。

「おれの舎弟になりたかったら、一億円持ってきな。パチスロ屋を三、四軒襲えば、そのくらいの銭《ぜに》は工面できるだろうが」

「自分、有働さんに惚《ほ》れちゃいそうです。男が男に惚れるって、いいですよね。別に体育会にいたわけじゃないんですが」

「気持ち悪いことを言うんじゃねえよ。川岸、行くぜ」

有働は、先に『慈愛学園』の正門に歩を運んだ。相棒が小走りに追ってくる。

潜《くぐ》り戸《ど》は施錠されていなかった。二人は女子少年院の敷地内に入った。円《まる》い花壇《かだん》の横を抜け、建物の中に足を踏み入れる。

川岸刑事が受付の窓口に立ち、中年の女性職員に身分を告げ、相馬教官との面会を求めた。相手は緊張した顔つきで院内アナウンスで相馬に呼びかけた後、二人の来訪者を事務室の並びにある応接室に案内した。

有働たちは長椅子に並んで腰かけた。女性職員は二人に日本茶を供すると、すぐ自分の持ち場に戻った。

応接室は十五畳ほどの広さで、殺風景だった。壁にモネの複製画が飾られているだけで、観葉植物の鉢も見当たらない。
五、六分待つと、四十絡《がら》みの灰色のスウェットの上下を身につけた男が応接室に入ってきた。教官の相馬邦則だった。中肉中背で、これといった特徴はない。
有働と川岸は同時に立ち上がり、警察手帳を提示した。

「ま、お掛けください」

相馬が客を着席させてから、有働の正面のソファに坐った。

「早速ながら、確認させてもらいます」

有働は本題に入った。

「仮退院した子が何か警察沙汰を起こしたんですね？　担当保護司は、どなたなんです？」

「浅見ちはるの件でうかがったんですよ。ちはるは相馬さんの背中を果物ナイフで刺して、逃亡中なんですね？」

「そのことですか。刺されたといっても、厚着をしてたんで、傷は一センチほどだったんですよ。知り合いの外科医に三針縫《ぬ》ってもらいましたが、軽傷も軽傷だったんです」

相馬が一瞬、顔をしかめた。すぐに彼は表情を和《やわ》らげた。有働は、相馬が何かを糊塗《こと》しようとしている気配を感じ取った。

刑事の勘だった。やはり、相馬は浅見ちはるに何か後ろ暗い事実を知られているようだ。それだから、傷害の被害届を警察に出さなかったのだろう。

「それで、一一〇番しなかったわけか」

「傷が浅いということもありましたが、浅見ちはるは当院を巣立った子ですからね。わたしが警察に被害届を出したら、彼女は傷害容疑で逮捕されることになるでしょう。ちはるは、もう二十二です。執行猶予が付かなかったら、今度は女子刑務所に送られることになります。蛇足ながら、そうなったら、彼女には前科歴が残ってしまいます」

「ええ、そうなりますね」

「せっかく更生した教え子に犯歴なんか背負わせたくなかったんですよ。われわれ女子少年院の法務教官は、十代のころにつまずいてしまった子たちを生き直させることが職務ですんでね」

「立派な心掛けだな。浅見ちはるは、なんで相馬さんを刺す気になったんです？　何か二人の間にトラブルがあったのかな？」

「トラブルなどありませんよ。ちはるは、収容中にずっと同室だった女の子が仮退院後も薬物と縁を切れなかったのは、わたしたち教官の指導がまずかったんだと難癖をつけてきたんです」

「その同室だった娘《こ》のことを詳しく教えてください」

「わかりました。松浦瞳《まつうらひとみ》という名で、ちはるよりも一歳年下の二十一です。瞳は覚醒剤の常用で、ちはると同時期に『慈愛学園』に収容されたんですよ。一つ違いなんで、何かと話が合ったようです」

相馬が天井を仰《あお》いで、吐息《といき》を洩らした。

「松浦瞳の生《お》い立ちを聞かせてもらえます？」

「はい。非行に走る子たちは家庭環境がよくないケースが多いんですが、瞳の両親は彼女が三つのときに離婚してます。父親は腕のいい家具職人だったんですが、酒とギャンブル好きで……」

「ろくに生活費も女房に渡さなかったのかな？」

「ええ、そうなんですよ。そんなことで、瞳の母親は夫と別れて、女手ひとつで娘を育てるようになったんです。お母さんは働き者で昼も夜も仕事をこなしてたんですが、肝臓を悪くしてしまったんですよね」

「夜はホステスをやってたのかな？」

「そうです。昼間は製紙工場で働いて、夜は熟女パブに勤めてたんです。病気で夜の仕事ができなくなって、お母さんは心細くなったんでしょう。瞳が小学校に入って間もなく、ケーキ職人と再婚したんですよ」

「継父も生活力がなかったのかな？」

「いいえ、給料は悪くなかったようです。しかし、妻の連れ子の瞳をだんだん疎《うと》ましがるようになって、しょっちゅう殴るようになったんですよ。その上、性虐待もしてたんです」

「性虐待も？」

「はい。瞳は小学四年のときから継父に体をいじられ、週に一度はフェラチオを強要されるようになったらしいんです。拒《こば》むと、殴打されて、食事も与えてもらえなかったそうなんです」

「ひでえ話だな。継父に変なことをされてると母親に訴えなかったんだろうか」

「何回も訴えたようですよ。しかし、お母さんは再婚相手に母子ともども棄《す》てられることを恐れて、夫には何も言わなかったそうなんです。そんなわけで、瞳はとうとう小六のときに継父にヴァージンを奪われてしまったという話でした。次の夜から、継父は妻と瞳を同じ部屋で代わる代わる抱くようになったらしいんですよ」

「継父は、人間じゃないな。犬畜生と同じだ」

川岸が呻くように言った。

「ええ、そうですね。そんな地獄のような時間から逃れたくて、瞳は夜遊びをするようになったんです。非行グループに入ってからはお定まりのコースをたどって、覚醒剤《スピード》に溺《おぼ》れるようになってしまったんです。彼女は鑑別所経由で高二のとき、この学園に送られてきたんですよ」

「それで、松浦瞳は浅見ちはると同室になったんですね？」

「ええ、そうです。二人は支え合って、人生をリセットしようと誓い合ったようですね。瞳は十一カ月後に仮退院したんですが、町工場や個人商店で働きながら、ちゃんと定時制高校を卒業して、母親と継父を離婚させたんですよ」

相馬が川岸の顔を見ながら、そう言った。

「お母さんも、また働くようになったんですね？」

「そうです。慢性肝炎ですから、体調はすぐれなかったようですが、瞳の収入だけで二人が食べていくのは大変ですんでね。お母さんは惣菜屋《そうざいや》でパート店員をしながら、瞳と倹《つま》しく暮らしてたんです。継父のことで瞳は母親に蟠《わだかま》りも感じていたはずですが、実母に背を向けることもできなかったんでしょう」

「かわいそうにな」

「ええ、そうですね。瞳はてっきり立ち直ってくれると思ってたんですが、一年数カ月前に盛り場で昔の遊び仲間とばったりと会ったことで、またもや……」

「覚醒剤《シャブ》に手を出しちゃったんですね？」

　有働は相棒を手で制し、相馬に確かめた。

「そうなんですよ。かつて瞳の担当保護司だった方が見かねて、彼女を板橋《いたばし》にある薬物依存者のリハビリ施設に入れたんです。去年の初夏のことでした」

「瞳の担当保護司を務めてた方のお名前は？」

「綿引という先生です」

「その方なら、知ってますよ。税理士事務所を経営されてる綿引和久さんでしょ？」

「ええ、そうです。綿引先生は若い人たちは社会の財産だとおっしゃって、非行を重ねた男女の更生に尽力されてるんですよ」

「そうみたいですね。その板橋のリハビリ施設に松浦瞳はいるんですね、現在も？」

「いいえ、そこにはいません。瞳は、去年の十月上旬に『レインボーハウス』という名のリハビリ施設を脱走してしまったんですよ。品川区内にある自宅にもいません。おそらく瞳は禁断症状に耐えきれなくなって、『レインボーハウス』から逃げ出したんでしょう。それで覚醒剤常習者の知り合いの家にでも転がり込んで、麻薬漬けの日々を送ってるんでしょうね」

「相馬さん、松浦瞳の居候《いそうろう》先に見当は？」

「つきません。瞳がこの女子少年院を仮退院して四年近く経ってますんで、現在の交友関係までは把握《はあく》してないんですよ。われわれ法務教官は保護司ではないんで、保護観察中の子たちと接触する機会はないんです」

「ええ、それはわかってます。瞳の保護観察期間が終わったのは、いつなんですか？」

「ちょうど一年ぐらい前に保護観察は解かれたはずです」

「それだったら、担当保護司の綿引さんは瞳の友人関係を知ってそうだな」

「そうですね。松浦瞳がまた覚醒剤に手を出してしまったのは、わたしの指導が至らなかったせいかもしれません。しかし、われわれはさっきも申し上げましたが、仮退院した教《き》え子たちにずっと寄り添ってるわけじゃないんです。浅見ちはるは教官に責任があると極めつけてましたが、そう言われてもね。結局、瞳の意志が弱かったから、ドラッグの魔力に負けてしまったんでしょう。冷たい言い方に聞こえるでしょうが、教官が子供たちにしてあげられることには限界があるんです」

「ええ、そうでしょうね。浅見ちはるが相馬さんを逆恨みするのは、筋違いだろう。それにしても、あなたは心が広いな」

「何がおっしゃりたいんです？」

相馬が表情を強張《こわば》らせた。

「あなたは一種の逆恨みで刺されたわけですよね、教え子の浅見ちはるに?」

「ええ」

「自分に非があると思ってるんだったら、ちはるの犯罪には目をつぶるでしょう。しかし、非も責任もないと思ってるんだったら、相手が昔の教え子だったとしても赦《ゆる》せない気持ちになりそうだがな」

「それは何度も言ったように、ちはるを刑務所に送り込んだら、その後の人生が暗くなるだろうと思ったから……」

「寛大だな。あなたはキリストか釈迦《シャカ》の生まれ変わりなんじゃないですか?」

有働は皮肉たっぷりに言った。かたわらの川岸が、わざとらしく空咳《からぜき》をした。言葉が過ぎると感じたのだろう。

「刑事さんは、わたしが浅見ちはるの罪を告発できない事情でもあると思ってらっしゃるのかな?」

「この女子少年院じゃないが、法務教官が収容されてる女の子にいかがわしいことをした事例が幾つかあった」

「わたしが浅見にいやらしいことでもしたと思ってるのかっ。下種《げす》の勘繰りだよ、そんなのは。わたしは、そこそこのキャリアを積んだ法務教官なんです！　収容されてる女の子たちにおかしな真似をするわけないっ」

「あなたが浅見ちはるをどうこうしたなんて言った憶《おぼ》えはないがな。そうしたケースがあったと言っただけなのに、曲解《きょっかい》するのは妙ですね。何か浅見ちはるに弱みを握られてるのではないかと勘繰られても仕方ないんじゃないのかな？」

「あ、あんたはわたしに喧嘩を吹っかけてるのか！　ちはるに何か弱点を押さえられてるなんてことは、断じてないっ」

「昔の教え子に情をかけるのはわかるが、ちょっと度を越してる感じだな。それと、もう一つ気になることがあるんですよ」

「何のことなんです？」

「おたくの部下の寺戸博文って教官が血眼になって、浅見ちはるの行方を捜してるのはどういうことなのかな？」

「寺戸が、ちはるの行方を追ってるって!?」

相馬が裏声になった。

「おたくに頼まれて、あの彼は浅見ちはるの潜伏先を探り出そうとしてたんじゃないのかと思ってたが……」

「わたしは部下にそんなことは頼んでない」

「となると、寺戸って教官が自発的に動いたわけか。おたくの役に立ちたくて、少し点数を稼ぎたくなったのかな」

「わたしは『慈愛学園』の一教官にすぎないんだ。寺戸は部下のひとりだが、わたしに取り入っても何もメリットはありません。おかしなことをする奴だな」

「彼は、何がなんでも浅見ちはるを見つけ出したいという感じでしたよ」

有働はそう前置きして、『イマジン』で見聞きしたことを明かした。

「寺戸は、なんで浅見ちはるを血眼になって捜してるんだろうか。わたしには、まるで見当がつかないな」

「そうですか。おたくの部下は、かつての教え子たちにあまり評判よくなかったな。それどころか、嫌われてるみたいだった」

「寺戸は言葉遣《づか》いは乱暴だが、仕事熱心な教官ですよ」

相馬が川岸刑事に顔を向けた。

「そうなんですか」

「わたしとは教育方針が異《こと》なるが、寺戸は子供たちを少しでも真人間に近づけようと努力してるんだよね」

「そうなんでしょう。話を戻すようですが、松浦瞳がいたという『レインボーハウス』は板橋区のどのへんにあるんですか？」

「確か住所は徳丸《とくまる》四丁目ですよ。細かい番地までは記憶してないが、間違いありません。施設を運営してる方は若いころにジャズ・サックス奏者だったんですよ。でも、薬物中毒になって、廃人同然になってしまったんです。しかし、八王子医療刑務所で体から薬物をすっかり抜いたんです。そして両親の協力を得て、リハビリ施設をオープンさせたんですよ」

「主宰者の方のお名前は？」

「天童容《てんどうひろし》という方で、ちょうど六十歳です。大地主の長男とはいえ、私財をなげうって薬物依存者のリハビリテーションをボランティアでやりつづけることは尊敬に価《あたい》しますね。わたしの過去の教え子も五、六人、『レインボーハウス』に入寮して、薬物ときれいに縁を切りました。松浦瞳も苦しいリハビリに耐えて、社会復帰をしてくれると思ってたんですがね」

「そうですか。残念ですね」

川岸が相馬に応じ、有働をちらりと見た。

有働は相馬に謝意を表し、先に応接室を出た。相馬はソファから立ち上がらなかった。

気分を害したのだろう。

　女子少年院を出ると、川岸が口を切った。

「有働さん、ストレートに相馬教官に揺さぶりをかけすぎでしょ？　教官、だいぶ不快だったようですよ」

「非礼を承知で、わざと揺さぶりをかけてみたのさ。相馬は、何か浅見ちはるに弱みを知られてるな。といっても、ちはるを姦《や》っちゃったわけではなさそうだ」

「弱みって何なんですかね？」

「具体的なことはまだわからないが、ちはるは相馬の背中を果物ナイフで刺した後、逃亡したままだよな。自分が命を狙われるかもしれないと感じて、身を潜めた可能性もありそうだ。ちはるは、松浦瞳が『レインボーハウス』を脱走した理由を探ってたのかもしれねえな」

「でも、自分だけじゃ探り当てられなかった。そこで、ちはるは『イマジン』の雇われマスターの綾部航平に協力を求めたんですかね？」

「川岸、冴《さ》えてるな。そう考えりゃ、綾部が殺《や》られたことの説明がつく。けど、まだ推測の域を出てない」

「ええ、そうですね」

「板橋のリハビリ施設に行って、保護司の綿引さんにも会ってみよう」

有働は相棒の肩を叩いて、勢いよく歩きだした。

4

尾《つ》けられている。

有働は確信を深めた。三台後方を走っている白っぽいアルファードは『慈愛学園』を後にしてから、見え隠れしていた。

覆面パトカーは板橋区内に達していた。環七《かんなな》通りを走行中だった。

アルファードは、狛江から同じルートをたどっている。ただの偶然とは考えにくい。

アリオンは、間もなく環七通りと川越《かわごえ》街道がクロスする交差点に差しかかる。

「交差点を左折したら、ちょっと脇道に入ってくれ」

有働は、運転席の川岸に声をかけた。

「おしっこ、我慢できなくなったんですね？」

「そうじゃねえよ。この車は尾行されてる」

「えっ⁉」

川岸がルームミラーとドアミラーに目をやった。

「振り向くな。三台後ろのアルファードが狛江から、ずっとくっついてる」

「そうなんですか。自分、まるで気づきませんでした。アルファードを運転してるのは、相馬教官なのかな？」

「いや、相馬じゃないな。黒いキャップを目深《まぶか》に被ってマスクをしてるが、相馬じゃない。寺戸って教官かもしれねえ」

「浅見ちはるの行方を追ってたという教官ですね？」

「ああ、そうだ。とにかく、尾行者が誰なのか確かめよう」

有働は言った。川岸が緊張した顔で小さくうなずいた。

ほどなく東山《ひがしやま》町の交差点にぶつかった。

川岸が捜査車輌を左折させ、川越街道を数百メートル進んだ。そして、脇道に車を入れた。

「少し減速してくれ」

有働は相棒に言って、ルームミラーを見上げた。アルファードが脇道に入ってくる。

「あっ、追尾《ついび》してきますね。やっぱり、有働さんの言った通りだな。さすがですね」

「いいから、適当な所で車を路肩《ろかた》に寄せてくれ」

「はい」

川岸が言われた通りにした。

有働は、またミラーに視線を向けた。不審なアルファードは、四十メートルあまり後ろの路上に停まっている。

「もう少しバックすれば、アルファードのナンバーを確認できそうだな。有働さん、どうしましょう？」

「いや、バックするのはまずい。どこかで昼飯を喰ってから、予定通りに『レインボーハウス』に行こう」

「わかりました」

川岸がアリオンを発進させた。

有働は、ルームミラーを見上げた。アルファードも動きだした。

川岸が車を迂回《うかい》させる。ふたたび川越街道に出た。少し先に駐車場付きのトンカツ屋があった。

有働は、その店の専用駐車場に覆面パトカーを入れさせた。

先に車を降り、駐車場の出入口に目をやる。アルファードは駐車場には滑り込んでこなかった。川越街道で待つ気なのだろう。

有働たちは店に入った。ほぼ満席だったが、カウンター席に坐ることができた。どちらも、九百円のトンカツ定食を注文した。トンカツは大きく、マカロニ・サラダの量も多かった。味噌汁と香《こう》の物も付いていた。

二人は昼食を掻《か》っ込んだ。

有働は奢《おご》るつもりでいたのだが、相棒は割り勘にしてほしいと譲らなかった。見込みがある男だ。有働は笑みを拡《ひろ》げ、自分の勘定を払った。年上の人間に要領よく甘える男は大成しない。

というよりも、有働はそうしたせこさが好きではなかった。男が見栄を張れなくなったら、もうおしまいだ。

店を出ると、有働は専用駐車場から川越街道をうかがった。怪しいアルファードは消えていた。

有働はそのことを川岸に教え、アリオンの助手席に乗り込んだ。股を大きく開かなければ、膝頭がダッシュボードにぶつかってしまう。

「署長に裏金を吐き出させて、でっけえアメ車を買ってもらってくれや」

「そうできたら、日頃のフラストレーションが一遍《いっぺん》に解消できそうですね」

「やっちまえよ」

「そこまで開き直れません、小心者ですんで」

「いつ開き直るんだい？」

「あんまりいじめないでくださいよ。それより、アルファードの男は尾行を覚《さと》られたと思って、退散する気になったんですかね？」

「そうかもしれねえな。いや、どこかに隠れたとも考えられる。どっちにしても、そのうち正体を見破ってやる。行ってくれ」

「了解！」

川岸が覆面パトカーを走らせはじめた。

北町三丁目で街道を逸《そ》れ、徳丸四丁目の住宅街に入る。『レインボーハウス』は造作なく見つかった。

敷地はかなり広い。奥まった所に二棟の建物があった。どちらもプレハブ鉄筋造りの二階家だった。

車ごと敷地内に入り、有働たちは主宰者の天童に面会を求めた。

天童は手前の建物の事務室にいた。

元ジャズ・プレイヤーは白いものが目立つ髪を後ろで一つに束ねていた。いわゆるサムソン・ヘアだ。還暦にしては若々しい。いでたちも若造りだ。

自己紹介し終えると、有働たちはコーヒー・テーブルを挟んで天童と向かい合った。

「松浦瞳は去年の初夏に『レインボーハウス』に入寮して、一日三回のミーティングに参加し、すべてのプログラムをこなしてたんですよ。それにですね、薬物依存を研究してる精神科医のセミナーにも熱心に出てたんです」

天童が有働に語りかけてきた。

「専門的なことはわからないんですが、女の薬物依存者の治療は男に較《くら》べて難しいと言われてますよね？」

「ええ、その通りです。特に覚醒剤に依存してた女性はね。覚醒剤には催淫《さいいん》効果があって、セックスの快感が高まるんですよ。自己暗示も加わって、絶頂時に失神してしまうことも珍しくないんです」

「こっちも以前は組織犯罪対策部にいたんで、そのへんのことはわかりますよ。しかし、こちらの情報によると、松浦瞳は小学生のころから母親の再婚相手から性的な虐待を受けてたというから、セックスに対してはある種の嫌悪感を持ってたんじゃないのかな？」

「それは、あったでしょうね。瞳は中・高校生のころに忌《いま》わしい性虐待の記憶が急に蘇《よみがえ》って、何度もパニック障害の発作を起こしたんです。精神安定剤の服用で発作はすぐに収まったんですが、常に強迫《きょうはく》観念があったんで、次々に各種の薬物に手を出してしまったんですよ。そして、ついに恐ろしい覚醒剤にもね。彼女は性虐待の心的外傷《トラウマ》を克服したくて、積極的に覚醒剤を体に入れてた節《ふし》があります」

「いつも注射《ズケ》してたのかな。それとも粉を炙《あぶ》って、煙を吸引してたんですか？」

「瞳の場合は、その両方でした。『慈愛学園』に送られたときは、まだ薬物依存度はさほど高くなかったんですよ。しかし、ここに来たときは完全にジャンキーでした。繁華街でばったり会った昔の遊び仲間の男はドラッグの密売グループの一員でしたからね。そいつは瞳とセックスするとき、注射するだけでなく、彼女の性器と肛門に白い粉をたっぷりとまぶしてたんです」

「快楽地獄に引きずり込まれたんだな」

「ええ、そうなんでしょう。入寮したころはフラッシュバックにだいぶ苦しめられたようですが、スタッフの協力があって、少しずつ落ち着きを取り戻すようになったんですよ。それなのに、去年の十月に瞳は脱走してしまったんです」

「それ以来、行方がわからないんですね？」

「ええ、そうです。瞳は品川区戸越《とごし》にある実家には一度も立ち寄ってませんし、昔の遊び仲間の家にも転がり込んでないんです」

「麻薬《ヤク》の密売をしてるという男の許《もと》に走ったんじゃないのかな？」

有働は言った。

「それはありません。その男は逮捕されて、去年の初秋から服役中ですんでね。そいつの仲間のところにも転がり込んではないんです」

「そうですか。天童さんは、瞳と『慈愛学園』で同室だった浅見ちはるのことはご存じなのかな？」

「ええ、知ってますよ。浅見さんは瞳が『レインボーハウス』に入寮したことがわかると、すぐ面会に来たんです。しかし、家族や友人との面会や通話は禁じてるんで、引き取ってもらいました。原則として、外部の者と手紙の遣《や》り取りも禁止してるんですけど、それは独断で特別に許可しました」

「そうですか」

「瞳は、浅見ちはるさんと一日置きぐらいに文通してましたね。検閲なんかしたくなかったんですが、どちらの手紙も文面をチェックさせてもらいました。浅見さんは瞳を決して見捨てないから、今度こそ薬物を断《た》てと繰り返してましたね。それに対して、瞳も覚醒剤には二度と手を出さないと綴ってました」

「その浅見ちはるが先日ちょっとした事件を引き起こして、現在、逃亡中なんですよ」

「えっ、信じられないな」

天童が驚きの声を洩らした。有働は詳しいことを話した。

「彼女が女子少年院の相馬教官に刃物を向けたなんて信じられません。とてもそんなことをするような娘《こ》には見えませんでしたからね。しかも、教官の指導が悪かったから、瞳がふたたび薬物に溺れたと難癖をつけたなんて……」

「相馬教官はわれわれにそう言ってたが、それが事実なのかどうかはわかりません」

「『慈愛学園』の教官がいい加減なことは言わないでしょ？」

「そう思いたいんですが、相馬教官の部下の寺戸という男が怪しい動きをしてるんですよ」

「怪しいって、どんな行動をとったんです？」

天童が有働と川岸を等分に見た。相棒の川岸刑事が、浅見ちはるの行方をなぜか寺戸が追っていたことを明かした。

「寺戸という教官が昔の教え子をなぜ追ってるんだろうね？」

天童が川岸に問いかけた。

「まだよくわからないんですが、浅見ちはるの傷害事件は松浦瞳の脱走、いや、失踪《しっそう》と何かつながりがあるのかもしれませんね」

「えっ、そうなの!?　話がよく呑《の》み込めないいな」

「松浦瞳は何か事情があって、ここでリハビリを受けていられなくなったんじゃないだろうか」

有働は会話に割り込んだ。

「どんな事情が考えられます？」

「たとえば、身内に何か大変なことが起こったとか」

「そういえば、去年の九月の下旬に瞳のお母さんの清美《きよみ》さんが仕事帰りにバイクに乗った引ったくり犯にバッグを奪われて転倒して、脳挫傷で入院しましたね」

「意識はすぐに戻ったんですか？」

「いや、いまも昏睡《こんすい》状態にあって、入院中のはずですよ。新宿の帝都女子医大病院に救急車で運ばれ、そのまま入院を余儀なくされたようです」

「当然、そのことは娘も知ってるんですね？」

「ええ。担当の保護司だった綿引先生が清美さんが入院された翌日にわざわざここに来てくださって、そのことを教えてくれたんですよ。瞳には、母親が入院したことを話しました」

「どんな反応を見せました？」

「だいぶショックを受けてるようでした。再婚相手の言いなりになってた母親のことを瞳は憎んでると公言してましたが、やはり血を分けた母娘ですからね。憎み切れなかったんでしょう。それから彼女、入院加療費のことをしきりに心配してましたよ。お母さんはほとんど身寄りがない上に貯えもないとかでね」

「そうですか。おふくろさんの入院加療費の支払いはどうなってるんです？」

「綿引先生が立て替えてもいいと言ってましたが、瞳は恩人の保護司にそんな迷惑はかけられないと繰り返してました」

天童が答えた。

「綿引氏がここに来たとき、松浦瞳はかつての担当保護司と会ってるんですか？」

「ええ、会ってますよ。二人は面談室で数十分、話し込んでました。瞳は『レインボーハウス』でリハビリを受けざるを得なくなったことを綿引先生に何度も詫《わ》びたそうです。後日、先生から聞いたんですよ」

「そうですか」

「綿引先生はひとり娘を自死させてしまったことを深く悔やんでるんで、器用に生きられない若者や犯罪者たちを温かく支援してるんですよ。大変な人格者です」

「そんな印象を受けましたよ。ここから消えた瞳は昏睡したままの母親の入院加療費を工面しなければならないと考え、施設を脱け出したんだろうか」

「そうだとしたら、瞳はホテルを転々としながら、体を売ってるんではないかな。若い女性が手っ取り早く稼ぐには、それしか方法がないでしょうからね」

「ええ、そうなのかもしれません。そうじゃないとしたら、薬物密売の手伝いをしてるんじゃないだろうか」

「それも考えられますね。後者だとしたら、おそらく瞳はまた覚醒剤を体に入れてるんだろうな。せっかくリハビリに励んだのに、逆戻りか。なんだか徒労感に打ちのめされそうです」

「天童さん、負《め》げずに頑張ってください」

　有働は力づけた。

「気を取り直して、もちろん活動をつづけますよ。それにしても、麻薬を密造してる連中が憎いな。そいつらを皆殺しにしてやりたい気持ちですよ。密売人も片っ端からマシンガンで撃ち殺してやりたいな」

「過激なことをおっしゃる。しかし、天童さんの気持ちは理解できますよ」

「そうですか。去年の十一月上旬に瞳の捜索願を地元署に出したんですが、なんの情報ももたらされてないんですよ。あなた方にこんなことを言ったら、叱られるだろうが、警察がちゃんと動いてくれてるとは思えないな」

「焦《じ》れる気持ちはわかります。所轄署もそれなりには動いたんだろうが、なにしろ事件がいろいろ多発してるんで、なかなか手が回らないんだろうな。しかし、われわれが松浦瞳と浅見ちはるの二人の行方を追いますよ。二人の失踪は、ある殺人事件と何らかのつながりがありそうなんでね」

「ある殺人事件というのは？」

天童が問いかけてきた。有働は少し迷ったが、元刑事の雇われマスターが刺殺されたことを喋った。

「殺された綾部という方が浅見さんと電話でちょくちょく連絡をとり合ってたというなら、有働さんの推測通りなのかもしれませんね。瞳は母親の入院加療費を工面するため、不本意ながらも悪事の片棒を担《かつ》いでた？」

「ええ、そうなのかもしれない。浅見ちはるはそのことを知って、友人の瞳に手を引けと忠告した。しかし、瞳はどうしても金を都合つけなければならないんで、ちはるの言うことを聞かなかった」

「それで、ちはるは瞳が更生できなかったのは相馬教官の指導の仕方が悪かったと逆恨みして、果物ナイフを振り回したって読み筋ですか？」

川岸が先回りして、そう言った。

「何か異論がありそうだな。川岸、遠慮しないで言ってみろ」

「は、はい。浅見ちはるは聡明《そうめい》な娘《こ》らしいから、そんなことでは相馬教官を逆恨みなんかしないと思うんですよ」

「ということは、相馬がわれわれに嘘をついた？」

「多分、そうなんでしょう。相馬教官は、浅見ちはるが『慈愛学園』にいるときに彼女に何らかの悪さをしたんじゃないのかな？　セクハラ以外の厭《いや》がらせをね」

「それで、ちはるは相馬に仕返しをしたんじゃないかってことだな？」

　有働は訊いた。

「ええ、そうです。ちはるが逃げてることと松浦瞳の失踪は切り離して考えるべきなんではありませんか？　二人が姿をくらましてることは、単なる偶然にすぎないんじゃないのかな？」

「おれはリンクしてると思うね。浅見ちはるは、綾部に何度も電話してるんだ。綾部も、ちはるの携帯を複数回、鳴らしてる。ちはるが綾部に何か相談してたと考えてもいいだろう」

「その相談内容は自分のことではなくて、松浦瞳についてだったのではないか。そういうことなんですね？」

「ああ、そうだ」

「有働さんの推測が正しければ、松浦瞳のトラブルに相馬教官が何らかの形で関わってたと考えられませんか？」

「川岸、やるじゃねえか。そうなのかもしれないぜ。だから、ちはるは友達の瞳を困らせた相馬を懲《こ》らしめてやりたくて、果物ナイフで背中を刺した。そういう流れなんじゃないのかな？」

「そうなんでしょうか」

「二人の話に水を差す恰好《かっこう》になりますが、これから大事なミーティングに出席しなければならないんですよ」

天童が腕時計に目を向け、言いづらそうに言った。有働は頭に手をやって、相棒と一緒に暇《いとま》を告げた。

アリオンに乗り込んだとき、門の向こうで人影が動いた。路上に駐《と》めてあるアルファードにあたふたと乗り込んだのは、『慈愛学園』の寺戸教官だった。

「川岸、見たか？」

有働は、運転席の相棒に声をかけた。

「ええ、見ましたよ。尾行者は寺戸博文だったんですね。アルファードを追いましょうか？」

「いや、追わなくていいよ」

「寺戸教官は、浅見ちはるの行方を必死に追ってるって話でしたよね？　上司の相馬に頼まれたんでしょうか。それとも、寺戸が自発的に浅見ちはるを見つけ出して、相馬に引き渡す気でいるんですかね？」

「まだ、どちらとも言えないな」

「前者だとしたら、相馬教官は浅見ちはるに何か仕返しをする気なんだろうな。あっ、そうじゃないな。ちはるを痛めつけて、松浦瞳から何か聞いてないか探る気なのかもしれないですね」

「そうとも考えられるな。先に瞳のおふくろさんの入院先に行ってから、保護司に会いに行こう」

「はい」

　川岸がセレクト・レバーに手を掛けた。

　有働は背凭《せもた》れに上体を預けた。

第四章　失踪の背景

1

寝息は規則正しかった。

松浦清美は昏々《こんこん》と眠っていた。

帝都女子医大の外科病棟の六階の一室である。個室だった。

「てっきり相部屋に入院してると思ってたが、個室とは意外だったな。室料は一日三万円以上かかるんでしょ？」

有働は、病室に案内してくれた矢代《やしろ》という看護師長に問いかけた。五十三、四で、狸顔《たぬきがお》だった。

「室料は三万六千円ですね、この病室は。そのほか加療費がかかりますんで、ざっと一日四万ほど……」

「一カ月の入院加療費が百二十万円か。リッチな患者じゃないと、とても個室には入れないな」

「ええ、そうですね。いわゆる差額ベッド代は後で戻ってきませんので。でも、最初の一カ月は相部屋にいたんですよ。ですけど、お嬢さんが母親を個室に移してほしいと申し出られたんで、松浦清美さんはこの病室に替わられたわけです」

「入院加療費の支払いは、どうなってるんです？」

「四人部屋にいたときの費用は、娘さんのお知り合いの綿引という税理士の方が立て替えてくださいました。その後は、瞳さんがきちんと精算してくれてます」

「松浦瞳は、ちょくちょく母親を見舞ってるんですね？」

「いいえ。娘さんが病院を訪れたのは一度きりです。十月の下旬に来られたときに会計窓口に五百万円を預けて、それで当分の支払いを頼むと言って帰られたようです」

「五百万も窓口に預けた⁉」

「はい。そうした前例はないんで、係の者は大金を預かることはできないと一度は断ったらしいんですよ。ですけど、娘さんは仕事に追われてて、何回も病院には顔を出せないとおっしゃったとかで、押し切られてしまったそうです。そんなわけで、五百万円を預かったわけですよ」

「そう。瞳は仕事の内容について、会計窓口で何も言わなかったんだろうか」

有働は矢代師長を正視した。

「具体的なことはおっしゃらなかったようですが、とにかく出張が多いんだと言ってたそうです。食料品のデモンストレーター販売員として、全国のスーパーを飛び回ってらっしゃるのかしら？　それとも、美容部員なんですかね？」

「そのどちらかだとしても、二十一の娘が五百万円も工面できるだろうか」

「いまの若い子たちはせっせと貯蓄に励んでるみたいですから、定期預金を解約して五百万円を持ってきたんじゃありません？」

「松浦瞳はちょっと事情があって、十月上旬まで仕事はしてなかったんです」

「あら、そうなの。それじゃ、それまでにしっかり溜めてたのね。若いのに偉いな」

「いや、それ以前も安定した職業には就いてなかったんですよ」

「そうなんですか。なら、誰かの愛人にでもなっちゃったのかしら？　最初の一カ月分の入院加療費を立て替えてくださった綿引さんは患者さんの親類だと思ってたんですが、そうじゃないんですってね。もしかしたら……」

師長が言い澱《よど》んだ。

「瞳のパトロンだと思ったんでしょ？」

「ええ、まあ。縁者でもない患者さんの面倒を見るのは、娘さんと他人じゃないからなんではないかと思ったんです」

「綿引さんは保護司をやってるんですよ、ボランティア活動としてね。瞳は十代のころ、少し荒れてて綿引さんの世話になったことがあるんだ」

「保護司をやってらしてるんだったら、若い女性を愛人になんかしないわね」

「そう思うな」

「ろくに仕事もしてなかったんなら、娘さんは何か悪いことをして、五百万円を工面したんじゃないのかな？」

「それは考えられそうだね。ところで、松浦清美さんはずっと昏睡状態のままで意識を取り戻すことはないんだろうか」

「なんとも言えないんですよね。半年後に急に意識が戻られた患者さんもいますけど、二年も三年も昏睡したままの方もいらっしゃるんですよ。でも、担当ドクターやナースの話によると、清美さんの足の裏をくすぐると、わずかな反応があるらしいんです。ですから、そのうち意識が戻りそうですね」

「そうだといいね。ご協力に感謝します」

有働は矢代師長に礼を述べ、かたわらの川岸刑事に目配せした。

二人は病室を出た。師長がナース・ステーションに戻っていく。

「瞳が『レインボーハウス』を脱走して、夜ごと体を売ったとしても、短期間で五百万は溜められないでしょう？」

廊下で川岸が口を開いた。

「だろうな。荒っぽい犯罪《ヤマ》を踏めば、それぐらいの銭は工面できる。しかし、女の瞳が宝石店や銀行に押し入ることは無理だろう」

「ええ、そうでしょうね。でも、恐喝《カツアゲ》なら可能でしょう。瞳は自分を抱いたリッチな男の自宅やオフィスに乗り込んで、百万単位の金を脅し取ってたのかもしれませんよ。バックにヤー公が控えてるとでも凄《すご》んでね。それなら、五、六百万の金は集められるでしょ？」

「まあな。しかし、相手が開き直ったら、危険は危険だぜ。金銭的に余裕のある男たちなら、裏社会の人間を金で雇うこともできるだろうからな」

「ええ、そうでしょうね。そうなったら、逆に瞳は詫び料を払わされる羽目になっちゃうか」

「ああ、場合によってはな。おれは瞳が麻薬ビジネスの手伝いをして、五百万円を工面したんじゃないかと睨んでるんだ。といっても、瞳はパケを売り捌《さば》いてるんじゃないだろう。末端の密売人は、たいした銭は得られないからな」

「卸し元《ネタモト》にうまく喰い込んで、おいしい思いをしてるんですかね？」

「小娘がそんな組織にやすやすと入り込めるわけがない」

「そうですよね」

「考えられるのは、麻薬の運び屋だよ。瞳は会計窓口で、出張の多い仕事をしてると洩らしたそうだからな」

「ええ。瞳は他人名義のパスポートを与えられて海外で極上の覚醒剤《シャブ》を受け取り、細工を施したトラベルバッグとか靴に薬物を隠して、日本に持ち込んでるんでしょうか」

「そうした方法だけじゃなく、白い粉を詰めたコンドームを飲み込んだり、性器にも挿入して税関を擦《す》り抜けてるのかもしれないぜ。そうすれば、かなりの量を日本に持ち込める。成功すれば、まとまった謝礼を貰えるはずだ」

「そうですね。有働さん、瞳は本人の正規パスポートを使って、海外に頻繁《ひんぱん》に出かけてるとは考えられません？」

「本人のパスポートを使ったら、税関職員に捕まったとき、雇い主も危《ヤバ》くなる。だから、瞳が麻薬の運び屋をやってるとしたら、おそらく偽造パスポートを使うよう指示されるだろう」

「そうなら、松浦瞳の渡航記録をチェックしても無駄ですね?」

「多分な。しかし、一応、捜査班長に頼んで瞳の渡航記録をチェックしてもらおう。よし、綿引さんの事務所に行くぜ」

有働はエレベーター乗り場に向かった。七階だった。

相棒と一緒にエレベーターで一階に下り、外来用駐車場に急ぐ。

有働は覆面パトカーの助手席に乗り込むと、上司の波多野に電話をかけた。聞き込みの報告をし、松浦瞳の渡航記録を検《しら》べてくれるよう頼む。

「すぐにチェックしてみよう」

「お願いします。係長《ハンチヨウ》、別班から有力な手がかりは?」

「それはないんだが、新宿署《ここ》の的場係長が別件容疑で三原組の須永雅信を引っ張るべきではないかと千種刑事課長や署長に訴えてるらしいんだ」

「強行犯係の係長は、まだそんなことを言ってるのか。無能だね。見当外れもいいとこだ」

「的場係長は須永がアリバイ工作をして、第三者に綾部航平を殺《や》らせたという疑いを拭いきれないようだな」

「どうかしてるぜ。犯行現場には、須永の指掌紋が付着してたジッポーのライターが落ちてたんだ。須永が絵図を画《か》いたんだったら、実行犯にライターを渡すなんてことは考えられないのにな」

「そうなんだが、的場係長は須永に殺人を依頼された実行犯が捜査の目が自分に向かないようラテン・パブ『シェイラ』で予《あらかじ》めライターを手に入れてから、犯行に及んだと思ってるようなんだよ」

「的場は殺人捜査には向かねえな。交通課あたりに飛ばしちまえばいいんだ」

「有働、それは言い過ぎだ。おれは的場係長の読み筋に惑《まど》わされたりしないから、おまえは川岸君と捜査を重ねてくれ。これから綿引税理士事務所に回るんだな、渋谷の？」

「そう」

「わかった」

波多野が先に電話を切った。

川岸がアリオンを走らせはじめた。波多野から電話がかかってきたのは、覆面パトカーが明治通りに入って間もなくだった。

「有働、松浦瞳は一度も海外旅行をしてなかったよ」

「やっぱり、自分の旅券は使ってないんだな」

「ちょくちょく海外に出かけてるとしたら、他人名義のパスポートを使ってるんだろう。

そうでないとしたら、麻薬の運び屋をやってるんじゃないな。別の何かで荒稼ぎして、母親の入院加療費を調達したんだろう」

「捜査を進めていけば、そのあたりのことははっきりすると思うよ」

有働は通話を切り上げ、相棒に電話の内容を手短に伝えた。

覆面パトカーは明治通りをひたすら直進した。代々木を通過したとき、道岡勇輝から連絡があった。

「ちはるさんの知り合いにはすべて当たったんすけど、潜伏先はついにわからなかったんすよ。お役に立てなくて、すみません！」

「いいんだ。手間をかけさせて、悪かったな。もうバイク便の仕事に精出してくれ」

「仕事は一応こなしてるけど、おれ、まだお手伝いしますよ。大好きなマスターが殺《や》られて、仲間の女の子が事件を解く鍵を握ってるかもしれないっすから。宙《そら》にも協力してもらって、浅見ちはるさんの行方を追うっすよ」

「あんまり無理はしないでくれ。いいな？」

有働は言って、モバイルフォンを懐に戻した。

やがて、アリオンは渋谷に達した。相棒が車を左折させる。綿引のオフィスは、宮益坂の途中にある雑居ビルの五階にあった。

川岸が坂道に捜査車輌を駐《と》めた。

有働たちは車を降り、すぐさま雑居ビルに足を踏み入れた。綿引は、事務所の奥の所長室で仕事をしていた。

有働は相棒を綿引に引き合わせ、帝都女子医大に立ち寄るまでの経過をかいつまんで話した。

「そうでしたか。ま、掛けましょう」

綿引は先に来訪者を応接ソファに腰かけさせ、有働の前に坐った。そのすぐあと、女性事務員が三人分のコーヒーを運んできた。彼女は、じきに下がった。

「松浦瞳がリハビリ施設からいなくなったと天童さんから聞かされたときは、とてもショックでした。覚醒剤を完全に断つことは生やさしくはないんですが、今度こそ瞳は立ち直ってくれると期待してたんでね。ですんで、『レインボーハウス』を脱走したと聞いたときは裏切られた気持ちになりました。腹も立ちましたよ」

「しかし、瞳は覚醒剤の魔力に負けて、リハビリ施設から逃げたわけじゃなかったんですよね？」

有働は言った。

「ええ。あの子は、瞳は母親の入院費用をなんとかしなければいけないと思って、天童さんのとこから消えたんです。帝都女子医大の関係者から聞いたかもしれませんが、彼女は去年の秋に病院に五百万円のお金を預けたんですよ。お母さんの入院加療費に充《あ》ててほしいと言ってね」

「その話は、矢代という看護師長からうかがいましたよ。孝行娘だな」

「そうですね。母親の再婚相手にひどいことをされたわけだから、清美さんを憎んで見捨てても仕方ないんでしょうけど、瞳はそうはしなかった。懐の深さというか、その寛大な心にはわたしもびっくりしました」

「ええ、ただの娘っ子じゃないですね。それはそれとして、五百万もの大金をどうやって工面したんだろうか。ひょっとしたら、綿引さんが出世払いで貸してあげたのかな？　あなたは一カ月分の入院加療費を立て替えてやったという話ですから」

「看護師長の矢代さんは、そんなことまで刑事さんに喋ってしまったのか。そのことは他言しないでほしいと言っておいたんですがね。スタンドプレイと思われるのは心外ですんで、誰にも知られたくなかったんですよ」

「そういえば、綿引さんが立て替えてやった分はどうなりました？」

「瞳は病院に顔を出したとき、わたしが立て替えた二十数万円をちゃんと会計の係の方に託《たく》したんですよ。ですから、きちんと返してもらいました」

「そうですか」

「さっきのご質問にお答えしますが、わたしは瞳に五百万円を出世払いで貸してはいません。貸してやれない額ではありませんが、他人に施《ほどこ》しめいたことをするのは人間として思い上がってますからね。それに、相手は若い娘なんです。かつて保護観察を担当してた瞳と不適切な関係になったのではないかと誤解されるのは困ります。男のわたしはどうということはありませんが、未婚の瞳がおかしな目で見られたら、かわいそうでしょ？」

「綿引さんは、面倒を見た子たちを自分の娘や息子のように思ってるんだろうな。そうじゃなければ、そこまでは思い遣《や》れない」

「世話をした子たちを大事にしてるのは、一種の罪滅ぼしなんです。先夜、打ち明けましたが、わたしは自分の娘を救うことができませんでしたからね。家内に軽蔑されても仕方ありません」

「軽蔑されてるんですか⁉」

　相棒の川岸が先に口を切った。

「ええ、そうなんですよ。わが子が自ら命を絶ってから夫婦仲がしっくりいかなくなって、ずっと家庭内別居状態なんです。家内は炊事《すいじ》や洗濯などはこなしてくれてますが、わたしとは必要最小限の会話しかしてくれません。仕事一本槍で家庭をないがしろにしてきたわたしは、とことん嫌われてしまったんでしょう。いや、きっと憎まれているにちがいない」

「そ、そんな……」

「もうわれわれ夫婦は、やり直せないでしょうね。仮面夫婦をこの先もつづけなければならないと思うと、暗然とします。家内が別れ話に応じてくれないのは、子供を死に追いやった父親を生涯赦《ゆる》せないと思ってるからなんでしょう。わたしに復讐してるつもりなんだろうな、家内は。温《ぬく》もりのなくなった家庭は居心地がよくありません。しかし、わたしは死ぬまで耐えることにしました。そうしなければ、死んでしまった子に償《つぐな》えませんからね」

綿引がうつむいた。困惑した川岸が目顔で救いを求めてきた。

「あなたに辛い思いをさせるつもりはなかったんだが……」

有働は綿引に語りかけた。

「ええ、わかってますよ。そちらには何の悪意もないことは知ってます。とにかく、わたしは五百万円を用立てていません」

「わかりました。松浦瞳が自力で五百万円を都合つけたんでしょう。しかし、二十一の娘には大金も大金です。まともな方法で工面はできないだろう」

「ええ、そうでしょうね」

「瞳は、何か非合法ビジネスに手を染めたんではないのかな？　綿引さんは、どう思われます？」

「瞳はチンピラやくざあたりと共謀して、美人局《つつもたせ》でもしたんでしょうか」

「そうなのかな。美人局をやったんだとしたら、共犯者にせしめた金をごっそりと持ってかれちゃうんじゃないだろうか。とても短期間では五百万もの大金は溜められないでしょ？」

「そうか、そうでしょうね」

「麻薬ビジネスの片棒を担《かつ》いで、母親の入院費用を捻出《ねんしゅつ》したとは考えられませんか？」

「それはないと思う。ええ、絶対にないですよ」

　綿引が断定口調で言った。

「そうだろうか」

「瞳は覚醒剤で青春を台なしにしてしまったんです。麻薬欲しさに非行を重ね、心も体もボロボロになったんです。あの子は、あらゆるドラッグを憎んでるはずですよ。そんな彼女が麻薬ビジネスで大金を得たいと考えることはないでしょう」

「しかし、切っ羽詰まってたんです。瞳は母親の入院加療費のことで、頭を抱えてたにちがいない。背に腹は替えられないという気持ちになっても、別に不思議じゃない気がするがな」

「瞳は、それほど愚かな娘《こ》ではありませんよ。何か別の方法で五百万円を工面したんでしょう。もしかしたら、瞳はいかがわしい映像を何巻分も撮《と》らせたんではないのかな？　変態ものの裏ＤＶＤに出演すると、一本百万円前後の出演料《ギャラ》を貰えるようですからね」

「そうなんだろうか」

「わたしは、そんな気がしてるんですよ。とにかく、麻薬ビジネスには関わってないと思うな」

「そうですか。話は変わりますが、『慈愛学園』の相馬教官は昔の教え子の浅見ちはるになぜ果物ナイフで背中を刺されることになったんですかね？」

　有働は話題を転じた。

「何か誤解をされて、相馬さんは怪我をさせられたんでしょうね。何を誤解されたのかは見当もつきませんけど」

「浅見ちはるが松浦瞳と『慈愛学園』で同室になったことで仲よくなって、二人は仮退院後も親しくしてたのはご存じでしょ？」

「ええ、知ってます。瞳が『レインボーハウス』に入寮してからも、二人が文通してたことは天童さんから聞いてますよ」

「そうですか。ちはるは、瞳の行方を追ってたようなんです」

「その話は初めて聞きました」

「ちはるは親友の瞳が不正な方法で母親の入院加療費を工面してることを知って、やめるよう説教したのかもしれません。だが、瞳は忠告を受け入れようとはしなかった。ちはるは非合法ビジネスに相馬教官が深く関与してることを知って、瞳を仲間から外してほしいと頼み込んだ。しかし、教官は取り合おうとしなかった。で、ちはるは逆上して、相馬の背中に果物ナイフを浅く突き立てた。これは単なる想像なんですが、荒唐無稽でもないと思うんですよ。相馬教官の部下の寺戸博文が血眼になって浅見ちはるの行方を追ってるんでね」

「ちょっと待ってください。相馬さんは、真面目な法務教官なんですよ。彼が何か裏ビジネスに関わってるなんてことは、とても考えられません。寺戸さんにしても、現職の女子少年院の教官なんです。上司の相馬さんが仮に犯罪に手を染めていたとしても、協力なんかしないでしょう」

「普通なら、そうでしょうね。だが、寺戸教官に何か致命的な弱みがあって、それを相馬に知られてたとしたら、黙殺はできないんじゃないのかな?」

「相馬さんが何かダーティー・ビジネスに関与してて、瞳を仲間に引きずり込んでたなんて臆測《おくそく》は、まるでリアリティーがありませんよ。そんなことで相馬さんを疑ったりしたら、彼が気の毒だ」

「しかし……」

「いまは科学捜査の時代なんです。刑事の勘に頼ってたりすると、取り返しのつかないミスをしますよ」

綿引が憮然《ぶぜん》とした表情で言って、コーヒーカップを持ち上げた。強く相馬を弁護したことが少し不自然に感じられた。穿《うが》ちすぎだろうか。

それから間もなく、有働たちは綿引税理士事務所を出た。エレベーター・ホールで、相棒がためらいがちに口を開いた。

「大先輩に口幅ったいことを言うのはなんなんですが、有働さん、見込み捜査はよくないですよ。昔と違って、いまはＤＮＡ鑑定など科学的な物証を積み重ねて、容疑者を特定してるんですから。臆測や推測だけで誰かを被疑者扱いするのは、ちょっと問題だと思いますね」

「おれは組対時代に勘や直感で五人もの殺人犯を検挙《アゲ》てきたんだ。自分の第六感を信じてるんだよ」

「でも、そうした過信が冤罪《えんざい》を招きかねないんで……」

「わかってらあ。これ以上の暴走はしねえよ」

有働は言い放って、エレベーターの下降ボタンを乱暴に押し込んだ。

2

午後六時を過ぎた。

有働はレンタカーのシルフィの運転席から、法務教官宿舎の出入口に目を注《そそ》いでいた。職員住宅は三階建てで、『慈愛学園』に隣接している。

相棒の川岸は女子少年院に貼りついていた。有働の提案で、それぞれが単独で寺戸と相馬をマークすることになったのである。有働は寺戸、川岸は相馬の動きを探ることになった。

刑事は二人一組で捜査活動に従事する。独歩行《どっぽこう》は明らかに服務違反だった。有働は後ろめたさを覚えながらも、相棒を自分の考えに従わせた。

綾部殺しの犯人を別班に先に捕まえてほしくなかったからだ。

むろん、手柄を立てたいわけではない。真犯人を自分が検挙することで、綾部航平の無念を晴らしてやりたいのである。

捜査班長の任に就《つ》いている波多野警部にも、独歩行のことは報告していなかった。信頼している上司に自分の心情を切々と訴えれば、わがままを認めてくれたにちがいない。波多野は四角四面ではなかった。

だが、特定の部下だけを甘やかしたことが捜査本部の面々に知られたら、波多野の立場は悪くなるだろう。兄のように慕っている上司を窮地に追い込むことはできない。そんなわけで、有働は独断で単独捜査に踏み切った事実を伏せる気になったのだ。

相棒の川岸には無理強《じ》いをしたことになる。その借りは何らかの形で返すつもりだ。

寺戸教官は間もなく職務を終え、職員住宅に戻ってくるだろう。遅番の相馬は午後九時まで『慈愛学園』で仕事をすることになっていた。

女子少年院の通用口から人影が現われた。目を凝《こ》らす。

寺戸だった。有働は助手席のシートに片肘《かたひじ》をつき、上体を傾けた。寺戸は小走りに職員住宅に駆け込み、そのまま階段を上りはじめた。

彼の部屋は三〇五号室だった。捜査対象者が自室に吸い込まれた。

有働は上体を起こした。

寺戸が外出するかどうかはわからない。だが、彼は浅見ちはるの行方を追っていた。ちはるの潜伏先を突きとめていなければ、外出するのではないか。

有働はそう考えながら、ロングピースをくわえた。

ゆったりと煙草を喫《す》う。張り込みに最も必要なのは、愚鈍《ぐどん》なまでの根気だ。マークした人物が動きだすまで、じっと待つ。ひたすら待ちつづける。

それが鉄則だった。もどかしがって、対象者宅に接近してはいけない。焦《あせ》ったら、ろくな結果は招かないものだ。

三十分が経過したころ、有働の懐で携帯電話が打ち震えた。張り込む直前にマナー・モードに切り替えておいたのである。

モバイルフォンを摑み出す。発信者は保科志帆だった。

「いま話しても大丈夫？」

「ああ。何かあったのか？」

有働は早口で訊いた。

「ううん、そうじゃないの。急に有働さんの声を聴きたくなっちゃったのよ」

「嬉しいことを言ってくれるな。仕事なんかほっぽりだして、町田に車を飛ばしたくなってきたよ」

「そうしてって頼んだら、すぐ会いに来てくれる？」

「行きてえけど、早く綾部を成仏させてやらねえとさ。でも、会いたいよ。悩むとこだな」

「駄目よ、悩んじゃ」

「くそっ、刑事になんかなるんじゃなかったぜ。普通の勤め人だったら、すぐ会いに行けるんだがな」

「そんなふうに言ってもらえるだけで、わたし、嬉しいわ。だけど、いまは捜査を最優先させて」

「わかったよ」

「その後、進展はあったの？」

志帆が問いかけてきた。有働は、これまでの経過をつぶさに伝えた。

「相馬という教官が果物ナイフで刺されたことと松浦瞳の失踪とは、わたしもリンクしてるような気がするわ」

「そっちがそう言ってくれると、なんか心強くなってきたよ。けど、まだ浅見ちはるが引き起こした事件と瞳の失踪がつながってるという裏付《ウラ》けは取れてねえんだ」

「関係者から相馬、寺戸の二人の証言は？」

「昼間、保護司の綿引のオフィスを訪ねたんだが、どっちも評判は悪くなかったんだ。ただ、『イマジン』の常連客たちはおおむね寺戸のことを快く思ってなかったな。態度がよくねえ奴なんだよ」

「その寺戸って教官は、逃亡中の浅見ちはるを血眼になって捜してるって話だったわよね？」

「そうなんだ。寺戸は自発的か上司の相馬に頼まれたのかどうかはわからねえんだが、何がなんでも浅見ちはるを取っ捕まえたいって感じだったな。相馬は、部下の寺戸にちはるを見つけてくれなんて頼んだ覚えはないと言ってるんだが……」

「相馬教官は、何らかの理由で嘘をついたんじゃないのかしら？」

「そう思った理由は？」

「浅見ちはるが果物ナイフで傷つけたのは、相馬よね？　でも、被害者でもない寺戸が必死に浅見ちはるの行方を追ってるというんだから、二人の教官は利害が一致してるんだと思うの。だから、寺戸は浅見ちはるを相馬の代わりに追ってるんじゃない？」

「多分、そうなんだろうな。寺戸は女子少年院に収容されてる女の子たちに何か悪さをして、上司の相馬に証拠を握られたんじゃないかと推測したんだが、どう思う？」

「悪さというと、セクハラの類《たぐい》？」

「そう。寺戸は気に入った娘《こ》を面接室かどこかに呼び出して、いやらしいことをしてたんじゃないかね。こっそりスナック菓子を与えたり、自分の携帯を貸してやったりして恩を売ってからさ」

「刑務官たちが服役中の組長なんかに裏で煙草をやったり、携帯を使わせた事例があったわね。女子少年院の教官が似たようなことをしてる可能性はあると思うわ」

「そうだよな。おれは松浦瞳が母親の入院加療費を工面する必要があったんで、『レインボーハウス』から逃げ出したんではないかと筋を読んだんだが、見当外れかね？」

「ううん、有働さんの推測は正しいんじゃないかな？　それから非合法な手段で五百万を工面したことも間違ってはいない気がするわ」

「浅見ちはるが親友の危《ヤバ》い裏ビジネスのことを知って、やめるよう忠告した。けど、瞳はちはるの意見に耳を傾けなかった」

「そうだからって、浅見ちはるが相馬教官の指導の仕方が悪かったんで、リハビリ施設に行く破目になったと怒るのはおかしいんじゃない？」

「確かに八つ当たりっぽいな」

「根拠があるわけではないんだけど、ちはるって子は松浦瞳の非合法ビジネスに相馬教官が関わってることを知って、親しい友人だけは足を洗わせてほしいって頼みに行ったんじゃないのかな？」

　志帆が言った。

「実は、おれもそう読んだんだ。けどさ、別班の聞き込みによると、相馬に悪い噂はないんだよ。別に派手な暮らしはしてないようだし、腕時計も国産のごく普通のやつを嵌《は》めてた。妻子も贅沢《ぜいたく》をしてるって情報は入ってきてねえんだ」

「法務教官が派手な暮らしをしてたら、すぐ周囲の人たちに怪しまれるでしょ？　俸給は、さほど高くないわけだから」

「そうだな。相馬は何か事情があって、ダーティー・ビジネスをやりはじめたんだが、それを覚《さと》られないよう気をつけて、わざと質素な生活をしてるんだろうか。でもな、法務教官が危ない橋を渡ってるとは思えないんだよな」

「本当の悪人は、いかにも悪党風には見えないんじゃない？」

「そうなんだけどさ、相馬は真面目さだけが取り柄って感じの中年男だぜ」

「相馬教官の兄弟が事業にしくじって、巨額の借財を背負ってしまったんじゃないのかしら？　あるいは、奥さんのほうの兄弟が経済的に困窮してるとか……」

「そのへんのことを波多野係長《ハンチョウ》に頼んで、別班に調べさせてもらうよ」

「ええ、ちょっと洗ってみてもらったほうがいいと思うわ。あら、わたしったら、大先輩の有働さんに生意気なことを言っちゃったわね。ごめんなさい」

「いいさ。そっちとおれは、もう妙な遠慮をし合う仲じゃねえんだから。まだ一線は越えてないけどね」

「どう答えればいいの？　有働さん、わたしを困らせないで」

「早く抱かせろって、せっついたわけじゃねえんだ」

「ええ、わかってます。そんなことよりも、相馬教官が危ない橋を渡る理由がないとしたら、誰かに何か弱みを摑まれて、悪事の片棒を担がされたんじゃないのかしら？」

「相馬は女遊びや賭け事には興味がなさそうだな」

「誰かさんとは大違いね」

「待ってくれ。いまのおれは、牧師みたいに禁欲的《ストイック》な日々を送ってるんだ。そっちとつき合うようになってから、品行方正そのものだぜ」

「男は少し不良っぽくなくちゃ、魅力が半減しちゃうな」

「以前のように女遊びをしろってことかい？」

「それは駄目！　でも、お酒やギャンブルまで控えたら、有働さんはストレスを溜め込むことになるでしょ？」

「女遊び以外は慎《つつし》まなくてもいいわけだ？」

「ええ、もちろんよ」

「志帆は最高だ。いい女だね」

「いま、どきりとしちゃった。名前で呼ばれたことは、一度もなかったから」

「そうだっけ？」

「ええ、そうよ。名前を呼ぶのはなんか照れ臭いんだろうけど、時々、そうしてね。あなたとの距離がぐっと縮まったような気がして、わたし、嬉しかったわ」

「そうかい。そっちを名前で呼ぶのはなんか小っ恥ずかしいが、お望みなら……」

「なんか話を脱線させてしまったわね。相馬教官のことだけど、何か疚《やま》しいことがあって、悪事の片棒を担がされたという推測もできると思うの」

「真面目そうに見える男でも、いろんな欲や思惑《おもわく》があるだろうから、ピュアに生き抜くことはできない。そっちの読み筋は正しそうだな」

「そんな気がしたんだけど、読みが外れてるかもしれないわ。そのときは堪忍してね」

「もちろん、文句なんか言わないよ。翔太君とちょっと話をしてえな」

「いま、翔太はお風呂に入ってるのよ」

「そうか。腕の痛みはどうだって？」

「もう痛みは、ほとんどないみたい」

「それはよかった」

「ご心配かけました。ね、波多野さんの元奥さんの具合はどうなの？」

「モルヒネの投与量が日ごとに増えてるそうだから、だいぶ痛みがきつくなったんだろうな。それでも、まだ保《も》ってるのは係長《ハンチヨウ》がちょくちょく見舞ってやってるからだろう」

「そうなんでしょうね。別れた奥さんの再婚相手は立派だわ。元夫の波多野さんが病室を訪れることを少しも迷惑がっていないんでしょ？」

「それどころか、歓待してくれてるらしいよ。二人の男は、どっちも大人なんだろうな。惚れた女の命が燃え尽きるのをともに見届けてやろうと妙な拘《こだわ》りを棄《す》てて、人間らしく接してるわけだからさ」

「波多野さんの許《もと》を去った悠子さんは病魔に取り憑《つ》かれてしまったわけだけど、女性としては幸せなんじゃないかしらね？　好きになった二人の男性に看取《みと》られながら、生涯を終えられるんだろうから」

「そうなるんだろうが、悠子さんには一日でも長くこの世にいてもらいてえよ。身近な人間が亡くなると、喪失感が深いからな。波多野係長《ハンチヨウ》が打ち沈む姿なんか見たくない」

「それは、わたしも同じよ」

「翔太君によろしくな」

有働は通話を切り上げた。

それから間もなく、三〇五号室から寺戸が姿を見せた。地味な色のスーツを着込み、ウール・コートを抱えている。どこかに出かけるようだ。

寺戸は階段を駆け降りると、職員住宅の駐車場に足を向けた。灰色のレジェンドの運転席に入り、すぐにエンジンを始動させた。

有働は濃紺のレンタカーを十メートルほどバックさせた。

待つほどもなくレジェンドが車道に走り出てきた。有働は充分に車間距離をとってから、シルフィを静かに発進させた。

尾行開始だ。

レジェンドは狛江の住宅街を走り抜け、世田谷通りに出た。渋谷方面に向かっている。

有働は用心しながら、寺戸の車を追った。

レジェンドは道なりに進み、ＪＲ渋谷駅の近くで明治通りに乗り入れた。

有働は追尾しつづけた。

やがて、寺戸の車は恵比寿ガーデンプレイスに入った。平成六年の秋にサッポロビールによって造られた〝複合都市〟だ。

四十階建てのオフィスビルを中心に、外資系ホテル、レストラン、デパート、映画館、多目的ホールなどがある。古城を復元したシャトー・レストラン、欧州風の建築物、水路、広場などが配され、山の手のトレンディー・スポットとして知られている地域だ。

寺戸はレジェンドを駐車場に預けると、シャトー・レストランに直行した。

建物はルイ十四世様式で、一階にはカフェ・フランセとバーがある。二階は、三つ星レストランの『タイユバン』と『ロブション』のメイン・ダイニングになっていた。三階には、高級サロンがある。

有働はレンタカーを駐車場に置き、小走りに寺戸を追った。

寺戸が落ち着いたのは、一階奥のバーだった。彼が歩み寄ったテーブルには、東南アジア系の外国人が坐っていた。四十代の後半だろうか。

寺戸は英語で相手と挨拶を交わし、テーブルについた。

有働は寺戸が背を向けたのを目で確認してから、素早くカウンターの止まり木に腰かけた。寺戸には、顔を知られている。不用意には近づけない。

「お飲みものは何になさいますか?」

四十絡《がら》みのバーテンダーが問いかけてきた。

有働はスコッチ・ウイスキーの水割りと生ハムをオーダーした。紫煙をくゆらせながら、斜め後ろの寺戸たちの会話に耳を傾ける。

しかし、断片的な英語しか聴き取れない。ＢＧＭの音量は、やや大きめだった。パテイ・ページのヴォーカルだけが鮮やかに耳に届く。

少し待つと、水割りのグラスとオードブルが運ばれてきた。

「悪いが、少しBGMのボリュームを絞ってくれないか」

「わかりました」

バーテンダーが申し訳なさそうに言い、CDの音量を低くした。寺戸と東南アジア系外国人の会話がようやく聞こえるようになった。

しかし、有働は英語のヒアリングが苦手だった。馴染《なじ》みのない英単語が多く、話の内容がよく理解できない。

そんなとき、テーブル席でドイツ人らしい中年のカップルが母国語で声高《こわだか》に罵《ののし》りはじめた。

客たちの好奇心に満ちた目を注がれても、白人の男女は意に介さなかった。テーブルを叩き合って、感情をぶつけ合った。寺戸たちの遣《や》り取《と》りは、まったく聞こえなくなった。

有働は、せめて東南アジア系の外国人の正体だけでも突きとめたくなった。

スコッチの水割りを一気に呷《あお》り、グラスを高く掲《かか》げる。バーテンダーがすぐに近づいてきた。

「同じものをお作りすればよろしいんですね？」

「そう、お代わりを頼む。それから、ちょっと教えてほしいんだ」

「何でしょう?」

「斜め後ろにいる東南アジア系の男のことなんだが、ここには何度か来てる客なのかな?」

「失礼ですが、お客さまは……」

「警視庁の者なんだ」

有働は、警察手帳をちらりと見せた。バーテンダーが困惑顔になった。

「おたくに迷惑はかけない」

「あの外国人の方は、去年の秋ごろから何度かお見えになっています」

「タイ人かな?」

「いいえ、マレーシアの方だそうです。お名前やお仕事まではわかりませんがね。日本には商用か何かで来ているようですよ」

「ガーデンプレイスの中にある『ウェスティンホテル東京』にいつも泊まってるんだろうな」

「そこまでは存じません」

「そう。彼と話し込んでる日本人の男は見かけたことがある?」

「三、四回、ここでお見かけしてますが、詳しいことはわかりません。あのう、どちらかの方が法に触《ふ》れるようなことをしたのでしょうか?」

「まだ内偵中なんで、はっきりしたことは言えないんだ。ありがとう」

有働は礼を言い、フォークで生ハムを掬《すく》った。

バーテンダーが目礼し、手早く二杯目の水割りをこしらえた。有働は新しいグラスに口をつけた。

そのすぐあと、口論していた白人女性が高く喚《わめ》いた。彼女が立ち上がった弾みに、卓上のグラスが倒れた。

連れの男が女性を詰《なじ》った。すると、白人女性が大声で泣き叫びはじめた。

店内が騒然となった。有働も成り行きを見守ることになった。男女の諍《いさか》いは熄《や》まない。

その隙《すき》に寺戸と東南アジア系の外国人の姿は消えてしまった。有働は急いで勘定を払い、あたり一帯を走り回ってみた。

しかし、二人はどこにもいなかった。有働は駐車場に急いだ。

寺戸の車は見当たらなかった。

有働は、思わず夜空を仰《あお》いだ。

3

フロントマンが端末を操作しはじめた。

恵比寿ガーデンプレイス内にある外資系ホテルだ。有働はロビーを眺め回した。外国人の姿が目立つ。

有働は駐車場から、ここにやって来た。寺戸とバーで会っていた正体不明のマレーシア人男性が投宿しているかもしれないと思ったからだ。ホテルマンには、自分が刑事であることを明かしてあった。

「マレーシア国籍の男性は、おひとりも投宿されていませんね」

「そう。四十八、九で、頭髪が黒々としてて……」

有働は相手の風貌を細かく伝えた。

「思い当たるお客さまはおりません」

「そうか」

「過去にマレーシアの男性が何人もチェックインされましたが、どなたも容貌は似かよってますんでね。せめてお仕事がおわかりならば、見当ぐらいつけられるんですが。お役に立ちませんで、相すみません」
三十二、三のフロントマンが頭を下げた。
有働は相手を犒《ねぎら》って、ホテルを出た。車寄せの端にたたずみ、相棒の携帯電話を鳴らす。川岸はツウコールの途中で電話口に出た。

「そっちはどうだ？」

「相馬教官に不審な動きはありません。有働さんのほうは？」

「ちょっと動きがあったよ」

有働は、寺戸がマレーシア人の男と会っていたことを話した。

「女子少年院の教官が東南アジア系の外国人と接触したんですか。なんとなく臭いですね。そのマレーシア人は、リクルーターなんじゃないのかな？」

「リクルーター？」

「ええ。女子少年院帰りの娘《こ》たちが一流企業に就職するのは難しいでしょ？　彼女たちに偏見を持ってる人間は少なくありませんからね」

「そうだな」

「寺戸はなかなか働き口の見つからない『慈愛学園』の退院者たちを東南アジア諸国に送り出して、いかがわしい場所で働かせてるんじゃないのかな？　バーで会ってたというマレーシア人は、受け入れ先の窓口担当者なのかもしれませんよ」

「川岸の推測通りだとしたら、『レインボーハウス』から消えた松浦瞳は寺戸にうまいことを言われて、東南アジアのどこかの国に出稼ぎに行った可能性もあるな。それでセックス・ビジネスで、短期間で母親の入院費用を稼ぎ出したんだろうか」

「有働さん、そうなんじゃないですか？　法務教官が麻薬の密売をしてるとは、ちょっと考えにくいでしょ？　ですが、違法人材派遣ビジネスをやってるということなら、現実味があると思うんですよ」

「ま、そうだな。浅見ちはるは友達の瞳が寺戸の口車に乗ったために東南アジアに売られたことを知って、相馬教官の背中を果物ナイフで刺したんだろうか。そうなら、寺戸を動かしてるのは相馬だろう」

「多分、そうなんでしょう。相馬は善人面《づら》してますが、実はとんでもない悪人なのかもしれませんよ」

「そっちの読み筋も頭に入れとくが、まだ根拠のある話じゃない。それにあんまり囚《とら》われないようにしようや」

「わかりました」

「今夜は張り込みを切り上げて、引き揚げてくれ」

「はい」

川岸が電話を切った。有働はいったんモバイルフォンの終了キーを押し、上司の波多野に電話をかけた。

じきに通話状態になった。有働は経過を詳しく伝え、川岸刑事の推測も付け加えた。

「確かに川岸君が言ったように、堅気の法務教官たちが麻薬ビジネスでひと儲けすることは無理だろう。しかし、日本人の若い女性をセックス・ペットとして東南アジアの国々に送る闇ビジネスぐらいはできそうだな」

「そうなんだが、違法人材派遣ビジネスだって、現地の闇社会とつながりがなきゃ、できないでしょ？」

「ま、素っ堅気ではできないだろうな。寺戸教官が会ってたというマレーシア人の男は裏社会の人間なのかもしれない」

「多分、そうなんだろう。そうだとしたら、麻薬絡みの裏ビジネスのほうが手っ取り早く荒稼ぎできる。川岸の読み筋には、やっぱりうなずけないな。おれは、切っ羽詰まった松浦瞳は相馬か寺戸のどちらかに誘い込まれて、麻薬《クスリ》の運び屋をやってるんだと思うね」

「相馬と寺戸が危ない橋を渡ってるとすれば、どちらも荒稼ぎしなければならない理由があったんだろう。そのあたりのことを別班に徹底的に調べさせよう」

波多野が通話を切り上げた。有働は折り畳んだ携帯電話を懐に戻し、レンタカーを置いてある駐車場に足を向けた。

「有働さんですよね？」

駐車場の前で、聞き覚えのある男の声がした。有働は立ち止まって、すぐに振り返った。

保護司の綿引が笑顔で歩み寄ってくる。

「昼間はアポなしでオフィスを訪ねてしまって、すみませんでした」

「いいんですよ。それより、有働さんとここで会うとは思ってもいませんでしたよ」

「綿引さんこそ、どうしてガーデンプレイスに？」

「わたしの自宅は、この近くにあるんですよ。あなたに差し上げた名刺にも自宅のアドレスは刷り込んであるんですがね」

「そうでしたか。ご自宅の住所までよく見なかったんで、申し訳ない！」

「三つ星レストランあたりでデートですか？」

「いいえ、仕事で恵比寿まで来たんです」

「聞き込みですか？」

「寺戸教官を尾行してきたんですよ。教官はバーで四十八、九のマレーシア人の男と落ち合って、何やら密談してました」

「寺戸教官がマークされてるんですか⁉」

「不審な点がいくつかあるんでね。寺戸は、松浦瞳の失踪理由を知ってそうなんですよ」

有働は、ぼかした言い方をした。

「どういうことなんでしょう？」

「行方のわからない瞳は寺戸に唆《そそのか》されて、非合法なアルバイトをし、母親の入院加療費五百万円を調達したのかもしれないんですよ。いや、直《じか》に誘ったのは相馬教官とも考えられるな」

「刑事さん、そういうことは考えられませんよ。相馬さんも寺戸さんも、まっとうな人間です。非合法ビジネスに手を染めるなんて、あり得ないことです。もう一度、捜査をやり直すべきですね。さもないと、あなたは大きな失点を……」

「綿引さんは、あの二人を善人と思ってるようだな。しかし、これまでの状況証拠から、どちらも怪しいんですよ。浅見ちはると松浦瞳が姿をくらましたことと綾部の事件は、つながってる疑いが濃いんです」

「二人の教官のどちらかが、『イマジン』のマスターを誰かに殺害させたかもしれないとおっしゃるんですか⁉」

「その可能性はあるでしょうね」

「そんなことはないと思うな、わたしは」

綿引が言い張った。

「あなたは二人の教官をずっと庇《かば》ってきた。相馬か、寺戸に何かウィーク・ポイントでも押さえられてるのかな?」

「有働さん、何をおっしゃるんですっ」

「冗談、冗談ですよ」

「悪い冗談だな」

「綿引さんを怒らせてしまったか」

「別段、怒ってやしませんよ」

「本気で憤《いきどお》ってるように見えますがね」

「疑われてるような言い方をされたんで、ちょっと心外だと感じただけですよ。『ロブションで』学生時代の友人と落ち合うことになってるんで、ここで失礼しますね」

「ええ、どうぞ」

有働は目礼した。

綿引がシャトー・レストランのある方向に歩きだした。自宅が近くにあるのに、旧友とわざわざ三つ星レストランで会わなければならないほど妻との関係は冷えきっているのだろうか。

それにしても、高級レストランで旧友と会食とは豪勢ではないか。税理士事務所を経営しているわけだから、金銭的な余裕はあるのだろう。だが、保護司の地味なイメージと三つ星レストランは結びつかない。

綿引は、犯罪や非行で横道に逸《そ》れた男女を本気で更生させたいと願っているのだろうか。ボランティア精神に満ちあふれた紳士に見えるが、わが子を自死させた贖罪《しょくざい》の真似事をしているだけではないのか。

有働は一瞬、そう思った。すぐに他人の善行や人間愛を疑ってしまった自分の心の貧しさを恥じた。

志が高いからといって、質素な生活をしなければならないということはないだろう。ヒューマニストが美食家であっても、別に問題はない。

有働は己れの狭量さを心の中でたしなめながら、シルフィの運転席に入った。イグニッション・キーを捻《ひね》ったとき、懐で携帯電話が打ち震えた。

発信者は三原組の塙だった。

「よう、若頭《カシラ》！」

「有働ちゃん、御影奈津と坊城翼を見つけたよ。二人は吉祥寺《きちじょうじ》のウィークリー・マンションに隠れてた。須永が二人の交友関係を洗って、潜伏先を突きとめたんだ」

「そう。で、二人はいまどこにいるのかな？」

「三原組《うち》の企業舎弟《フロント》の倉庫に閉じ込めてあるんだ。有働ちゃん、二人を締め上げてみなよ」

「そうさせてもらうか。で、その倉庫はどこにあるのかな？」

有働は訊いた。倉庫は、新宿一丁目の花園《はなぞの》公園の並びにあるという話だった。

「すぐこっちに来られるかい？」

「いま、恵比寿にいるんだ。三十分弱で行けると思うよ」

「そうかい。じゃあ、待ってる」

「若頭《カシラ》、奈津たちは須永に頼まれて、シゲやんとかって関西出身の男に綾部を殺《や》らせたと言いつづけてるの？」

「いや、ホスト野郎がそれは作り話だと吐いたんだ。だが、実行犯を見つけてくれと言った奴の名は言おうとしねえんだよ。ただ、坊城翼は須永が『シェイラ』ってラテン・パブに置き忘れたジッポーのライターを無断で持ち去ったことは認めてる」

「そう」

「有働ちゃんがちょいと締め上げりゃ、どっちかが何もかも喋るだろう。須永に二人を痛めつけさせてもいいんだが、頭に血が昇ってるから奈津たち二人を殺《や》っちまうかもしれないんで、ストップをかけてるんだ」

「おれが二人を締め上げるよ」

「そのほうがいいな」

塙の声が途絶《とだ》えた。

有働は携帯電話を折り畳むと、急いでシルフィを走らせはじめた。恵比寿駅の近くから明治通りに入り、新宿をめざす。

目的の倉庫を探し当てたのは、およそ二十五分後だった。

有働は格納庫に似た造りの倉庫の前にレンタカーを停め、あたふたと外に出た。シャッターには、三原パネル建材という社名が記してあった。パネル合板の倉庫だろう。

有働はシャッターの潜《くぐ》り戸に走り寄って、数度ノックした。

潜り戸の向こうで、須永が確かめた。

「有働さんですね?」

「ああ、おれだよ。中に入れてくれ」

「はい、いま潜り戸を開けます」

「頼むわ」

有働は少し退《さ》がった。

潜り戸が開けられた。有働は巨身を大きく屈め、庫内に入った。両側にパネル合板が堆《うずたか》く積み上げられている。かなりの量だった。

奥まった場所に塙が仁王立ちしている。

その先に全裸の奈津と坊城が梁《はり》から吊《つ》るされていた。二人とも両手首を太いロープで縛《しば》られて、うなだれている。足は床から四十センチほど離れていた。

「若頭《カシラ》、世話かけたね」

有働は塙に声をかけた。

「いいんだ。須永が殺人の濡れ衣を着せられそうになったんだから、こっちもそれなりの決着《オトシマエ》はつけねえとな」

「それはそうだね」

「二人とも寒そうだな。少し暖《だん》を取らせてやれよ」

塙が須永に言った。

須永がにやりとして、上着のポケットからターボ・ライターを取り出した。坊城翼に近づき、ライターを点火する。火勢が強く、炎も大きい。

「な、何をするんですか⁉」

ハンサムなホストが顔を上げた。

「大事な商売道具がすっかり縮み上がってるじゃねえか。それじゃ、金を遣《つか》ってくれてる客たちががっかりするぜ。炙《あぶ》れば、頭をもたげそうだな」

「やめろ！　やめてくれーっ」

「てめえが粘《ねば》りやがるから、こうなるんだよ」

須永が声を張り、ターボ・ライターの炎を坊城の股間に近づけた。陰毛が焦《こ》げはじめた。

「熱い！　ライターを消してくれ。いや、消してください。頼みます」

坊城が身を捩《よじ》った。垂れたロープが揺れ、滑車が軋《きし》んだ。

「かえって、縮んじまったな。若いくせに黒光りしてやがる。一発で最高どのくらい金持ち女から銭をせしめたんでえ。五百か、もっと多いのか？」

「ぼくは客に夢を売ってるだけで、体なんか売ってませんよ」

「気取るんじゃねえ。ばか女どもを喰いものにしてるホストは、どいつも男の屑《くず》だ。いっそマラを焼いちまうか」

「翼にひどいことをしないで」

奈津が掠《かす》れた声で哀願した。

「この坊やは、大事なセックス・ペットなんだろ？」

「わたしたちは、そういう間柄じゃないわ。彼は、わたしの弟みたいなものよ。翼もわたしのことを姉のように慕ってくれてるの」

「男女の仲じゃねえってわけか？」

「その通りよ」

「ま、どっちでもいいや」

須永がターボ・ライターの炎を消し、上着の内ポケットからアイスピックを取り出した。すぐに彼はアイスピックの先端で、奈津の柔肌を突つきはじめた。

「女に荒っぽいことはするな」

塙が須永を咎《とが》めた。

「しかし、若頭《カシラ》、この女はおれを陥れようとしたんです。赦《ゆる》せませんよ。おっぱいと大事なとこをライターの炎で焼け爛《ただ》れるまで炙《あぶ》ってやりたい気持ちです」

「おまえの悔しさはわかるよ。好きにやればいいさ。ただし、手加減してやれ」

「わかりました」

須永が奈津と坊城の間に入って、ターボ・ライターとアイスピックで二人をひとしきり嬲《なぶ》った。そうしながら、彼は奈津たちを質問攻めにした。

しかし、どちらも須永を殺人犯に仕立てようとした人物の名は明かそうとしなかった。

「有働ちゃんに代わってやれ」

頃合を計って、塙が須永に命じた。須永が坊城たち二人から離れる。

「手荒なことはしねえよ」

有働は奈津と坊城の間に入って、二人の裸身を回しはじめた。ロープが幾重《いくえ》にも捩《よじ》れてから、手を離す。

二つの裸身は巻き戻され、ぐるぐると回転しつづけた。奈津とホストは苦しげな声をあげ、許しを乞《こ》うた。泣き声だった。吐き気に耐えられなくなったのだろう。

有働は同じことを五回繰り返した。

奈津たち二人は回りながら、胃の中にある物を撒《ま》き散らした。胃液や涎《よだれ》も垂らしつづけた。惨《みじ》めな姿だった。

「もう勘弁してくれーっ」

ついに坊城《ウタ》が音《ね》を上げた。

「やっと自白う気になったようだな。誰に頼まれた？」

「ちょっと待ってください。目が回って、うまく喋れないんだ」

「待ってやらあ」

 有働はロングピースをくわえて、火を点けた。一服し終えたとき、ホストが口を切った。

「実はね、知り合いのイラン人のゴーラム・マグメットという四十ぐらいの男に三原組の須永さんを殺人犯に見せかけてくれと頼まれたんです。それで、ぼくは『シェイラ』でジッポーのライターを手に入れたんですよ」

「そのライターをゴーラムってイラン人に渡したんだな?」

「ええ、そうです」

「綾部を刺し殺したのは、そいつなのか?」

「それはわかりません。ゴーラムは麻薬密売グループのリーダーですから、手下に『イマジン』のマスターを殺《や》らせたんじゃないのかな」

「ゴーラムの家《ヤサ》はどこにあるんだ?」

「わかりません。新宿や渋谷のホテルを転々としてるみたいですよ。多分、住所不定なんでしょう」

「おまえ、ゴーラムと友達《ダチ》づき合いしてるんじゃねえのか?」

「さほど親しくないんですよ。歌舞伎町の回転寿司屋で一年ぐらい前にたまたま隣り合わせたことがきっかけで、会えば立ち話をする程度のつき合いですから。ゴーラムの携帯のナンバーも知らないんです」

「てめえ、嘘つくんじゃねえぞ」

　須永が声を荒らげた。

「嘘なんかついてませんよ、本当に本当ですって」

「どうだかな」

「そっちは黙っててくれ」

　有働は須永に言った。須永が頭に手をやり、口を閉ざした。

「ゴーラムはなんで須永を陥れようとしたんだ？」

　有働は坊城に訊いた。

「ゴーラムの話によると、歌舞伎町で手下の者に覚醒剤《スピード》を売り捌《さば》かせようとしたら、須永さんに三原組の縄張り内《シマウチ》で売《バイ》するんじゃねえと怒鳴《どな》られたらしいんですよ。そのことで、何か恨みを持ってるようでしたね」

「おまえ、身に覚えがあるか？」

　塙が須永に問いかけた。

「不良外国人どもを縄張《シマ》りから追払ったことは何度もありますが、イラン人の男たちを怒鳴りつけたことはない気がしますがね。もしかしたら、あったのかな。そのあたりの記憶が曖昧《あいまい》なんですよ」

「そうか」

「すみません」

須永が若頭に詫びた。塙が目顔で有働を促《うなが》した。

有働は坊城に顔を向けた。

「ゴーラムから謝礼はいくら貰った？」

「金は一円も貰ってません。ぼく、ゴーラムに奈津さんと仲がいいことを知られたんで、協力させられたんですよ」

「翼、後はわたしが話すわ」

奈津が坊城に目配せして、有働に顔を向けてきた。

「説明してくれ」

「いいわ。わたしね、二週間ほど前に西新宿の高層ホテルに泊まってたゴーラムに声をかけて、あいつの部屋に行ったのよ。あの男がシャワーを浴びてる間にセカンドバッグを覗いたら、万札の束が入ってたの」

「その札束をかっぱらう気になったんじゃねえのか？」

「さすが刑事ね。ええ、その通りよ。でも、部屋から逃げようとしたとき、あのイラン人に見つかっちゃったの。わたしは突き飛ばされて、二度も只《ただ》で姦《や》られちゃった。その上、ゴーラムはわたしの身内を呼びつけようとしたの。でも、わたしはずっと前に親から勘当されちゃってるから……」

「同じ境遇の坊城翼に電話をして、救いを求めたんだな？」

「どうしてそこまで知ってるの⁉」

「そっちは綾部の元恋人と称して『イマジン』にやってきたが、なんか疑わしかったんで、ちょいと別班に調べさせたのさ」

「そうだったの。ゴーラムは翼がホテルの部屋に来ると、意外なことを持ちかけてきたのよ。元刑事の綾部航平を始末しなきゃならなくなったんだが、警察に追われたくないから、三原組の須永を殺人犯に仕立ててくれって言ったの。わたしたちが言われた通りにしなかったら、ゴーラムは手下の者に二人とも殺させると脅迫したのよ」

「それで坊城は須永の指掌紋の付着したジッポーのライターを手に入れ、そっちは綾部の元彼女になりすまして、『イマジン』に顔を出したんだな？」

「ええ、そうよ。ゴーラムに言われて、警察の捜査がどの程度進んでるか探ってこいと命じられたの。わたしは弟のようにかわいがってる翼に迷惑かけちゃったわけだから、ゴーラムに逆《さか》らわなかったのよ」

「奈津さんが言った通りなんです。須永さんには何の恨みもなかったんですけど、ゴーラムの命令に背《そむ》けなかったんです」

「そうだったのか」

「須永さん、ごめんなさい」

「謝って済むことかよっ」

須永が吼《ほ》え、坊城の胃《ストマック》にパンチを沈めた。坊城が長く呻いた。

「悪いのは、わたしよ。翼に乱暴なことはしないで。わたしをぶってちょうだい！」

「麗《うるわ》しい姉弟《きょうだい》ごっこだな。てめえら二人をぶっ殺してやりてえよっ」

須永が奈津を睨みつけ、血を吐くような声で喚《わめ》いた。塙が子分に歩み寄って、無言で肩を叩いた。

「この二人は新宿署に連れていく。若頭《カシラ》、世話かけたね」

「なあに」

「二人のロープをほどいてくれないか」

有働は須永に声をかけた。

4

無人だった。

捜査本部の隣にある会議室だ。

有働はテーブルを回り込んで、窓側の椅子に坐った。

坊城翼たち二人を捜査本部に連行した翌日の正午過ぎである。前夜と今朝、奈津たちは予備班の厳しい取調べを受けた。しかし、どちらも頑なに黙秘しつづけている。有働は波多野に数分前、会議室で待てと指示されたのだ。

三原組の若頭に手助けしてもらったことを上司に咎《とが》められるのか。有働はそう考えながら、脚《あし》を組んだ。

そのとき、波多野が会議室に入ってきた。一枚のプリントを手にしていた。

「昨夜《ゆうべ》、塙の旦那に協力してもらったことがまずかったのかな？」

「筋者の手を借りることは感心できないが、そのことで咎める気はない。坊城たちが何日も黙秘しつづけたら、いったん泳がせようと思ってる。このままでは埒《らち》が明かないからな。ところで、わざわざ会議室に呼んだのは、新宿署の者には聞かれたくない話があったからだ」

「何があったんだい？」

有働は、向かい合う位置に腰かけた上司に問いかけた。

「どうも予備班長をやってる新宿署《ここ》の的場係長が部下の刑事たちにしばしば本庁《うち》の人間を出し抜いて、単独で聞き込みをするよう指示してるようなんだ。相棒の川岸君が、おまえから離れようとしたことはあるか？」

「いや、一度もないね。川岸は、あまり的場に好かれてないんじゃないのかな？　あいつ、ただのイエスマンじゃない感じだからね」

「的場係長は本庁《ホンブ》の人間に対抗心を燃やしてるから、所轄の者が手柄を立てることを強く望んでるんだろう」

「そうなんだろうね」

「ライバル意識を持つのはいいんだがな、どっちの人間が重要な手がかりを得たかなんて競《きそ》い合ってる場合じゃない。個人的な気持ちで言えば、おれは有働に犯人《タマ》を検挙《アゲ》てもらいたいと思ってる。本件の被害者は、おまえの親しい友人だったわけだからな」

「おれも、そうできればと思ってるよ」

「それはともかく、捜査情報を独り占めにするのはフェアじゃない。どんな捜査もチームプレイなんだ。本庁だ、所轄だと張り合うことは愚かなことだし、器《うつわ》が小さすぎる」

「本庁《ホンプ》を出し抜きたいという的場の気持ちもわからないわけじゃないけど、確かに尻《けつ》の穴が小さいやね」

「ああ。向こうがそういう考えでも、こっちは上がってきた捜査情報はちゃんと予備班長の的場係長に伝えつづけるぞ」

「それでいいと思うよ。ケチ臭いことをしたら、男が廃《すた》るからね。おれ個人としては、この手で犯人《ホシ》を逮捕《パク》りたいけどさ。所轄の連中を汚い手を使って出し抜いたりしたら、後味《あとあじ》が悪いからな」

「その通りだ。捜査班のほかの部下にも、新宿署《ここ》の人間を出し抜くような真似はするなと言っておく」

「わかったよ」

「それじゃ、本題に入ろう。ゴーラム・マグメットという名義で入国したイラン人はいなかった」

「やっぱり、偽名だったか」

「有働、そうがっかりするな。本庁《うち》の組対の協力で、自称ゴーラムはテヘラン出身のハッシム・アブシャール、四十二歳とわかった。ハッシムは十八年前の春に観光ビザで入国してるが、そのままオーバーステイしてるんだ」

「麻薬取締法違反で検挙《アゲ》られたことはないんだね？」

「ああ、一度も検挙されてない。ハッシムは約八十人の同胞を使って、首都圏で各種の麻薬を売り捌《さば》いてる。仲間たちには〝キング〟と呼ばれてるそうだ」

「ハッシムは、どこから各種のドラッグを入手してるのかな？」

「アフガニスタン、パキスタン、タイから国際宅配便で主に麻薬を日本に持ち込んでるって話だった。民芸品や家具なんかに薬物を忍び込ませてな。船上取引はしてないそうだよ」

波多野が言って、プリントを差し出した。

有働は捜査資料を受け取った。ハッシム・アブシャールの写真の下には、入国記録が載《の》っていた。

「入国時の顔写真だから、いまは年相応の容貌になってるだろう。しかし、狼のような鋭い目は変わってないはずだ」

「ハッシムの塒《ねぐら》は本庁《うち》の組対も把握してないの？」

「ああ、残念ながらな。しかし、都内のホテルを泊まり歩いてることは間違いない。偽名で、コロンビア人とかイスラエル人と称してな。それから、ハッシムは回転寿司屋によく出入りしてるらしい」

「ホストの坊城翼は、歌舞伎町の回転寿司屋で自称ゴーラム・マグメットと知り合ったと言ってた。新宿、渋谷、池袋、上野の回転寿司屋を手分けして回れば、ハッシムの居所がわかるんじゃないの？」

「そうだな。各班を回らせてみよう。有働は、川岸君と一緒に新宿一帯の店を当たってみてくれ」

「了解！」

「それからな、相馬教官の実弟の敏行《としゆき》、三十八歳が都内で六店のペット・ショップを経営してるんだが、倒産寸前だということもわかった。相馬は実弟が消費者金融から三千万円の運転資金を借り入れる際、連帯保証人になってる。年利二十九パーセント以上だから、去年の夏ごろから利払いも滞《とどこお》らせてるようだ」

「兄貴の相馬が、そのころから返済の肩代わりをしてるんじゃないの？」

「ああ、そうらしい。相馬教官は弟の敏行に自己破産したほうがいいとアドバイスしたみたいなんだ。負債総額は三億七千万にものぼるんでな。しかし、弟は再起できると言って、忠告に従わなかったそうだ」

「係長《ハンチョウ》、相馬は実弟の窮地を目《ま》のあたりにして、裏ビジネスで荒稼ぎする気になったんじゃないのかね？」

有働は言った。

「しかし、どう考えても、女子少年院の教官が裏社会と強い結びつきがあるとは思えないんだ。刑務所の刑務官なら、大物組長と接触することもあるだろうがな」

「十五年ぐらい前に女子少年院に入ってた娘《こ》が、広域暴力団の二次か三次団体の組長の女房《バシタ》に収まってる可能性もあるぜ。そうした昔の教え子がいたら、非合法ビジネスもやれるだろう」

「そうだな」

「係長《ハンチョウ》、そうなんじゃないの？　相馬はどこかの組織と手を組んで、麻薬ビジネスをやりはじめたんだよ」

「そうなんだろうか」

「相馬は母親の入院加療費の支払いに困ってる松浦瞳を抱き込んで、麻薬の運び役に仕立てた。そのことを瞳の親友の浅見ちはるが知って、相馬に会いに行った。多分、ちはるは瞳に悪い仕事をさせないでくれと訴えたんだろう。しかし、まともには取り合ってもらえなかった。それだから、ちはるは隠し持ってた果物ナイフで相馬の背中を刺した。そうなんじゃねえのかな？」

「寺戸教官は、上司の相馬に何か弱みを握られていて、麻薬ブローカーとの連絡役をやらされてたんだろうか」

「きっとそうだよ。きのうの夜、寺戸が恵比寿ガーデンプレイスのバーで会ってたマレーシア人の男は麻薬ブローカーだったんだろう。松浦瞳は一度も日本を出国したことはないという話だったが、偽造パスポートで何度も東南アジアのどこかに出かけてたんだと思うよ」

「そして、そのつど薬物を体のどこかに隠して、日本に持ち込んでたってストーリーなんだな？」

波多野が確かめるような口調で言った。

「そう。二十一の小娘が短期間で五百万円も工面してる。瞳は、きっと麻薬の運び屋をしてたにちがいない。ちはるは、そのことを綾部に打ち明けてた節があるからね」

「謎のマレーシア人は、ハッシムたちイラン人麻薬密売グループにも薬物を卸してたんだろうか。多分、そうなんだろうな。相馬はハッシムと面識があって、綾部殺しを頼んだんだろうか」

「係長《ハンチヨウ》、そうなのかもしれないね」

「そうだとしたら、なぜハッシムは三原組の須永が綾部航平を刺し殺したように細工したんだろうか」

「それについては、まだ報告してなかったな。坊城の話によると、ゴーラムことハッシムは三原組の縄張り内《シマウチ》で手下に薬物を売り捌かせようとして、須永に追い立てられたことがあるらしいんだ。そのときのことを根に持って、ハッシムは須永を殺人犯に仕立てる気になったんだろう」

「そういうことなら、一応、腑《ふ》に落ちるな。ハッシム・アブシャールを見つけ出して、厳しく取り調べてみるか」

「そうすべきだろうね。それから、別班を相馬と寺戸に貼りつかせてよ。おれと川岸は新宿一帯の回転寿司屋を一軒ずつ回って、不良イラン人からハッシム・アブシャールの情報を集めてみる」

有働は言った。

「そうしてくれ。そうだ、綾部の妹さんに一時間ほど前に電話をしたんだ。おふくろさんがショックで寝込んでしまったんで、しばらく実家にいるそうだよ」

「そう。こっちも綾部の実家に電話をかけなきゃいけないと思いながらも、連絡しそびれてたんだよね。せめて重要参考人が特定できてないと、故人の身内を慰めようがないからさ」

「そうだな。おまえが連絡しなくても、遺族は捜査にベストを尽くしてることをわかってくれてるだろう」

波多野が立ち上がって、会議室から出ていった。有働は上着の内ポケットから携帯電話を取り出し、三原組の塙のモバイルフォンを鳴らした。

「若頭《カシラ》に借りを作っちまったな」

「水臭いことをおっしゃらないでください」

「おっ、言葉遣《づか》いが丁寧になったな。気分を害したんだ？」

「当然でしょ？　有働ちゃんとは損得抜きでつき合ってきたんだから、貸しだの借りだのなんて言葉は遣ってほしくないね。で、坊城たちは自白《ウタ》ったのかな？」

「二人とも、黙秘しつづけてるんだ。場合によっては、いったん坊城たちを釈放《パイ》することになるだろうね」

「そう。それはそうと、ゴーラム・マグメットとかってイラン人は押さえられそうかい？」

塙が訊いた。

有働は、通称ゴーラムの本名を教えた。さらに十八年も日本に不法残留している事実も語った。

「イラン人グループとつるんで麻薬ビジネスに励んでる組織は幾つもあるから、須永にハッシム・アブシャールって奴の情報を少し集めさせよう」

「こっちも相棒と不良イラン人に当たってみるつもりでいるんだが、協力してもらえると、ありがたいね」

「わかった。昨夜《ゆうべ》、参考までに須永に確かめたんだが、やっぱりゴーラム、いや、ハッシムというイラン人を怒鳴りつけた記憶はないと言ってた。坊城たち二人は、ひょっとしたら、誰かを庇おうとしたんじゃねえのかね？」

「そうなら、ミスリードを企《くわだ》てたことになるな」

「ああ、そういうことになるね」

塙が先に電話を切った。

有働は捜査本部に戻り、相棒の川岸を呼んだ。二人は階下に降りて、覆面パトカーに乗り込んだ。きょうは灰色のプリウスだった。

川岸の運転で、新宿西口にある回転寿司店を順番に巡りはじめる。ハッシムのことを記憶している店員が二人いたが、どちらも投宿先までは知らなかった。

東口に回り込み、新宿二丁目まで各店を訪ねた。しかし、これといった収穫は得られなかった。有働たちは歌舞伎町に移動した。歌舞伎町には二十軒以上も回転寿司店がある。

二人は軒並、巡り歩いた。ハッシムを見かけた従業員は幾人もいた。だが、塒《ねぐら》やアジトを知る者はいなかった。

いつしか陽《ひ》が落ち、ネオンが灯《とも》りはじめた。

有働はプリウスを大久保通りに向けさせた。大久保や百人町には、多くの不法残留外国人が住んでいる。覆面パトカーを大久保通りに停め、二人は目でイラン人と思われる男を探しはじめた。

イラン人らしい三人連れの男がプリウスの脇を通り抜けていったのは、七時半過ぎだった。

有働たち二人は素早く捜査車輌を降り、男たちを呼びとめた。三人組のうちの髭面《ひげづら》の男が癖のある日本語で話しかけてきた。

「覚醒剤《エス》も大麻樹脂《チョコ》、それから大麻《葉っぱ》もあるよ。あなた、何が欲しい？」

「ハッシムが扱ってる覚醒剤《シャブ》だったら、持ってるだけ買うよ」

「ちょっと待って。ハッシムという名のイラン人、たくさんいるね」

「おれは、ハッシム・アブシャールが売ってるドラッグしか買わない主義なんだよ。そっちは、ハッシムんとこの若い衆なんじゃないのか？」

有働は訊いた。髭面の男の後方にいる二人が、ペルシャ語で何か言い交わした。

髭面の男の顔から血の気が失《う》せた。後ろの男たちが身を翻《ひるがえ》した。口髭の男も慌《あわ》てて逃げた。

「先に逃げた二人を追え！」

有働は川岸に命じ、地を蹴った。助走をつけて、高く跳《と》ぶ。

飛び蹴りを背に受けた口髭の男は両手で空《くう》を掻《か》きながら、前のめりに舗道に倒れた。

相棒刑事は二人の男を懸命に追っていった。

有働は椰子《やし》の実大《みだい》の膝頭で倒れた男の腰を押さえ、右腕を捩《ねじ》り上げた。口髭の男が唸《うな》りながら、掌《てのひら》で舗道を叩いた。

「警察だ」

「わたし、本当は何もドラッグなんか持ってない」

「おまえの名は？」

「アリね。わたし、イラン人だけど、何も悪いことしてないよ」

「そうかい、そうかい」

有働は口髭の男を摑み起こした。

ちょうどそのとき、川岸が駆け戻ってきた。

「すみません。交差点の所で、二人に逃げられてしまいました。あいつら、赤信号なのに、横断歩道を突っ切ったんですよ」

「ま、気にするな」

有働は相棒に言って、群れはじめた野次馬に短く警察手帳を示した。十人近い男女は少し退《さ》がったが、散ることはなかった。

「確保したそいつを署に連行しますか？」

川岸が問いかけてきた。

「そこまですることもねえだろう」

「しかし、不審人物ですよ」

「本件に絡んでそうなら、当然、しょっ引くさ。けど、ただの売人かもしれねえ。野次馬がおれに近づかないようにしてくれや」

有働は相棒に言って、アリと名乗った男を路地に連れ込んだ。

民家のブロック塀に両手をつかせ、すべてのポケットを探る。覚醒剤のパケ、大麻樹脂、コカイン、合成麻薬のＭＤＭＡ、乾燥大麻を少しずつ所持していた。

「わたし、イランに強制送還されたくないよ。国に帰ったら、一族に相手にされなくなる。監獄に何年も入れられることになるかもしれないね」

「だから？」

「ドラッグ、みんな、あなたに渡す。だから、どうか捕まえないでください。オーバーステイのイラン人、働けるとこがないね。でも、生きていかなきゃならない。わたし、仕方なくドラッグ売ってた。でも、いけないことね」

「密売グループのボスの名は？」

「サダムさんね」

「そいつは、ハッシム・アブシャールの子分なのか？」

「グループが別ね。サダムさん、わたしたちの親分よ。でも、まだ組織は小さいね。キングと呼ばれてるハッシムのグループのほうがずっと大きい」

「ハッシムは、いま、どこにいるんだ？」

「それ、知らない。わたし、遠くからハッシムを一度見たきりね。話をしたこともない。キングは大物ね」

アリが言った。

「それでも、同じ不良イラン人なんだ。ハッシムの噂ぐらい耳に入ってくるだろうが！」

「そういう噂入ってこないね」

「世話を焼かせやがる」

有働はアリを自分の方に向かせ、膝頭で急所を思いきり蹴り上げた。

アリが呻いた。白目を剝《む》きながら、その場にしゃがみ込んだ。唸《うな》るだけで、言葉は発しなかった。

「イランに戻れや」

「それ、困る。わたし、どうしてもイランに帰りたくないよ。日本の刑務所にも入りたくないね」

「諦《あきら》めの悪い野郎だ」

「わたし、なんでも言う通りにするよ。あなた、お金欲しいか。アパートにドラッグ売ったお金が百三十万円ぐらいある。サダムさんに怒られるけど、そのお金をそっくりあげるよ。だから、わたしを逃がして」

「端た金なんか貰っても仕方ねえ」

「知り合いのウクライナ人ホステスを紹介するよ。その彼女、日本人の男が好きね。すぐセックスできると思うよ」

「ふざけたことを言うんじゃねえ！」

有働は半歩退《さ》がるなり、アリの腹部に強烈なキックを見舞った。アリが唸りつつ、横倒れに転がった。

「蹴り殺されたくなかったら、知ってることを喋るんだなっ」

「あなた、やくざみたいね。ポリスマンじゃないみたいよ」

「もっと蹴りを喰らいたいようだな？」

「お願いだから、もう蹴らないで。ただの噂だけど、ハッシム・アブシャールは新宿西口の『京陽《けいよう》ヒルトンプラザホテル』に今年から月極めで二十五階のスイートルームに泊まってるという噂よ。それ、本当かどうか、わたしはわからないね」

「一両日中に新宿から消えないと、おまえを捕まえるぞ」

　有働は言い捨て、アリから離れた。捜査本部事件に関わりのなさそうな雑魚《ざこ》をいちいち現行犯逮捕するほど閑《ひま》ではなかった。末端の麻薬密売人の摘発は、新宿署の生活安全課に任せればいい。

　有働は、相棒のいる表通りに向かった。

第五章　卑《いや》しい素顔

1

鼓膜《こまく》に圧迫感を覚えた。

ちょうどそのとき、エレベーターが停まった。

二十五階だ。『京陽ヒルトンプラザホテル』である。

函《ケージ》の扉が左右に割れた。

有働は、川岸とともにエレベーター・ホールに降りた。二人は少し前にフロントマンにハッシム・アブシャールの顔写真付きのプリントを見せた。

〝キング〟と呼ばれているイラン人はコロンビア人の貿易商と偽って、先月の上旬から二五〇八号室に宿泊していた。すでに今月分の保証金を預かっているという話だった。

「ちょっと緊張しますね」

相棒が不安顔で言って、深呼吸した。刑事たちは常時、拳銃を携行しているわけではない。聞き込みのときは通常、丸腰である。

「怖《こわ》いのか?」

「相手はイラン人マフィアの親玉ですからね。きっと護身用のハンドガンを持ってますよ」

「だろうな」

「有働さん、平気なんですか⁉」

「ハッシムが発砲する前に身柄《ガラ》を確保すりゃ、別にどうってことはない」

「そうできなかったら、撃たれちゃうんですよ」

「急所に被弾しなけりゃ、死にはしねえさ。組対時代、おれは何度も被疑者に撃《ハジ》かれてる。けど、こうして生きてるからな」

「そうですけど、なんか危《ヤバ》いなあ。いったん署に戻って、拳銃保管庫から自分のニューナンブM60を取ってきたい気分ですよ」

「人間、そう簡単にくたばりゃしねえって」

有働は笑ってみせた。だが、内心は平静ではなかった。少し緊張していた。

ハッシムが逃げたい一心で、いきなり拳銃の引き金を絞るかもしれない。頭部か心臓部を撃ち抜かれたら、命を落とすことになるだろう。

死んでしまったら、もう志帆に会えなくなる。惚れた女を抱かないうちに永遠に別れるのは、いかにも惜《お》しい。翔太の成長も見届けたいものだ。上司の波多野とも、まだまだ酒を酌《く》み交わしたい。

有働は生に対する執着心を自覚した。

前例のないことだった。それだけ志帆に愛しさを感じているのだろう。

といって、わざわざ拳銃を取りに戻る気にはならなかった。フロントマンの話だと、ハッシムはちょくちょく外出しているらしい。部屋にいる現在《いま》を逃したら、もう接触できなくなるかもしれなかった。

「ビビるなって。なんとかなるさ」

有働はことさら明るく言って、先に歩きだした。川岸が小声で気合を発し、すぐに従《つ》いてきた。

二五〇八号室に達した。

有働は部屋のチャイムを鳴らした。ややあって、ドア越しに男のたどたどしい日本語が響いてきた。

「あなた、誰？」

「ホテルの者です。お部屋のスプリンクラーを点検させていただきたいのですが……」

「いま？」

「ええ。ほんの一、二分で済みますので、ぜひご協力ください」

「仕方ないね。いま、ドアを開ける」

「ご協力に感謝いたします」

有働は川岸の腕を摑み、自分の後ろに立たせた。

二五〇八号室のドアが開かれた。西アジア系の外国人男性が応対に現われた。

眼光が鋭い。四十年配だ。ハッシム・アブシャールだろう。

有働は室内に躍《おど》り込み、相手を肩で弾《はじ》き飛ばした。

男が尻餅《しりもち》をついた。有働は相手に駆け寄って、体を探った。

「丸腰だよ、こいつは」

「よかった」

川岸が安堵《あんど》した顔つきになった。

有働は警察手帳を提示してから、狼のような目をした外国人を摑み起こした。

川岸がソファ・セットのある部屋から、右手の寝室に駆け込んだ。じきに相棒は駆け戻ってきた。

「誰もいませんでした」

「そうか」

有働は短く応じ、ペルシャ系の顔立ちの男を睨《ね》めつけた。

「そっちはイラン人だな。名前はハッシム・アブシャールだろっ。通称ゴーラム・マグメットだな？」

「わたし、ペドロという名前ね。国籍はコロンビアで、貿易の仕事で日本に来た。ちゃんとパスポートもあるよ」

「どうせ偽造パスポートなんだろうが！」

「わたし、嘘ついてないよ」

相手が言った。

有働は薄く笑って、跳《は》ね腰で相手を投げ飛ばした。倒れた男のそばに屈み、手早く顎《あご》の関節を外す。相手が手脚《てあし》を縮め、転げ回りはじめた。

「どこかに拳銃がありそうだな。それから、麻薬《ヤク》も隠されてるかもしれねえ」

「そうですね」

川岸が、ふたたびベッドルームに走り入った。

有働は白い布手袋を嵌《は》めながら、のたうち回っている男の脇腹や腰を蹴った。蹴られるたびに、相手は喉の奥で呻いた。口許は涎《よだれ》だらけだった。

「キングと呼ばれてる男も形なしだな」

有働は嘲笑した。

そのとき、川岸が寝室から出てきた。サムソナイト製のキャリーケースを引っ張っている。

「キャリーケースの中に、いろんなドラッグとハンドガンが一挺入ってました」

「そうか。こいつはハッシムにちがいない」

有働はしゃがみ、キャリーケースを開けた。

覚醒剤の一キロ袋が五つ、大麻樹脂、合成麻薬ＭＤＭＡなどがびっしりと詰まっていた。その間にハイポイント・コンパクトが隠されている。

アメリカ製の大口径拳銃だが、値は安い。フレームは金属製とプラスチック製がある。当然、プラスチック製フレームのほうが安価だ。色は黒しか売られていない。

キャリーケースに収まっていたハイポイント・コンパクトは、金属製フレームだった。

全長は九センチ弱で、弾倉には八発入る。予《あらかじ》め初弾を薬室に送り込んでおけば、フル装塡数は九発だ。

「どこのピストルなんですかね？」

川岸が言った。

「アメリカ製だよ。日本円にして一万円ちょっとで、向こうの銃砲店で買える安物さ。でもな、シンプルな造りだから、ブローバックの作動もスムーズなんだよ」

「精《くわ》しいんですね」

「ピストル図鑑をよく繰《く》ってるんで、憶《おぼ》えちまったんだ」

有働はアメリカ製の拳銃を摑み上げ、すぐにリリース・ボタンを押した。銃把《じゅうは》から弾倉《マガジン》を引き抜く。装塡されている実包は四発だった。薬室は空だ。

マガジンを銃把《グリップ》の中に戻し、男の上体を引き起こす。有働は関節を元通りにしてやった。相手が長く息を吐いた。肩が上下している。麻薬取締法と銃刀法のダブル違反だ。

有働は男に前手錠をかけ、ハイポイント・コンパクトのスライドを引いた。男の顔面が引き攣《つ》った。

「キングにしては、安いハンドガンを持ってるんだな」

「そのピストル、わたしの物じゃない」

「キャリーケースの中のドラッグも見たことないってか？」

「その通りね。キャリーケース、誰かがこの部屋に置いていったんだと思う。うん、そうね」

「遊んでる暇はねえんだよ。くたばっちまえ！」

有働は銃口を外国人の額に押し当て、引き金に人差し指を絡めた。相手の眼球が大きく盛り上がった。

「ハッシム・アブシャールだな？」

「わたし、ペドロね」

「くそったれ！　アラーに祈りやがれっ」

「シュートするのか、あなた？」

「ああ。アラーのそばに行かせてやらあ」

「撃つな！　シュート、駄目ね。わたし、まだ死にたくないよ」

「だったら、もう観念しろ！」

川岸が焦《じ》れて、大声で一喝《いっかつ》した。

「わかったよ。わたし、本当はイラン人ね。名前、ハッシム・アブシャールよ」

「やっと吐いたか。麻薬密売グループを取り仕切ってるんだろ？」

「…………」

ハッシムが黙り込んだ。有働は、銃口をハッシムの眉間に移した。

「このハンドガンが暴発したことにするか」

「シュートするな。あなたの言った通りね。わたし、いろんなドラッグを子分たちに売らせてる」

「歌舞伎町のホスト・クラブに勤めてる坊城翼を知ってるな？」

「翼のこと、よく知ってる。一年ぐらい前に回転寿司屋で知り合って、わたし、彼と友達になったね。でも、翼にドラッグ売ったことないよ。ドラッグ、人間を駄目にする。だから、わたし、友達には覚醒剤《エス》も大麻樹脂《チョコ》も売らないことにしてるね」

「不特定多数の日本人は、ジャンキーにしてもいいってわけかっ」

「ドラッグを誰かに売らなきゃ、ビジネスにならない。わたしには、八十人ぐらい子分がいる。どいつも日本では、ちゃんとした仕事にありつけなかった。生きていくためには、仕方ないよ。人助けね」

「てめえはイラン人の仲間のことしか考えてねえんだなっ」

「日本人、わたしたちイラン人に冷たい。みんな、ちゃんと暮らせないよ。だから、ダーティーな仕事するほかないね」

「そいつは自己弁護だ。見苦しい言い訳だな。おめえらは、楽して手っ取り早く金を得たいと願ってる怠《なま》け者さ。エゴイストどもだ」

「イラン人、そんなに悪くないよ。でも、食べていかなくちゃならないね」

「そんなことより、おまえは御影奈津って娼婦を買ったことがあるな？　その女が枕探しをしたんで……」

「その日本語、わからないよ。枕探しって何のこと？」

「説明が難しいな。要するに、そっちがシャワーを浴びてる隙にホテルの部屋に連れ込んだ売春婦が金をかっぱらおうとしたってことさ」

「わたし、その名前の日本人女性のこと、全然知らないよ。会ったこともないし、お金を盗《と》られそうになったこともないね」

ハッサムが言って、有働と川岸の顔を代わる代わる見た。空とぼけているように見えなかった。

人気ホストの坊城が嘘をついたのか。まだわからない。有働は、ハイポイント・コンパクトの銃口をハッサムの左胸まで下げた。

「おまえ、三原組の須永って組員を知ってるな？」

「そのやくざなら、わたし、知ってるよ。でも、友達じゃないね」

「そっちは手下に三原組の縄張り内でドラッグを売り捌かせようとして、須永に怒鳴りつけられたことがあるか？」

「えっ、誰がそう言ってた？　そんなことなかったよ。歌舞伎町は、どこも暴力団の領地《テリトリー》になってるから、わたしたちがドラッグを売る場所ないね。だから、やくざが仕切ってるとこでは一度もドラッグを売らせたことない。わたし、嘘ついてないよ」

ハッサムが言った。

有働は相棒の川岸と顔を見合わせた。川岸がハッサムに問いかけた。

「坊城は須永のジッポーのライターを手に入れて、あんたに渡したと言ってる」

「わたし、ライターなんか渡されてないよ」

「本当だね？」

「イエス、もちろんよ」

「坊城は、あんたが須永に恨みを持ってて、彼を殺人犯に仕立てようとしたんではないかと言ってるんだ。先日、元刑事の綾部航平という人物が誰かに殺害されたんだよ。遺体の近くに須永のジッポーのライターが落ちてたんだ。あんたが、手下の者に『イマジン』のマスターを刺殺させたんじゃないのか？」

「わたし、そんなことさせてないよ。翼は嘘をついてる。あの男、わたしをなぜ悪者にしようとしたのか。それ、わからないね」

「坊城は、御影奈津があんたの金をくすねようとしたんで、協力しろと脅されたと言ってるんだ。それで、須永のライターを無断で持ち去って、あんたに手渡したとはっきり証言してる」

「その話、でたらめよ。わたし、何とか奈津なんて女に会ったこともない。翼は何か考えがあって、そんな作り話をしたね。絶対にそうだよ」

ハッシムが腹立たしげに言った。相棒が有働に顔を向けてきた。

「どう思います？」

「三原組の須永も、このイラン人を組の縄張り内《シマウチ》から追い出した覚えはないと言ってたから、ホスト野郎の嘘にまんまと引っかかっちまったんだろうな。おれとしたことが……」

「坊城は御影奈津に協力してもらって、綾部さん殺しの犯人に捜査の手が伸びないよう小細工したんですかね？」

「おそらく、そうなんだろう。ハッシムは、本庁《ホンブ》の組対に引き渡すことにするぞ。本件とは関わりがなさそうなんでな」

「ええ、そうしてもいいんじゃないですか。でも、一応、捜査班長の波多野警部に指示を仰ぐべきでしょうね」

「そうするよ。こいつを見張っててくれ」

有働はアメリカ製の拳銃を川岸に渡し、懐から携帯電話を取り出した。川岸が両手保持でハイポイント・コンパクトを構えながら、ハッサムを睨みはじめた。

「わたし、捕まっちゃうのか？　逮捕されたら、八十人の子分が食べていけなくなる。イランに地下銀行経由で仕送りしてる奴も多いね。子分たちの家族も飢えることになっちゃうよ。それ、かわいそうでしょ？」

「甘ったれるんじゃねえ！」

有働は叱りつけて、上司の携帯電話の短縮番号を押した。

待つほどもなく電話はつながった。有働は事の経緯を伝えた。

「そういうことなら、ハッシム・アブシャールは、本部事件には関与してないと判断してもいいだろう」

「とんだ回り道をさせられたよ。おれがホスト野郎の嘘を見抜いてりゃ、こんなことにはならなかったのに」

「落ち込むことはないさ。これで坊城翼が御影奈津の力を借りて、捜査を混乱させようと企《たくら》んだことがはっきりとしたわけだからな。ホストは真犯人と何らかのつながりがあるんだろう。あるいは、奈津のほうが本件の加害者と何か関わりがあるのかもしれない。予備班長と一緒に坊城たち二人をさらに厳しく取り調べてみよう」

「そうしてほしいね。係長《ハンチヨウ》、ハッシムを本庁《うち》の組対に引き渡しても問題ないでしょ？」

「そうだな。こっちが組対に連絡をとって、捜査員を『京陽ヒルトンプラザホテル』に急行させる。おまえと川岸君は、そのまま部屋で待機しててくれ」

「了解！」

「坊城たち二人をとことん追い込めば、綾部殺しの首謀者はわかるだろう」

「だといいね」

有働は終了キーを押し込み、モバイルフォンを折り畳んだ。川岸から拳銃を受け取り、ハッシムに銃口を向ける。

「ドラッグの入手先は？」

「パキスタンの卸し元から半分以上、手に入れてる。そのほかはイランの同胞やタイ人ブローカーから買い付けてるね」

「マレーシア人のブローカーもいるんじゃねえのか？」

「わたし、マレーシア人のブローカーとは一度も取引したことない。マレーシア人に知り合いもいないね」

「日本人の密売人に相馬や寺戸という名の男はいないか？」

「どっちも知らない名ね」

「そうか。麻薬の運び屋を使うこともあるのかい？」

「ずっと前にタイのバンコクから日本に帰る旅行者に五キロのヘロインを預けたことがあるよ。でも、そのＯＬ、成田空港の税関職員に怪しまれちゃったね。ヘロイン、押収されちゃった。運び屋の女に渡した五十万円も税関に押さえられたね。わたし、大損よ」

「それからは、運び屋は使ってないんだな？」

「そう、イエスね。でも、いまも運び屋を使ってるブローカーいるよ。航空貨物や船荷のチェック、ものすごく厳しくなってる。沖での船上取引も簡単じゃなくなった」

「度胸のある運び屋なら、入国審査でおどおどしたりしないんだろうな？」

「そうね。だから、運び屋を使ったほうがドラッグをうまく日本に持ち込めることもあるよ」

「運び屋たちは手術で指紋を変えたり、他人のパスポートを利用して、薬物を国外から運んでるんだな？」

「うん、そう。リスキーな仕事だから、運び屋の謝礼は高い。ちょっと運ぶ量が多いと、百万円以上も貰える。白い粉を詰めたスキンを胃に飲み込めば、二百万ぐらい貰えることもあるよ」

「けど、命懸《が》けだな。胃の中でコンドームが破けたら、薬物中毒死しちまう」

「そうね。だから、最近は女の運び屋の前と後ろの穴にスキンに入った粉を隠させるブローカーが多くなったよ。粘着テープでしっかり封じておけば、ずり落ちたりしない。でも、女の運び屋が不自然な歩き方してたら、空港職員にバレちゃうね」

ハッシムが卑猥《ひわい》な笑みを浮かべて、それきり黙り込んでしまった。

本庁組織犯罪対策部の捜査員五人がハッシムを引き取りに来たのは、およそ二十五分後だった。全員、有働の元同僚だ。押収したハッシムの拳銃を捜査員のひとりに渡し、有働たちは部屋を出た。

二十五階のエレベーター・ホールにたたずんだとき、有働のモバイルフォンが着信した。電話をかけてきたのは波多野だった。

「組対の連中は到着したか？」

「ついさっきハッシムの身柄《ガラ》を引き渡したよ」

「そうか。ご苦労さんだったな。有働、いったん捜査本部に戻ってきてくれ」

「了解！」

有働は電話を切った。

椅子が倒れた。

予備班長の的場が憤然と立ち上がった直後だった。

2

捜査本部である。ハッシム・アブシャールの身柄を本庁組織犯罪対策部に引き渡した翌日の午前十一時過ぎだ。

有働は、くわえ煙草で新宿署の強行犯係係長を見上げた。的場係長は、有働のかたわらに坐った波多野を睨みつけていた。

「報告が今朝《けさ》になったことは、申し訳なかったと思ってる。しかし、昨夜《ゆうべ》は的場さん、早く帰宅されたでしょ？　風邪気味だからと言ってね」

「しかし、電話をしてくれるのが筋でしょうが。わたしは、予備班の班長なんだから。それ以前に、波多野さんの一存でハッシム・アブシャールの身柄を本庁の組対に引き渡してしまったことに引っかかるな。そのイラン人が本件の被害者を手下の者に殺《や》らせた疑いがゼロってわけじゃないんですよ」

「そうだが、ハッシムは本件にはタッチしてないな」

「その自信たっぷりな物言《ものい》いは何なんですかっ。本庁捜一の人間は、そんなに偉いんですかね？　おたくたちは、所轄の刑事をどこか軽く見てるんだ。だから、ハッシムの件も事後報告だったんだよな。おたくらは、われわれを田舎刑事と腹の中で思ってるんでしょうが。だから、なめたことをするにちがいない」

「女々《めめ》しいことを言うんじゃねえよ」

有働は喫《す》いさしの煙草の火を揉み消し、的場係長に声を投げつけた。

「外野は引っ込んでろ」

「そうはいかねえ。うちの係長《ハンチヨウ》は殺人捜査のエキスパートなんだ。そっちは強行犯係の係長だが、殺人捜査は年に一、二件しか担当してねえよな？」

「多い年は三、四件扱ってる」

「波多野班は毎月、殺人捜査をこなしてるんだよ。そういうベテランが、ハッシムは本件には関与してねえと判断したんだ。おれの心証も同じだよ」

「わたしはね、予備班の班長なんだ。捜査班長の波多野警部は、捜査状況を逐一《ちくいち》報告すべきだよ」

「係長《ハンチヨウ》は、ちゃんと報告したじゃねえか」

「きのうのうちに報告してほしかったね」

「細かいことで、ごちゃごちゃ言うねえっ」

「有働は黙ってろ」

波多野が言って、報告が遅れたことを改めて謝罪した。それでも、的場は波多野に厭味《いやみ》を言った。

「いい加減にしやがれ！」

有働は勢いよく立ち上がった。巨身に気圧《けお》されたのか、的場が伏し目になった。

「そっちこそ、ルール違反をやってるんじゃねえのか？」

「え？」

「あんた、所轄の捜査員たちに捜査情報を抱え込ませ、おれたち本庁の人間を出し抜こうとしてるんじゃねえのかよ？」

「そんな汚いことはさせてない」

「そう言い切っちゃってもいいのかい？　なんなら、あんたの部下にここで確かめてみてもいいぜ」

「そんなことは……」

「しどろもどろになったな。的場さんよ、捜査本部事件で張り合っても仕方ねえだろうが？　本庁も所轄もねえよ。刑事《デカ》は刑事《デカ》さ。フェアにやろうや」

「本庁《ホンブ》の面々がルールをきちんと守ってくれれば……」

「まだ係長《ハンチヨウ》に厭味を言う気なら、おれが喧嘩を買うぜ。殴り合うか。え？」

「そんな子供じみたことはできんよ」

「てめえのほうこそ、ガキみてえなことを言ってるじゃねえかっ」

有働は声を荒《すさ》ませた。

「坊城たちを締め上げて、ハッシムとつながってることを吐かせてやる」

的場がそう言いながら、捜査本部から出ていった。有働は、むかっ腹を立てた。

追おうとしたとき、波多野が強く片腕を掴んだ。

「やめとけ」

「けどさ……」

「こっちの配慮が足りなかったんだ。きのうのうちに、的場係長にハッシムのことを電話で伝えるべきだったよ。彼は自分が軽く見られたと思って、不愉快だったんだろう」

「それにしても、大人げねえよ」

「いいから、坐れ！」

「わかったよ」

有働は腰を椅子に戻した。

そのすぐあと、机上の警察電話が鳴った。内線のランプが明滅している。受話器を取ったのは、有働の部下のひとりだった。

「受付からです。道岡勇輝という者が訪ねてきたそうですよ」

「そうかい」

有働は部下に応じ、すぐに腰を浮かせた。捜査本部を出て、エレベーターに乗り込む。

一階のロビーに降りると、勇輝と麻耶が立っていた。麻耶は『イマジン』の常連客だったキャバクラ嬢だ。

有働は二人に歩み寄った。

勇輝がぴょこんと頭を下げた。麻耶は片手を挙げ、目で笑った。

「いろいろ情報を集めてくれたようだな?」

「そうなんすよ。ここでは話しづらいから、喫茶店《サテン》にでも行きませんか?」

「ああ、そうしよう」

有働は、新宿署の斜め裏にあるコーヒー・ショップに勇輝と麻耶を案内した。

先客はひとりしかいなかった。三人は奥の席に落ち着き、揃ってブレンド・コーヒーを注文した。

コーヒーは待つほどもなく運ばれてきた。

ウエイトレスが遠ざかると、勇輝が口を切った。

「浅見ちはるさんの居所はまだわからないんすけど、麻耶がちょっと気になる話を耳にしたらしいんす」

「どんな話なのかな？」

「あたしが喋るよ」

麻耶が隣の勇輝に声をかけた。勇輝がうなずき、コーヒーカップを引き寄せた。

「松浦瞳さんが『レインボーハウス』から消える少し前にね、『慈愛学園』に入ってた子が五人、ほぼ同じ時期に勤めてた工場やスーパーを解雇されてたの」

「その五人の氏名と住所はわかるのかな？」

「うん、わかるよ。あたし、メモってきたから」

「メモを見せてくれないか」

有働は言った。

麻耶が赤いダウン・パーカのポケットから紙切れを取り出した。

有働は四つ折りにされたルーズリーフを受け取って、手早く押し開いた。丸っこい文字で、五人のフルネームと連絡先が記してあった。全員、都内に在住していた。

「五人とも恐喝《カツアゲ》、傷害、薬物常習で狛江の女子少年院に一年前後入れられて、仮退院したの。収容されたのは二、三年前で、『慈愛学園』を出てからは保護司の綿引先生の世話で、それぞれ町工場、スーパー、美容院、個人商店なんかで真面目に働いてたのよ」

「五人は現在、いくつなんだい？」

「二十歳《はたち》から二十二までね」

「同じころに五人とも、職場を追われたのか。それも、松浦瞳がリハビリ施設から消える前にな」

「そう。あたし、瞳さんの失踪に何か関連があるかもしれないと思ったんで、メモの一行目に書いてある片瀬安寿《かたせあんじゅ》って子の家に電話をしてみたの。その子は段ボール製造会社で働いてたんだけど、その会社の社長のとこに悪質な密告電話があったそうなのよ」

「密告電話？」

「うん、そう。安寿って子のお母さんの話だとね、社長に変な電話をかけた男はボイス・チェンジャーで声を変えて、しかも公衆電話を使ったようなの。だから、どこの誰かはいまだにわからないってことだったわ。そいつはね、安寿って子がヤー公とつき合って、裏で悪さばかりしてるってデマを吹き込んだんだって。勤め先の社長は、そういう問題のある工員は使えないからって、一方的にクビにしたらしいのよ」

「社長は密告電話を真《ま》に受けちまったんだな」

「そうみたい。悪さをしてるというのは単なる中傷だったんだけど、女子少年院帰りだから……」

「先入観を持たれちまったわけだ。その安寿という子は一方的に解雇を言い渡されて、そのままだったのかい？」

「ううん、お母さんと一緒に綿引先生のとこに相談に行ったんだって。先生が勤め先の社長に抗議してくれたらしいんだけどね、結局、職場には復帰できなかったという話だったわ」

「そうか。ほかの四人も密告電話に雇い主が惑わされたんで、理不尽に辞めさせられたのかもしれねえな」

「そのあたりのことを調べてもらいたいの」

麻耶が言って、コーヒーにミルクと砂糖を落とした。

「そんなことがあって、片瀬安寿って子は自力で求職活動をはじめたわけか」

「うん、そうみたい。お母さんの話によると、毎日のようにハローワークに行って、求人誌に目を通してたそうよ。でもさ、高校中退だし、この不況だから、正社員はおろか契約社員にもなれなかったんだって。数カ月経ったころ、住み込みで宝石の加工の仕事をすると家族に言い残して、大阪に出かけたみたい。だけど、安寿って子が書き残した再就職先の住所は実在しない町名だったらしいのよ」

「安寿はうまい話に引っかかって、軟禁状態にされ、何か危《ヤバ》い仕事をさせられてるのかもしれねえな」

　有働は言った。

「あたしも、そう思ったの。安寿って子、ドラッグの密造か、有名ブランド品のコピー商品を造らされてるんじゃない？」

「そうなら、どこかの暴力団が消えた五人の娘《こ》を騙《だま》して軟禁状態にしたんだろう。堅気がそんなことはできないからな」

「有働さん、松浦瞳さんも同一グループに嵌められたとは考えられないっすか？　でも、彼女は母親の入院加療費を工面しなければならないんで、仕方なく悪事に加担してるんじゃないのかな？」

　勇輝が会話に加わった。

「そのことを知った浅見ちはるが綾部に相談した。で、綾部は松浦瞳の行方を追いはじめ、何か犯罪の事実を知った。それで、殺《や》られてしまったって推測したんだな？」

「ええ、そうっす」

「そっちの推測が正しいとしても、浅見ちはるが相馬教官の背中を果物ナイフで刺した理由が判然としないな。相馬は、松浦瞳たちの失踪や軟禁に関与してるんだろうか」

「そうなのかもしれませんよ。聞き込みで、そう考えられるようなことはなかったすか？」

「あることはあるんだ。相馬の実弟がペット・ショップを六店も経営してるんだが、倒産寸前で三億七千万の負債を抱え込んでるんだよ。相馬は弟が消費者金融から事業の運転資金三千万円を借り入れる際、連帯保証人になってるんだ。で、利払いを肩代わりしてるようなんだよ」

「それなら、相馬が松浦瞳さんたち元教え子を言葉巧みに抱き込んで、何か非合法ビジネスをしてるんじゃないのかな。だから、ちはるさんに刺されたんじゃないっすかね？」

「そうだとしたら、相馬は浅見ちはるの口を塞《ふさ》ぐ必要がある。で、部下の寺戸に浅見ちはるの行方を追わせてるんだろうか」

「ええ、考えられそうっす。それから相馬は、寺戸に『イマジン』のマスターを殺害させたんでしょう。寺戸はけっこう悪党《ワル》みたいだから、上司の相馬から弱みにつけ込まれて、汚れ役をやらされてるんじゃないのかな？」

「寺戸に関する情報も集めてくれたんだ？」

「ええ、少しっすけどね。それについては、麻耶に話してもらったほうがよさそうだな」

「うん、いいよ」

麻耶が同意し、言い継《つ》いだ。

「『慈愛学園』に入ったことのある子たちから聞いたんだけどさ、寺戸は扱いやすい娘《こ》にこっそりクッキーやチョコなんか差し入れて、そいつをスパイとして使ってたらしいの。教官たちに反抗的な子がいるとわかると、その彼女を特別室に呼びつけて、素っ裸にさせてたんだって。煙草やライターを隠し持ってないか検査するんだとか言ってね。それでさ、携帯のカメラで裸の写真を撮《と》ってたそうよ」

「その後、レイプしてたんじゃねえのか？」

「さすがに姦《や》られた子はいなかったらしいわ。でもね、仮退院した子たちが働きだすと、無駄遣いしそうだからって、毎月五、六万、自分が預かってやるとか言ってさ、強引にお金を持ってっちゃったんだって」

「給料の一部を毟《むし》り取られた子の多くは裸の写真を撮られてたんだ、女子少年院に入ってるころに？」

「うん、そうみたいよ。寺戸は預かり証も書かなかったんで、預けてるお金を返してくれって言っても、無視《シカト》こいてたんだって。最初っから、預かったお金を返す気なんかなかったんだと思うな」

「おそらく、そうだったんだろう。被害に遭《あ》った子はどのくらいいるんだい?」

「十人以上はいるみたいよ」

「ざっと五十万前後の金が月々、入ってた計算だな。寺戸は汚い方法で集めた金で飲みに行ったり、ソープランドか性風俗の店にこっそり通ってやがったんだろう」

「多分、そうなんじゃないの? 法務教官のくせにチンピラみたいなことをやるなんて、最低の男だわっ」

「そうだな。寺戸はそういう弱みを上司の相馬に知られて、汚れ役を押しつけられたのかもしれない。それはそれとして、相馬が綾部を誰かに殺《や》らせたとしても、なんで三原組の須永の仕業《しわざ》と見せかけようとしたのか。そいつが謎だな。二人に接点はないはずなんだ。相馬が須永を陥《おとしい》れなければならない理由はないと思うんだが……」

有働は唸《うな》って、コーヒーをブラックで啜《すす》った。

一拍置いてから、勇輝が口を開いた。

「二人に何も接点がないんだったら、相馬か寺戸の協力者が三原組の須永に何か恨みがあるんじゃないっすかね? そいつの入れ知恵で、事件現場に須永の指紋がくっついたジッポーのライターをわざと落としてきた。そういうことなんじゃないっすか?」

「いいことに気づいてくれたな。そういうことだったのかもしれねえ。それで、少しは捜査員たちを混乱させられるからな」

「そうっすね」

「その謎は解けたとしても、ホストの坊城翼と御影奈津の二人が相馬や寺戸とつながってるとは思えないんだよな。けど、二人はミスリード工作をしやがった」

「有働さん、相馬の背後には意外な黒幕がいるんじゃないっすかね？　坊城か奈津のどちらかが、その首謀者《しゅぼうしゃ》と深いつながりがあるとしたら、協力は惜《お》しまないでしょ？」

「相馬や寺戸を操ってる人物がいるんだろうか。そんな奴はいねえ気がするがな。しかし、そう考えねえと、坊城たち二人の行動は説明がつかないか」

「ええ、そうっすよね。黒幕がいるのかどうかも気になるっすけど、浅見ちはるさんの安《あん》否《ぴ》が心配だな」

「そうだな。ちはるは、松浦瞳がリハビリ施設からいなくなった理由を知ってると思われる。瞳の失踪の件で相談に乗ってもらったと考えられる綾部航平は、すでに殺害されてしまった」

「やめて！　ちはる姉《ねえ》がもう殺されてるんじゃないかなんて、あたし、考えたくないよ」

麻耶が訴え、両手で耳を覆《おお》った。

勇輝が無言で麻耶の肩に右腕を回す。麻耶が縋《すが》るような眼差《まなざ》しを勇輝に向けた。

二人は、どうやら恋仲らしい。有働は小さくほほえみ、ロングピースをくわえた。煙草に火を点けたとき、勇輝が有働を見た。

「ちはるさんは、どこかで生きてるっすよ。身に危険を感じたんで、じっと隠れてるんだと思うな」

「ああ、生きてるだろう」

「彼女は友達の瞳さんのことで体を張ったんです。やすやすとは殺されっこないっすよ」

「ちはる姉にあたし、電話をかけつづける。勇輝も協力して」

麻耶が言った。

「もちろん、協力するさ。宙《そら》たちにも手分けして、ちはるさんを捜してもらおう。彼女は、おれたちの仲間だからな。見殺しになんかできない。ちはるさんの親友《マブダチ》の松浦瞳さんも早く見つけ出してやらなきゃな。仲間の大事な友人は放っとけない」

「勇輝は気持ちが優しいね。だから、あたし、勇輝が好きになったんだよ」

「麻耶だって、生き方は無器用だけど、ピュアだ。いい娘《こ》だよ」

勇輝が恋人の髪をいとおしげに撫でた。

有働は煙草の火を消し、卓上の伝票を掬《すく》い上げた。

「二人はゆっくりしていけよ」

「おれたち二人分のコーヒー代、払わせてください」

「そんなこと、気にするな。わざわざありがとう」

「あっ、いいえ。それじゃ、コーヒーご馳走になります」

勇輝が礼儀正しく礼を述べた。麻耶も謝意を表した。

有働は立ち上がって、レジに向かった。手早く勘定を払い、新宿署に戻った。

捜査本部に入ると、波多野が近寄ってきた。

「的場係長が坊城たち二人をだいぶ締め上げたんだが、どちらも口を割らなかったんだ。それで馬場管理官の判断で、二人を今夕に泳がせることに決まったんだよ」

「そう。もちろん、別班に坊城と奈津を尾行させるんでしょ？」

「ああ。釈放したほうが早く事件の真相がわかるかもしれない」

「そうだね」

有働は、波多野に勇輝と麻耶がもたらしてくれた情報を伝えた。それから彼は相棒刑事と手分けし、失踪中の五人の娘の自宅に電話をかけた。

最初に片瀬安寿の母親から聞き込みをする。麻耶の証言通りだった。引きつづき、ほかの二人の自宅に電話をした。家族の証言は、ほぼ同じだった。

川岸が残りの二人の失踪者の親から話を聞き終えた。

「どちらも、宝石加工の仕事をすると言って、大阪に出かけたそうですよ。二人が書き残した再就職先は、片瀬安寿とまったく同じでした。しかし、二人の母親が娘宛に送った手紙と宅配便は宛先不明で戻ってきたそうです」

「そうか。安寿たち五人は別の場所に軟禁されて、何か悪いことをさせられてるんだろう。松浦瞳も、同じ所にいるんじゃねえかな。別班に五人の親許に行ってもらって、細かい情報を集めてもらおう」

有働は相棒に言って、波多野の席に急いだ。

3

西陽《にしび》が眩《まぶ》しい。

有働は目を細めた。

綿引税理士事務所の所長室である。午後四時を回っていた。

「眩しいんですね？」

綿引がソファから立ち上がって、窓辺に歩を進めた。象牙色のブラインドを閉ざし、元の席に戻った。

「わざわざ申し訳ありません。早速ですが、片瀬安寿が勤めてた段ボール製造会社の社長に妙な密告電話をした奴に心当たりはありませんか?」

「残念ながら、ないんですよ。安寿とお母さんから話を聞いたとき、わたし、昔の遊び仲間の誰かが悪質な中傷電話をかけたと思ったんですよ。保護観察中に安寿の昔の交友関係を聞き出してましたんで、怪しい男たちに次々に会って詰問してみたんです」

「しかし、密告電話をした奴はいなかったんですね?」

「ええ、そうなんです。わたし、安寿が働いてた工場の経営者を訪ねて、解雇を撤回してくれるよう何度も頼んだんですよ。ですが、無駄でした。非行歴のある子たちは、どうしても色眼鏡で見られてしまいますからね。よくないことなんですが、それが現実です。悲しいことです」

「そうですね」

有働は相槌を打った。かたわらに坐っている川岸も同調する。

「ほかの亜矢《あや》、梨乃《りの》、いつか、千登世《ちとせ》の四人も安寿と同じように一方的に仕事を辞めさせられてしまったんですよ。もちろん、わたしはどの雇い主にも抗議をしました。場合によっては訴訟も辞さないとまで言ったんですが、亜矢たち四人も職場復帰はできませんでした。わたしは職を失った五人に必ず別の仕事を紹介してあげるから少し待てと言ったんですが、安寿たち五人はうまい話に乗せられてしまったんでしょうね」

「片瀬安寿たち五人は大阪で寮生活をしながら、宝石の加工の仕事をすると報告したんですか？」

「いいえ、五人ともわたしには教えてくれませんでした。話したら、わたしに悪いと思ったんでしょうね。安寿たちには、絶対に次の仕事を見つけてあげると言ってましたんで」

「こっちは、密告電話の主が安寿たち五人に好条件をちらつかせて、何か危ない仕事に誘い込んだんではないかと推測してるんですよ。綿引さんは、どう思われます？」

「そうなんでしょうね。五人とも若い娘なんで、いかがわしい秘密ショーに出演させられてるのかもしれないな」

「白黒ショーに出ることを強《し》いられてる？」

「そうではなく、安寿たちは合成麻薬の密造でも手伝わされてるんだろうか。宝石の加工の仕事をすると言って家を後にしてるんですが、彼女たちはそういう技術を身につけてるわけじゃありませんから」

「しかし、ダイヤモンドのカットや研磨《けんま》は短期間で基本技術はマスターできるんじゃないのかな。それはともかく、『レインボーハウス』から消えた松浦瞳も安寿たち五人と同じ所に軟禁状態にされてる可能性がある気がするんですよ。瞳は短期間で、母親の入院加療費五百万円を都合つけてます。まともな仕事では、それだけの大金は稼げません」

「確かに刑事さんがおっしゃる通りですね。安寿たち五人にうまい話を持ちかけた人間が、瞳を先に非合法ビジネスに引きずり込んでたんではないかと思ってらっしゃる？」

「ええ、そうです。そのことを瞳の親友の浅見ちはるが知って、『慈愛学園』の相馬教官の背中を果物ナイフで刺した。犯行動機は、相馬が非合法ビジネスに関与してたからです。そういうふうに推測してるんですよ」

「そんなことは考えられないな。相馬さんは立派な人物なんです」

「綿引さんは、相馬の実弟が三億七千万円の負債を抱えてることをご存じなかったようだな」

「知りませんでした、そのことは」

綿引は驚きを隠さなかった。有働は、詳しいことを話した。

「一昨年の秋のリーマン・ショック以来、値の張るペット犬は売れなくなったという話は聞いてましたが、相馬さんの弟はそんなに負債を抱え込んでたんですか」

「相馬は実弟が消費者金融から借り入れた事業の運転資金の連帯保証人になって、利払いを肩代わりしてるんですよ。公務員の俸給では、だいぶ家計の負担になってるはずです」

「それは、そうでしょうね」

「自分も楽になりたいし、弟の再起を望んでるとしたら、相馬が危《ヤバ》い裏仕事に手を貸す気になってもおかしくはないでしょ？　しかし、彼は自分が警察に怪しまれるのを避けたくて、部下の寺戸を動かす気になったんじゃないのかな？　寺戸は、逃亡中の浅見ちはるの行方を必死で追ってる。そのことは、相馬が松浦瞳の失踪に関わってる裏付けになるでしょう。寺戸は、とんでもない教官だったんですよ」

有働は、麻耶から聞いたことを喋った。

「寺戸さんが反抗的な子たちを裸にして写真を撮ったり、教え子たちの給料の一部を預かると称して詐取《さしゅ》してたなんて話はとても信じられません。中傷やデマの類《たぐい》なんじゃないのかな?」

「いいえ、事実でした。別班が裏付けを取ったんですよ。寺戸は元教え子たちから掠《かす》めた金で飲み歩き、ソープや性風俗の店に通ってました」

「そうですか。わたしは、まだ人間を見極める力が足りないようだ。恥ずかしいな。保護司などやっていてもいいのだろうか」

「この世に完璧《かんぺき》な人間などはいません。その程度のことは、ご愛嬌《あいきょう》ですよ」

「そう言ってもらえると、気持ちが少し楽になります」

「ちょっといいですか」

川岸がどちらにともなく言って、言葉を重ねた。

「ずっと気になってたことなんですが、松浦瞳だけではなく、片瀬安寿たち五人も綿引先生には世話になってたわけですよね？　うまい儲け仕事に誘われたら、誰かひとりぐらいはそのことを先生に洩らしてもよさそうなんですが……」

「どの子も、わたしに猛反対されると思ったんでしょうね。うまい話には裏があるものだと説教されるに決まってると誰もが考えたにちがいありません」

「そうなのかもしれませんが、瞳以外はもう更生してたわけでしょ？　好条件な仕事があると誘われても、怪しむんではありませんか。それで、綿引先生に相談してみる気になるんじゃないのかな？」

「わたしは、みんなに信用されてないいんでしょう」

綿引が自嘲した。

有働は黙ったままだったが、年下の相棒の素朴な疑問にはっとさせられた。実際、川岸の言う通りだ。なぜ、安寿たちは綿引に何も言わずにそれぞれの親許を離れてしまったのか。不自然といえば、不自然だ。

五人は高給を餌に、どこかに誘《おび》き出されて、そのまま拉致《らち》されたのではないのか。そして、軟禁状態にされ、何か非合法な作業を強《し》いられているのかもしれない。

松浦瞳も母親の入院加療費を届けたきりで、その後は帝都女子医大を訪れていない様子だ。彼女も、安寿たちと同様に軟禁されているのではないか。

「浅見ちはるから松浦瞳がリハビリ施設から姿を消したことを聞いた綾部は『イマジン』の仕事に従事しながら、失踪の理由を独自に調べてたんでしょう。それで、悪事を嗅ぎ当てた。そのため、刺殺されたにちがいありません」

有働は綿引に言った。

「そうなら、浅見ちはるも口を封じられるかもしれないんですね?」

「ええ」

「有働さん、ちはるを早く保護してやってください」

「もちろん、そうしたいと思ってます。しかし、浅見ちはるの居所が皆目《かいもく》わからないんですよ」

「ちはるの保護はもちろんですけど、瞳、安寿、亜矢、梨乃、いつか、千登世の六人も救出してやってください。どうかお願いします」

綿引が深々と頭を下げた。

それから間もなく、有働たち二人は綿引税理士事務所を辞した。表に出て、少し宮益坂を下る。坂の途中に駐《と》めてあるプリウスの助手席のドアを開けたとき、有働の携帯電話が着信音を刻んだ。

　モバイルフォンを懐から掴み出す。電話をかけてきたのは、『イマジン』のオーナーの堤だった。

「いろいろ考えた末、店は畳むことにしました」

「それは残念だな」

「誰か別のマスターに任せようとも思ったんだが、綾部君が亡くなった場所で営業することに抵抗がありましてね」

「そうですか」

「それでね、いま調度品なんかを片づけはじめてるんですよ。よかったら、店に来ませんか。何か手がかりになるような物が見つかるかもしれないでしょ？」

「そうですね。いま、渋谷にいるんですよ。三十分以内には、そちらに着くと思います」

　有働は電話を切って、覆面パトカーの助手席に腰を沈めた。川岸に『イマジン』の経営者からの電話であることを告げ、新宿に向かわせる。

　プリウスは宮益坂から脇道に入って、明治通りに出た。渋滞気味だった。

　有働は捜査車輛の屋根《ルーフ》に赤色灯を載《の》せ、サイレンを轟《とどろ》かせはじめた。川岸が前走の車をごぼう抜きにしていく。

目的の場所には、二十分そこそこで到着した。路上にプリウスを駐《と》めて、有働は相棒とともに『イマジン』に入る。

テーブルとソファは奥の隅に寄せられていた。オーナーの堤はカウンターの中で、酒棚《さかだな》からウイスキーや焼酎のボトルを一本ずつ摑み出し、足許の木箱に詰めていた。

「オーナー、ボトルはどうするんです？」

有働は堤に訊いた。

「シンクに流しちゃおうと思ったんだが、宙《そら》君たちが新宿で野宿してる人たちに配ってくれると言ったんですよ」

「それは、いい考えだ。アルコールで、少しは寒さを凌《しの》げるでしょうからね」

「ええ。ソファやテーブルなんかは、リサイクル屋に引き取ってもらうことにしたんですよ。グラスや皿、それから厨房《ちゅうぼう》器具なんかもね」

「ＣＤなんかもリサイクル・ショップに引き取ってもらうのかな？」

「そうするつもりなんだ」

「だったら、綾部が愛聴してた『カントリーロード』のＣＤを譲ってほしいな。故人を偲《しの》ぶ縁《よすが》になりますからね」

「そうしてやってください。きっと綾部君も喜ぶと思うな」

堤がCDラックに腕を伸ばし、『カントリーロード』のCDを抜き取った。有働は、渡されたCDを上着の右ポケットに収めた。

「綾部君はもう亡くなってしまったんだが、奥からひょいと現われるような気がして、何度も厨房の方に目をやってたんですよ。向こうに彼がいるような気配がすることもあるんだ。故人がフライパンを握ってるはずはないんですけどね」

オーナーの語尾は、涙でくぐもっていた。

有働は目顔で川岸を促《うなが》した。相棒は、カウンターの近くにある傘立ての中を覗き込みはじめた。

有働はカウンターの下を潜《くぐ》り、右手の奥にある厨房に入った。

三畳ほどのスペースで、流し台とガス台が並んでいる。反対側には、冷蔵庫や電子レンジが置いてあった。その脇に食器棚が見える。

有働は食器棚に近づき、上段の観音《かんのん》開きの扉を開けた。

重ねられた皿を一枚ずつ浮かせ、ビア・グラスやワイン・グラスの向こうを覗き込む。しかし、気になる物は目に留《と》まらなかった。

有働は中段の三つの引き出しを順番に開けた。

左端の引き出しには、ナイフやフォークが収まっていた。真ん中の引き出しには、ペーパー・コースターとナプキンが詰まっている。右端の引き出しの中身は、未使用のダスター だった。

屈《かが》み込んで、下段の扉を開ける。未開封のウイスキー、ジン、ワイン、日本酒、焼酎のボトルが林立していた。手がかりになるような物は何も見当たらない。

扉を閉めかけたとき、左側の下部にペーパー・コースターが貼られているのに気づいた。表向きで、セロハンテープで留《と》められている。

有働はペーパー・コースターを引き剝《は》がした。と、コースターの裏にボールペンで文字が書かれていた。綾部の筆跡だ。

〈東幸商事　佃昌夫《つくだまさお》〉

それしか記されていなかった。

佃昌夫という名には覚えがある。六十一、二の大物故買屋《こばい》だ。盗難品の宝冠や指輪を専門に窃盗グループから買い上げている前科者である。佃が買い取る贓物《ぞうぶつ》の時価は一千万円以上に限られていた。

片瀬安寿は宝飾品の加工の仕事にありついたと書き残して、親許を後にしている。宝飾品の贓物を買い取っている故買屋の多くは、超高級装身具をそのまま国内外の闇マーケットに流している。しかし、悪賢い佃は宝石のカットを変え、台座のデザインをリフォームしてから盗品を転売していることで知られていた。

有働は組対時代に中国人窃盗団が起こした殺人事件で、大物故買屋を内偵したことがある。そのとき、佃が買い取った超高級宝飾品に何らかの加工を施《ほどこ》してから転売していることを知ったのだ。

佃は法務教官の相馬や寺戸を抱き込んで、安寿たちに盗品の加工をさせているのではないか。寺戸が恵比寿ガーデンプレイスで接触した四十八、九のマレーシア人は、佃の取引相手なのかもしれない。そうだとしたら、大物故買屋は殺し屋《プロ》を雇って、綾部を葬《ほうむ》らせた疑いが濃くなってくる。

おそらく綾部は松浦瞳の行方を追っていて、相馬と佃がつながっていることを嗅ぎ当てたのだろう。寺戸に瞳の親友の浅見ちはるを捜させているのは、佃と思われる。

そこまで推測したが、有働は袋小路に入ってしまった。佃がカムフラージュに使っている東幸商事の事務所は、台東区台東四丁目にある。自宅は文京区湯島三丁目にあるはずだ。

大物故買屋と三原組の須永とは何も利害関係がないのではないか。多分、二人は面識すらないだろう。依然として、謎が消えない。どうして佃は、須永を綾部殺しの犯人に仕立てる必要があったのか。

相馬たちを背後で動かしているのは、狡賢《ずるがしこ》い大物故買屋ではないのだろうか。安寿たちが実際に宝飾品の加工をさせられているとしたら、佃昌夫は無関係ではなさそうだ。

「有働さん、何か収穫はありました?」

川岸が厨房に入ってきた。

有働は、気になるペーパー・コースターのことを語った。さらに大物故買屋の佃が盗品の高級装身具をリフォームしてから、闇ルートに乗せていることにも触れた。

「それなら、その佃とかって故買屋が相馬たちを操ってるんだと思いますよ。松浦瞳と安寿たち五人はどこかに軟禁されて、宝飾品のリフォームをやらされてるんじゃないですか? ええ、そうですよ」

「おれもそう筋を読んだんだが、三原組の須永が殺人犯に仕立てられそうになった説明がつかねえんだよ。どう考えても、須永と佃昌夫には接点がなさそうなんだ」

「そうなんですか」

「佃が会ったこともない須永を殺人犯に見せかけるわけはないだろ?」

「ええ、そうですね。でも、佃って宝飾品専門の故買屋の存在が気になるな」

「おれもだよ」

「あっ、もしかしたら……」

川岸が何か思い当たったようだ。

「見当違いな読み筋でも笑ったりしねえから、言ってみな」

「は、はい。佃とかいう故買屋は、誰かに三原組の須永を紹介されたことがあるのかもしれませんよ。それで、故買屋は須永に安寿たち五人にうまい話をちらつかせて、拉致してくれって頼んだことがあるんじゃないんですかね？」

「けど、須永に断られた？」

「ええ。拉致の件を口外されると都合が悪いんで、佃昌夫は須永を綾部さん殺しの犯人《ホシ》に仕立てようと考え、ホストの坊城にジッポーのライターを手に入れさせた。そんなふうに考えたんですが、ちょっと無理がありますかね？」

「海千山千《うみせんやません》の故買屋がそれほど親しくない須永に安寿たちを騙《だま》して、どこかに軟禁してくれなんて頼むわけねえな。前科者が筋者に不用意に自分の弱みを晒《さら》したりしねえと思うよ」

「そうか、そうでしょうね。ですけど、佃昌夫って男は怪しいな。ちょっとマークしてみましょうよ」

「そうするか。御徒町《おかちまち》に行こう。佃のオフィスは、御徒町の宝石問屋街の近くにあるんだ」

有働は先に足を踏みだした。

4

通話を切り上げた。

やはり、須永は故買屋の佃とは会ったこともないらしい。

有働は、二つに折った携帯電話を懐に突っ込んだ。覆面パトカーの中である。

プリウスはＪＲ御徒町駅の前を通過したところだった。春日《かすが》通りだ。

「いま三原組の須永に電話で確認したんだが、やっぱり佃昌夫とは一面識もないってよ」

「そうですか。となると、本件の犯人《ホシ》が犯行現場に須永のライターを落としたことが依然、謎ですね」

川岸がステアリングを捌《さば》きながら、小首を傾《かし》げた。

「実行犯は、元組員なのかもしれねえな。そいつは以前、何かで須永と揉め事《ゴト》を起こしたことがある。そのことを根に持って、須永に濡れ衣を着せようとしたんじゃねえか？」

「それ、考えられますね。実行犯を雇ったのは大物故買屋か、相馬臭いな。あるいは、相馬の部下の寺戸なんでしょうか」

「そう焦るなって」

有働は、やんわりとたしなめた。

捜査車輌が二つ目の交差点を右折した。百数十メートル先に、東幸商事が入っている雑居ビルがある。故買屋は五階の一室を借りていた。

川岸がプリウスを雑居ビルの斜め前に停める。夕闇が濃い。

「そっちは、車の中で待機しててくれ」

有働は相棒に言い、覆面パトカーの助手席から降りた。

寒い。底冷えがする。夜半には雪がちらつくのではないか。

有働は黒革のコートの襟《えり》を立て、雑居ビルに入った。

エレベーターで五階に上がる。東幸商事の事務所は奥にあった。階段の際《きわ》だった。

有働は佃のオフィスに近づき、スチール・ドアに耳を押し当てた。

「こいつは、二千五百万円の売値が付いてたピンク・ダイヤだよ。それをたったの二十五万で譲れとは、彼も欲が深すぎるな」

佃の声だ。すぐに来客らしい男が口を開いた。

「どうせ安く買い叩いたくせに。このピンク・ダイヤを持ち込んだ奴にいくら払ったんだい？　五、六十万で引き取ったんだろ？　盗品なんだから、いくらでも足許を見ることができるからな」

「わたしは長いこと、この商売をやってるんだ。そんなあこぎなビジネスはやってないよ。具体的な数字は教えられないが、数百万で買ってやったんだ」

「よく言うぜ。払ったとしても、せいぜい百万だろうが？　佃の旦那よ、おれは素人《トウシロ》じゃねえんだ」

「知ってるよ、あんたが一年ちょっと前まで仁友会三原組にいたことは。服役中の兄貴分の情婦《おんな》に手をつけて、組を破門されたんだってな？」

「別にコマしたわけじゃねえんだ。兄貴の愛人《レコ》が色目を使ってきたんだよ。おれは女に恥をかかせちゃいけねえと思ったんで、ちょいと腹の上に乗っかっただけさ。けど、準幹部の須永が若頭《カシラ》と組長《オヤジ》におれのしたことを告げ口しやがった。それで、破門されちまったんだ」

「全国の親分衆に絶縁状を回されたわけじゃないんだから、別の組織の盃《さかずき》を貰えたんだろう？」

「二、三打診してみたんだが、どこも受け入れてくれなかった。こんな景気だから、構成員を増やしたがる組は少ねえんだよ」

「で、やむなく堅気の下働きをしてるわけか」

「おっさん、おれを怒らせてえのかよっ。足を洗うにも前科《ホシ》を三つもしょってたら、働き口なんかねえだろうが！」

「別に堅気になれなんて言わない。宮地《みやじ》君、わたしの仕事を手伝う気はないかね？」

「故買屋の下働きなんて冴《さ》えねえよ」

「下働きをさせる気はない。わたしの用心棒をやってくれないか。月に百五十万出そう。悪くない話だと思うがね」

「ちょっと少ねえな」

「わたしを脅迫してる相馬を亡《な》き者にしてくれたら、二千万の報酬を払うよ。せっかく買い集めた宝冠や指輪を只同然の値で買い叩かれたんじゃ、商売にならんからな」

　佃がぼやいた。

「何十年も盗品を売り捌いて、しこたま儲けてきたんだろうが。あんまり欲出すなって」

「儲けられなくなったことより、わたしは相馬が警察に密告することを恐れてるんだ。こちらが反抗的な態度を見せたら、おそらく相馬は開き直るだろう。弟の負債がなくなるまでは、わたしがいまも故買ビジネスをしてることを警察には話さないだろうがね。なんとか反撃したいと思ってるんだが、いつも相馬はわたしから買い叩いた品物を盗品と知らずに相場の卸し値で引き取ったように見せるため、数百倍、数千倍の領収証を切らせてる。

このピンク・ダイヤも……」

「一千百万の領収証を貰ってこいと相馬さんに言われてるよ」

宮地と呼ばれた元組員が、笑いを含んだ声で応じた。

「たった二十五万円しか払わないで、一千百万円の領収証を要求するなんて、やくざ以上にあこぎだ」

「まあな」

「この商品もカットし直して、マレーシア人の贓物専門のバイヤーに七、八百万円で売りつける気なんだろう？　丸儲けじゃないか。堅気がそんな汚いビジネスをやるなんて、けしからんよ。宮地君、そうは思わんかね？」

「雇い主の悪口は言えねえな。おれは、ここで品物《ブツ》を受け取って、ある人に届けるだけで月に二百万円貰えるんだからさ」

「宮地君、わたしのボディーガード代を月々三百万払うよ。その代わり、相馬を二千五百万で始末してくれ」

「考えてみらあ。とりあえず、きょうは一千百万の領収証を切ってくれ」

「わかったよ。相馬の奴は、わたしを丸裸にするつもりなのか！　堅気のくせに、大悪党だな」

宮地が舌打ちした。二人の会話が熄《や》んだ。

有働は死角になる場所に身を移し、壁の陰から歩廊をうかがった。数分後、佃の事務所から三十歳前後の男が現われた。

髪型はオールバックで、芥子色《からしいろ》のスーツの上に黒いチェスターコートを羽織《はお》っている。

「宮地君、さっきの件、検討してみてくれよな」

室内で、佃の声がした。

有働はすぐにも宮地を締め上げたい気持ちを抑《おさ》え、静かに階段を下りはじめた。四階に達すると、階下まで一気に駆け降りた。しかし、息は乱れていない。

有働は雑居ビルを出ると、プリウスに乗り込んだ。

ほとんど同時に、宮地が外に出てきた。元やくざは車道に立ち、目でタクシーを探しはじめた。

有働は、川岸に東幸商事の前で盗み聴きした会話を手短に伝えた。口を結んだとき、宮地がタクシーを拾った。

「元組員が乗ったタクシーを尾《つ》けてくれ」

有働は相棒に指示して、三原組の若頭に電話をかけた。塙に元組員の宮地のことを教えてもらう。

「そいつは宮地慎吾《しんご》って名で、ちょうど三十だ。本人が喋ってたように兄貴分が服役した直後に内縁関係の女を寝盗《と》ったんだよ。須永がそれを知って、組長《オヤジ》とおれの耳に入れたんだ。けじめをつけなきゃならないんで、宮地を破門にしたってわけさ」

「それで、宮地って野郎は須永を逆恨みしてたんだな。だから、ホストの坊城にラテン・パブでジッポーのライターをくすねさせたんだろう。綾部を殺《や》ったのは、宮地なのかもしれねえな」

「有働ちゃん、その可能性はあるね。宮地は銭になれば、どんな冷酷なこともやっちまうタイプなんだ。もし宮地の尾行に失敗したら、おれが若い者《もん》に野郎を生け捕りにさせるよ」

塙が電話を切った。

早くも宮地を乗せたタクシーは走りだしていた。プリウスは二台の乗用車を間に挟み、タクシーを追尾中だった。

宮地を乗せたタクシーは数十分走り、北区赤羽西《あかばねにし》三丁目の住宅街の一角で停止した。

元組員はタクシーが走り去ってから、趣《おもむき》のある和風住宅に近づいた。インターフォンを鳴らし、馴《な》れた足取りで邸内に入っていった。

宮地は内庭を抜け、玄関先に達した。玄関戸が開けられ、四十年配の美しい女が応接に現われた。すぐに宮地は請《しょう》じ入れられた。

有働はそっとプリウスを降りた。

しっとりとした和風住宅に歩み寄り、表札を見る。御影と記されていた。ありふれた苗字ではない。御影奈津の縁者宅なのではないか。

有働は覆面パトカーの中に戻り、上司の波多野に電話をかけた。経過を報告し、赤羽西三丁目の御影宅のことを調べてくれるよう頼む。

折り返し電話連絡があったのは、十数分後だった。

「その家は、御影奈津の父方の叔母の自宅だよ。叔母の御影玲子《れいこ》は独身で、四十二歳だ。フリーの宝石鑑定士だよ。宝石の卸し問屋や貴金属店の依頼で、宝石の鑑定をしてる。すでに他界してる両親は、宝石のカットなど加工を生業《なりわい》にしてた。奈津の父親は家業を継がなかったんで、妹の玲子が宝石鑑定士になったんだろう」

「係長《ハンチヨウ》、玲子は親の仕事を子供のころから見て育ったんだろうから、ダイヤ、エメラルド、サファイア、オパールなんかのカット技術を習得してるんじゃねえのかな?」

「多分、マスターしてるんだろう。相馬が故買屋から超安値で半《なか》ば脅し取った数百万、数千万円の宝飾品を御影玲子にリフォームさせて、マレーシア人の盗品バイヤーに売り渡してるようだな。松浦瞳たち失踪中の六人は元組員の宮地に拉致され、どこかで宝石のリフォーム加工をやらされてるんだろう」

「ああ、そう考えられるね」

「御影奈津は叔母の玲子に協力する気になって、坊城翼と組んでミスリード工作をしたんだろう」

「こっちも、そう思うよ。綾部を始末したのは、三原組を破門された宮地慎吾なんだろうな。係長《ハンチヨウ》、宮地は刃物ぐらい所持してるだろうから、とりあえず別件で引っ張ろうよ」

「有働、もう少し待て。軟禁されてると思われる六人の女の子の保護が先だ。それに、首謀者が相馬教官なのかどうか。相馬の背後に黒幕がいるかもしれないからな。いまは宮地と御影玲子の動きを探ってくれ」

「わかった!」

有働は電話を切り、紫煙をくゆらせはじめた。

宮地は御影宅に入ったきり、いっこうに出てこない。有働は御影玲子の自宅に踏み込みたい衝動と闘いながら、張り込みつづけた。もどかしかった。

道岡勇輝から電話があったのは、午後九時過ぎだった。

「浅見ちはるさんの居所がやっとわかりました」

「どこにいたんだ?」

「いまは、池袋西口のレンタルルームにいるそうっす。相馬を果物ナイフで刺してからは、ネットカフェ、サウナ、カプセルホテル、ビジネスホテル、レンタルルームなんかを泊まり歩いてたらしいんっす。それで所持金が乏しくなったんで、那須《なす》高原に行けないんだと言ってたっすね」

「那須高原？　どういうことなんだ？」

「きょうの夕方、松浦瞳さんからＳＯＳの電話があったらしいんす。誰かの別荘に閉じ込められて、瞳さんは片瀬安寿たち五人と一緒に高級宝飾品の加工をさせられてるらしいんすよ。全員、両足首に数キロの鉄球を括《くく》りつけられてるんで、逃げるに逃げられないみたいっすね。見張りの隙を見て、瞳さんは別荘の電話で浅見ちはるさんに救《たす》けを求めてきたらしいんすよ」

「その別荘は、どこにあるんだって？」

「瞳さんは詳しい場所を言いかけて、慌《あわ》てて電話を切っちゃったそうっす。見張りに見つかっちゃったんでしょうね」

「ああ、多分な」

「それでも浅見ちはるさんはとにかく那須高原に行きたいから、四、五万貸してくれないかって言ったんすよ。だもんで、おれ、バイクで一緒に行ってやるから、レンタルルームで待っててくれと言ったんす」

「そのレンタルルームのある場所を詳しく教えてくれ」

有働は言った。駅前の東武会館の並びにあるらしい。雑居ビルの地下一階だった。

「おれ、いま、渋谷にいるんすよ」

「こっちは赤羽にいる。すぐ池袋に向かおう」

「追っつけ着くと思うっす」

「勇輝は来なくてもいい。何が起こるかわからないからな。浅見ちはるは命を狙われるかもしれないから、危険だよ」

「だから、じっとしてられないんすよ。ちはるさんも『イマジン』の常連客だったんす。仲間っすからね、彼女は」

「ちょっとクサい台詞《せりふ》だが、おまえ、いい奴だな。好きにしなよ」

「有働さん、待っててくださいね。おれも、那須高原に絶対行きますんで」

勇輝が叫ぶように言って、通話を打ち切った。有働は緊急事態が発生したことを川岸に告げた。

「そういうことなら、池袋に急ぎましょう」

「いや、そっちは引きつづき張り込みを続行してくれ。別班に来てもらって、宮地と玲子の動きを見守るんだ。おれは、この覆面《メン》パトで池袋に行く」

「わかりました」

川岸が腰を浮かせた。有働はいったん車を降り、プリウスの運転席に坐った。

「波多野捜査班長には、自分が経過を報告しておきます」

川岸が捜査車輌から離れた。

有働はプリウスを走らせはじめた。表通りに出てから、サイレンを鳴らす。最短コースを選んで先を急いだ。

レンタルルームに着いたのは、二十数分後だった。

車を雑居ビルの真横に停め、地下に通じている階段を駆け降りる。レンタルルームの従業員に身分を告げ、各室を覗かせてもらった。

だが、浅見ちはるはどこにもいなかった。

「二十二歳の女性が少し前まで、このレンタルルームにいたはずなんだが」

「そのお客さんでしたら、三十六、七の男性に片腕を引っ張られて、十数分前に一緒に出ていかれましたよ」

男性従業員が答えた。

「その二人は、どっちに行った？」

「すみません。そこまでは見なかったですね」

「そうか。ありがとう！」

有働は雑居ビルを走り出て、プリウスで付近一帯を走り回ってみた。浅見ちはるを連れ出したのは、寺戸と思われる。

ちはるを早く保護しないと、殺害されてしまうかもしれない。有働は波多野に連絡をして、池袋署に協力を要請してくれるよう頼んだ。

「ただちに池袋署に協力を要請する。そうだ、少し前に川岸君から電話があったよ。御影玲子の自宅の前には、別班の四人を回らせた。有働は那須高原に行ってくれ。栃木県警に相馬の縁者の別荘があるかどうか調べてもらうよ」

「よろしく！」

「有働は丸腰だったな。松浦瞳たちが軟禁されてると思われる家屋を突きとめても、単身で踏み込んだりするなよ。見張りの者が堅気じゃなかったら、拳銃を持ってるだろうからな。それから、少し前に坊城と奈津を釈放《パイ》した。むろん、別班が二人をマークしてる」

波多野が先に電話を切った。ちはるは、どこにもいなかった。

有働はレンタルルームのある雑居ビルの前に戻った。

十四、五分待つと、大型バイクが接近してきた。ライダーは勇輝だった。

有働はプリウスを降り、浅見ちはるが寺戸と思われる男にレンタルルームから連れ出されたことを告げた。

「早く見つけ出さないと、ちはるさん、殺されちゃうかもしれないっすよ」

「心配するな。ちゃんと手は打ってある。おれは、これから那須高原に行く。ルール違反だが、そっちを覆面パトカーの助手席に乗せてやる」

「いいんすか。有働さん、危《ヤバ》いでしょ？」

「おれは偉い連中の弱みを握ってるから、懲戒免職にはならねえさ。いいから、乗れって」

「はい」

勇輝がフルフェイスのヘルメットをヤマハのサドルバッグに収め、プリウスの助手席に坐った。有働は急いで運転席に戻り、捜査車輛を発進させた。

近道をたどりながら、東北自動車道の下り線に入る。久喜《くき》ＩＣ《インターチエンジ》の手前で、波多野から伝達があった。

池袋署員が浅見ちはるを無事に保護したという。彼女を強引にレンタルルームから連れ出したのは、やはり寺戸だった。ちはるは寺戸の手を振り切って、池袋駅近くで逃げたらしい。寺戸の身柄は、まだ確保されていないそうだ。

「池袋署の事情聴取が終わったら、浅見ちはるは捜査本部《こっち》に送り届けてもらえることになってる。綾部と一緒に松浦瞳の失踪を調べてたという証言を得られると思うよ」

「そうだね。係長《ハンチョウ》、相馬の知人か親類の別荘が那須高原のどこかにあると思うんだが、栃木県警から連絡は？」

「待ってるんだが、まだ連絡がないんだよ」

「もたもたしてやがるな」

有働は電話を切って、アクセルをいっぱいに踏み込んだ。速度計の針が動きはじめた。

佐野藤岡《さのふじおか》ICを通過した直後、今度は川岸から電話がかかってきた。

「六、七分前に急に御影宅の照明が消されたんですよ。おかしいと思って、自分、別班の人たちと玲子の自宅の敷地内に入ってみたんです。ですが、家の中は静まり返ったままなんです。物音ひとつしませんでした」

「多分、宮地と玲子は張り込まれてることに気づいて、裏の家の敷地を抜け、反対側の道路から逃《フ》げ《ケ》たんだろう」

「ええ、その通りだったんですよ。御影宅の真裏のお宅のご主人の証言で、道路に不審なクラウン・マジェスタが停まってたことがわかりました」

「裏の家の旦那は、そのクラウンのナンバーを憶《おぼ》えてたのか？」

「はい。それでナンバー照会したんですが、車の所有者は保護司の綿引先生だったんですよ」

「なんだって⁉」

「相馬が捜査の目を逸《そ》らしたくて、綿引先生の車を借りて、宮地と御影玲子を逃がしたんですかね？　それとも、あの税理士が相馬や寺戸を動かしてたんでしょうか？　綿引先生に特に不審な点はなかったですよね？」

「まあな。しかし、寺戸を追って恵比寿ガーデンプレイスに行ったとき、おれは綿引氏に会ったんだ。すぐ近くに自宅があるということだったが、意地の悪い見方をすれば、保護司はこっちの動きを探ってたのかもしれねえな。綾部のお別れ会に顔を出したのも同じ理由だとしたら、相馬や寺戸を操ってたのは綿引だとも考えられる」

「でも、善人の塊《かたまり》のような方ですよ。綿引先生が本件の首謀者とは思えませんけどね」

「わからねえぞ。綿引は自分の娘を自死させたことで、夫婦仲がしっくりいかなくなった。御影玲子と親密な関係だったとしたら、不倫相手と人生をやり直す気になったとしても不思議じゃない。まったく温《ぬく》もりがなくなった家庭は、居心地が悪いだろうからな」

「それはそうでしょうが、もう綿引先生は若くありません」

「川岸、だからだよ。残りの人生をエンジョイしたくなったんで、惚れた玲子と生き直す気になって、二人が一生遊んで暮らせるだけの大金が欲しくなったんじゃねえのかな？」

「それで自分が保護観察を引き受けた女の子たち六人に盗品の宝飾品の加工を脅してやらせてたんなら、薄汚い偽善者じゃないですかっ。とうてい赦《ゆる》せないな」

「おれも同じ気持ちだよ」

有働は通話を切り上げ、暗然とした。

殺害された綾部は、綿引を同志として考えていたにちがいない。尊敬さえしていたのではないか。そんな相手が敵だったかもしれないのである。

矢板《やいた》ICに差しかかったとき、波多野から電話があった。

「有働、別班が坊城たち二人に尾行を撒《ま》かれてしまったんだ。残念だが、仕方がない。それからな、意外なことがわかったよ。栃木県警の調べで、那須高原の東側に位置してる大《おお》沢《さわ》って所に綿引和久のセカンド・ハウスがあったんだ。しかし、まさか綿引氏が本件の黒幕とは考えにくいだろう？」

「係長《ハンチヨウ》、その疑いはあるんだ」

「えっ⁉」

「詳しいことは後で報告するから、綿引の別荘の所在地を細かく教えてほしいな」

有働は必要なことだけを聞き出し、さらに車のスピードを上げた。那須ICで一般道に下り、目的地をめざす。

やがて、綿引の別荘に着いた。建物の中は真っ暗だった。

有働は勇輝と一緒に台所のドアの錠を壊して、家屋の中に入った。人っ子ひとりいなかったが、まだ暖かかった。

有働は各室を検《しら》べた。宝飾品も加工器具も見当たらない。鉄球も転がっていなかった。

だが、若い女性の残り香がうっすらと漂っていた。

軟禁されていた瞳たちは、別の場所に移されたようだ。有働は拳《こぶし》で自分の掌《てのひら》を撲《う》った。

5

夜明けが近い。

東の空は、斑《まだら》に明け初《そ》めていた。覆面パトカーは、那須岳の麓《ふもと》の県道を走行中だった。

「少し仮眠をとれや」

有働は、助手席の勇輝に声をかけた。

「眠くないっす」

「そうか」

「瞳さんたちはどこか山林の奥に連れ込まれて、もう殺されちゃったんすかね？　あちこち捜し回ったのに、見つからないんすから」

勇輝が下唇を嚙み、下を向いた。

有働たちは綿引のセカンド・ハウスを出ると、那須高原に点在する別荘を一軒一軒検《しら》べた。電灯の点いている山荘は多くなかった。松浦瞳たち六人は、どこにもいなかった。

有働はプリウスを那須湯本《ゆもと》温泉に向け、那須岳の裾野をくまなく巡った。

だが、徒労に終わった。捜査車輛の警察無線の周波数は、所轄系に合わせてある。しかし、手がかりになりそうな交信は流れてこなかった。

相棒刑事からの報告は途絶《とだ》えたままだった。逃走した御影玲子と元組員の宮地慎吾は、待機していたクラウン・マジェスタに同乗したのだろう。

その車を運転していたのは綿引自身だったのか。あるいは、相馬だったのか。

浅見ちはるの拉致に失敗した寺戸は、まだ捕まっていない。波多野の情報によると、狛江の職員住宅にはいないそうだ。寺戸の上司の相馬も自宅にはいないらしい。

綿引の妻は、警察の問い合わせに夫は風邪で臥《ふ》せっていると答えたという。それが事実かどうかは疑わしい。クラウン・マジェスタのハンドルを握っていたのが綿引だとしたら、御影玲子とどこかに隠れているのではないか。元やくざの宮地も、下落合《しもおちあい》の自宅マンションには戻っていないそうだ。三人は一緒に身を潜めているのかもしれない。

有働は強い尿意を催《もよお》した。

覆面パトカーを路肩《ろかた》に寄せ、急いで車を降りる。県道を走る車は目に留《と》まらない。有働は道端で小用を足した。

スラックスの前を整え終えたとき、川岸から電話があった。

「さきほど別班が宮地の身柄を確保しました、下落合の自宅マンションの近くでね」

「で、宮地は綾部を刺し殺したことを自白《ウタ》ったのか？」

「ええ。それは認めたそうです。相馬に頼まれて、犯行に及んだと供述したとのことでした。須永のジッポーのライターは、ホストの坊城に手に入れてもらったと自供したそうですよ」

「宮地は玲子と一緒に待機してたクラウン・マジェスタに乗り込んで、赤羽から遠ざかったんだな？」

「その点については、何も話そうとしないらしいんですよ。それから、クラウンを運転してた者の名も明かそうとしないそうです」

「クラウンを運転してたのは、綿引臭いな」

「ええ、そうなんでしょう」

「宮地は、相馬が故買屋の佃の弱みにつけ込んで高級宝飾品を安値で買い叩いてたことも喋ったのか？」

「ええ。宮地は品物を受け取って、それをインチキな領収証と一緒に玲子に届けてたようです。これまでに、約九十点の宝飾品を故買屋から超安値で買い取ったとも供述したそうですよ。どれも佃が窃盗グループから手に入れた盗品だという話でした」

「故買屋から安く買い叩いた宝冠や指輪は主に御影玲子が宝石をカットし直し、台座を交換したり、デザインを変えたりしてたんだな？」

「去年の初夏ごろまでは、玲子ひとりが加工してたそうです。しかし、その後は彼女が松浦瞳、片瀬安寿、亜矢、梨乃、いつか、千登世に加工技術を教え、その六人に手伝わせていたそうですよ。那須高原の綿引和久の別荘でね。主犯は相馬だと言い張ってるみたいですよ、宮地は。相馬は綿引の弱みを知ってるんで、山荘を無償で使わせてもらえたんだと語ってたそうです」

「相馬は綿引を庇《かば》ってるな。首謀者は、善人ぶってる綿引にちがいない。綿引は旧知の相馬が実弟の負債のことで頭を悩ませてることを知って、ダミーの主犯に仕立てる気になったんだろう。相馬は相馬で、元教え子たちを喰いものにしてる部下の寺戸を引きずり込んだんだよ」

　有働は言った。

「ええ、そうなんでしょう。相馬、寺戸、御影玲子、宮地、玲子の姪の奈津、ホストの坊城はそれぞれ手を汚してますが、黒幕の綿引和久は決して直《じか》には悪さをしてません。狡猾《こうかつ》で、卑劣な男だな」

「そうだな。それはそうと、保護された浅見ちはるは松浦瞳がリハビリ施設から消えたことを綾部に話してたんだな？」

「ええ。で、綾部さんは瞳の失踪の向こう側にとんでもない陰謀があることを嗅ぎ当て、有働さんに協力を求める気でいたようです。ですが、その前に命を奪われることになってしまって……」

「あいつは、綾部は若い連中を更生させることに情熱を傾けてたから、女子少年院出身の娘《こ》たちを喰いものにしたり、利用する奴らを憎んでたんだろう。だから、ぎりぎりまで自分の力で悪事を暴《あば》きたいと考えてたにちがいない」

「そうだったんでしょうね。もう少し早く警察を頼ってくれてたら、綾部さんは殺されずに済んだんでしょうけど」

「それが残念だよ」

有働は電話を切り、プリウスの運転席に戻った。相棒から聞いた情報を勇輝にかいつまんで話し、捜査車輛をふたたび発進させる。

一キロほど進むと、左手前方に広い林道の入口があった。有働はプリウスを林道に乗り入れた。タイヤの痕がくっきりと残っていた。

数百メートル行くと、前方にマイクロバスが見えた。林道の端に寄せられ、エンジンをアイドリングさせている。

「ちょっと様子を見てくる」

有働は覆面パトカーを停めた。マイクロバスの七、八十メートル手前だった。

「こんな場所にマイクロバスが停まってるなんて変っすね。もしかしたら、瞳さんたちが車の中にいるんじゃないっすか？」

「そうなら、いいんだがな」

「おれも行くっすよ。見張り役のホストと殴り合っても、負けないと思うんで」

「来たきゃ、一緒に来てもかまわない。でもな、そっちは手を出すなよ」

「は、はい」

勇輝が顎を引いた。

二人はそっと車を降り、忍び足で林道を進んだ。有働は歩きながら、リア・ウインドー越しにマイクロバスの車内を覗いた。最後尾のシートに坐っているのは、なんと奈津と坊城の二人だった。どちらも、うつらうつらしている様子だ。別班の尾行を撒き、二人は綿引の別荘に潜伏していたのだろう。

「瞳さんたち六人はマイクロバスの中にいるようっすね」

　勇輝が小声で言った。

「ああ、多分な。おれがマイクロバスの中に躍《おど》り込む。勇輝は外で待機しててくれ」

「わかりました」

「姿勢を低くするんだ」

　有働は中腰でマイクロバスに接近した。勇輝も背をこごめた。

　マイクロバスの扉はロックされていなかった。

　有働は扉を押し開け、車内に躍り込んだ。

　六人の若い娘が片側のシートに腰かけていた。誰もが樹脂製の白い紐《ひも》で両手首を縛られていた。タイラップと呼ばれている紐だ。

「警察の者だ。きみらを保護しに来たんだ」

　有働は六人に警察手帳を見せた。両手の自由を奪われた女性たちが歓声をあげた。泣きだす娘もいた。

最前席にいたのが松浦瞳だった。

奈津と坊城はシートから立ち上がったが、そのまま茫然としている。詰問すると、奈津は別班の尾行を撒いて綿引の別荘に身を潜めていたことを認めた。坊城は、それを否定しなかった。

「そのまま動くんじゃねえぞ」

有働は坊城たち二人を威嚇《いかく》し、瞳たち六人の縛《いまし》めを手早く解いてやった。六人の娘はひと塊になって、奈津と坊城を憎々しげに睨んだ。いまにも殴りかかりそうな様子だった。

「奥の二人をぶん殴ってやりてえだろうが、我慢しろや」

有働は瞳たちをなだめて、後ろのシートまで歩いた。奈津と坊城を坐らせ、平手で二人の頭をはたく。

「グーで殴られねえだけ、ありがたいと思えっ。三原組を破門された宮地慎吾が相馬に頼まれて、『イマジン』のマスターを殺《や》ったことを吐いたぜ。それから、そっちがラテン・パブから持ち帰った須永のジッポーのライターを事件現場に落としてきたこともな。元ホストも役者だな」

「宮地が喋っちゃったのか」

坊城が観念した顔つきになった。有働は御影奈津に顔を向けた。

「そっちも、いい芝居をしてくれたな。父方の叔母の御影玲子は、綿引和久の愛人なんだなっ」

「えっ、そうなの⁉」

「まだ空とぼける気なら、その綺麗な面《つら》が変形するまでパンチを浴びせるぞ」

「やめて、そんなこと。ええ、そうよ。叔母は綿引先生とは特別な間柄なの。だから、奥さんと正式に離婚する気になった先生の裏ビジネスに協力する気持ちになったんでしょうね。わたし、叔母にはいろいろ世話になったのよ。親に勘当されたときにね」

「恩返しのつもりで、捜査当局を混乱させたってわけか」

「ええ、そうよ。刑事さん、わたしの叔母は逮捕されるようなことはしてないの。ここにいる六人の娘《こ》たちに頼まれて、宝石のカット技術を無料で指導してやってただけなんですよ」

奈津がそう言い、薄く笑った。瞳たちがいきり立って、次々に怒声を放つ。

有働は瞳たち六人をなだめ、通路からタイラップを二本拾い上げた。それで、奈津と坊城の両手首を縛り上げた。

そのとき、マイクロバスの外で勇輝が大声で有働の名を呼んだ。有働は窓の外に目をやった。

勇輝の背後には、散弾銃を構えた寺戸が立っていた。殺意を張《みなぎ》らせている。

「みんな、しゃがむんだ」

有働は瞳たちに指示し、マイクロバスから飛び出した。

「おれを撃っても、あんたは有働さんに取り押さえられるに決まってる。それでもいいんだったら、引き金を絞れよっ」

勇輝が声を尖《とが》らせた。

「小僧、生意気なことを言うんじゃない」

「あんた、法務教官の資格ねえな。『慈愛学園』に入ってた子たちの給料の一部を騙《だま》し取って、遊興費に充《あ》ててたらしいからな」

「黙れ！」

寺戸がショットガンの銃身で、勇輝の側頭部を強打した。頭蓋骨《ずがいこつ》が鈍く鳴った。勇輝が呻いて、横倒れに転がる。

有働は散弾銃の銃身を片手で掴み、寺戸に前蹴りを浴びせた。

狙ったのは、太腿《ふともも》の内側だった。膝頭のすぐ上だ。意外に知られていないが、そこは急所の一つだった。

ショットガンが寺戸の手から離れた。

幸いにも、暴発はしなかった。寺戸は後ろに引っくり返り、両脚を跳《は》ね上げた。

散弾銃はレミントンの水平二連銃だった。有働はショットガンを構え、銃口を寺戸に向けた。寺戸の顔面が引き攣《つ》った。

「こいつは、上司の相馬が用意してくれたのかい？　教え子に悪さばかりしてるから、相馬に汚れ役を押しつけられるんだっ」

「どこまで知ってるんだ⁉」

「何もかもわかってる。てめえは池袋のレンタルルームから浅見ちはるを連れ出して、人目のない場所で殺すつもりだったんだなっ」

「…………」

「一度、死んでみるか？」

「撃つな。撃たないでくれーっ。ちはるを始末しないと、教官はつづけられないぞと相馬さんに脅されたんで、仕方なく殺《や》るつもりだったんだ」

「相馬は実弟の負債をなくしてやりたくて、綿引の裏ビジネスに手を貸す気になったんだな？」

「そうだよ。故買屋から只同然で手に入れた超高級宝飾品を加工して、マレーシア人の盗品バイヤーに転売し、十六億円も荒稼ぎしてた綿引和久が一番の悪党なんだ。しかし、あの先生は自分では決して手を汚さなかった。だから、立件はできないと思うよ」

「マレーシア人バイヤーの名は？」

「アズラン・レンピンだよ。四十八だったかな。クアラルンプールの高級住宅街に邸宅を構えてるらしいよ。バイヤーは元エリート警官で、綿引と同じように非行少年たちの更生に励んでるそうだ。世の中、狂ってるよ」

「てめえにそんなことを言う資格はねえっ」

有働は寺戸の股間を蹴り上げ、立ち上がった勇輝に散弾銃を預けた。それから彼は携帯電話で、地元署に協力を要請した。

「地元署の事情聴取が済んだら、新宿署で本格的な取り調べだ」

有働は寺戸を摑み起こし、前手錠を打った。


半月後のある昼下がりだ。

有働は、マレーシアのゲンティン・ハイランドにいた。首都クアラルンプールから五十二キロほど離れた高原リゾート地だ。標高千七百メートルで、南国の避暑地として知られている。年平均の日中温度は十五度前後と凌《しの》ぎやすい。

有働は、ハイランドの中心にある『ゲンティン』というホテルのロビーのソファに腰かけていた。ファースト・クラスのホテルだ。

二十四時間営業のカジノ、温水プール、テニス・コート、ボウリング場、映画館、レストラン・シアター、ディスコなどレジャー施設が充実していて、国内外の富裕層に人気が高い。客室数は七百五十室で、デラックス・スイートの一泊料金は日本円で六十万円近いという。

綿引が御影玲子と『ゲンティン』にチェックインしたのは、三日前の夕方だ。

法務教官の寺戸を緊急逮捕した一時間後、綿引の別荘の裏山に隠されていた宝石の加工機器、贓物の宝飾品、三十近い鎖付きの鉄球などが地元署員によって押収された。寺戸は別荘内で松浦瞳たち六人に宝飾品の加工を強要していたことを素直に認めた。寺戸、坊城、奈津の三人は新宿署に設置された捜査本部に連行された。

すでに逮捕されていた宮地慎吾は、相馬に頼まれて綾部航平を殺害したことを全面自供した。それを受け、捜査本部は相馬に任意同行を求めた。相馬は的場や波多野の厳しい取調べに耐えられなくなって、一連の事件について自白した。

やはり、首謀者は綿引だった。

相馬は実弟が自暴自棄になることを回避させたくて、綿引の裏ビジネスのダミーの黒幕を演じつづけた。大物故買屋の佃の弱みにつけ込み、一千万円以上の価値のある盗難宝飾品を数十万円程度で手に入れ、そのつど相場の卸し値を領収証に書き入れることを強《し》いた。買い手の名は綿引ではなく、常に相馬だった。

相馬は首謀者の綿引和久に指示された通り、三原組を破門された宮地に東幸商事に行かせ、贓物の宝飾品を引き取らせた。

超安値で買い叩いた宝冠、指輪、ネックレス、ブレスレットなどは御影玲子の自宅に届けられた。去年の初夏までは、玲子がひとりで宝飾品のリフォームを手がけていた。

しかし、それでは数をこなせない。盗品バイヤーのアズラン・レンピンが大量に品物を欲しがったこともあって、黒幕の綿引は保護観察を担当したことのある元非行少女たちに宝飾品のリフォームを手伝わせることを思いついた。

相馬は綿引に全面的に協力し、弱みのある部下の寺戸を抱き込み、松浦瞳たち六人を那須高原に軟禁させた。六人を拉致した実行犯は宮地だった。

御影玲子は不倫相手の綿引のセカンド・ハウスに一週間ほど泊まり込み、瞳たち六人に宝飾品の加工技術をマスターさせた。

相馬の供述は、故買屋の証言と一致した。捜査本部は玲子に任意同行を求め、自宅も捜索した。しかし、東幸商事から買い付けた宝飾品は見つからなかった。玲子は宮地、寺戸、相馬、瞳たち六人の証言があるにもかかわらず、一切の犯行を否認した。

　事件関係者の証言だけでは、脅迫罪の立件はできない。状況証拠では、玲子は明らかにクロだ。しかし、捜査本部は地検に送致することはできなかった。

　親玉の綿引も任意同行には素直に応じたが、一連の犯行にはまったく関与していないと言い張った。

　綿引は相馬が自分を陥れようとしているにちがいないと憤《いきどお》り、盗品バイヤーのアズラン・レンピンとは会ったこともないと繰り返した。相馬に綾部殺しを指示したという物的証拠を示せと息巻きさえした。

　捜査本部は粘って、三日連続で綿引を取り調べた。状況証拠では綿引が主犯であることは間違いなかった。だが、肝心の殺人教唆《きょうさ》罪の物証は得られていない。

　捜査本部は苦肉の策として、綿引を脱税容疑で身柄を拘束することにした。

　その矢先、馬場管理官と波多野が本庁の刑事部長に呼び出された。法務省の高官から長年にわたって保護司を務めてきた綿引を被疑者扱いすることは当省の法務局に喧嘩を売っているようなものだと警視総監に抗議があったらしい。

　馬場管理官と波多野は外部からの圧力に屈することなく、綿引が本件の黒幕であることを主張した。

　しかし、物証がなければ、地検に送致したところで、不起訴処分になってしまう。警察の敗北だ。威信《いしん》を保てなくなる。

刑事部長の判断で、綿引を殺人教唆罪で送致することは見送られた。

それを知らされたとき、有働は愕然《がくぜん》とした。それだけではなく、義憤で全身が震えた。波多野も、法網《ほうもう》を巧みに擦り抜けた綿引和久に怒りを表した。

二人は、正体をなくすまで浴びるように酒を飲んだ。自棄酒《やけ》だった。有働は志帆に電話をかけ、法の無力さを嘆《なげ》いた。忌々しさも訴えた。志帆はもっぱら聞き役に回り、時々、相槌を打ってくれた。有働はいくらか気が晴れたが、すっきりとはしなかった。

翌日、彼は三原組の塙に会った。綾部を殺害した宮地が数日後に身柄を東京拘置所に移され、引きつづき相馬、寺戸、坊城、御影奈津、故買屋の佃、見張り役のチンピラも拘置所送りになると伝えた。

若頭は首謀者の綿引が地検に送致されなかったことを知ると、顔をしかめた。そして、自分が私的に裁くと呟いた。塙は元組員の宮地を実行犯にして、のうのうと生きている綿引に天誅を加えたいのだと付け加えた。古いタイプの渡世人らしい台詞だ。

有働はますます塙に好感を持ったが、うなずくわけにはいかなかった。若頭の気持ちをすぐに鎮《しず》めた。

塙に煽《あお》られたのか、有働は綾部を始末させた善人面した保護司を改めて赦《ゆる》せなくなった。綿引に引きずられて宝飾品のリフォームをした御影玲子の犯罪は、見逃してやってもいい。玲子は松浦瞳たち六人に不本意な作業を強要したわけだが、軟禁されていた彼女たちは別に法的には咎《とが》められなかった。

浅見ちはるの傷害事件も表沙汰にはなっていない。相馬が果物ナイフで背中を刺されたことを捜査関係者に洩らさなかったからだ。また彼は、松浦瞳に五百数十万円の謝礼を前払いしたことも明かさなかった。元教え子が母親の入院加療費の支払いで頭を抱えていたことに少しは同情したのだろう。

寺戸はあくどいが、所詮《しょせん》、小悪党だ。捜査を混乱させた坊城と御影奈津も共犯者にすぎない。

だが、綿引は相馬にダーティー・ビジネスを代行させ、悪事に気づいた綾部までも葬《ほうむ》らせている。大罪を犯しながらも、自分の手が後ろに回らないよう抜け目なく画策した。善人ぶっていたが、稀代の悪人ではないか。救いようのない卑怯者だ。

警察官がそうした大悪党を野放しにしてもいいのだろうか。法律では裁けないとしたら、誰かが個人的に断罪すべきなのではないか。

どんな理由があっても、人を殺《あや》めることは許されない犯罪である。事故に見せかけて綿引を抹殺したいと夢想するだけでも、刑事失格だろう。分別を忘れてはいけない。

有働はそう自分を戒《いまし》めながらも、捜査本部解散後も綿引の動きを探りつづけた。綿引が妻と正式に別れ、税理士事務所を畳んだのは一週間前だった。

調べを進めると、綿引は先月中旬にクアラルンプール郊外にある広大なゴム園の経営権を手に入れていた。そのゴム園の前オーナーは、アズラン・レンピンの親類だった。

綿引は裏ビジネスで得た金でゴム園の経営権を買い、いずれ再婚する気でいる御影玲子とマレーシアに移住し、優雅に暮らす予定なのだろう。

友人の綾部航平は、綿引の金銭欲の犠牲になってしまった。そんなことがあってもいいのか。やはり、誰かが綿引を裁くべきだろう。

有働は綿引を密かに葬る目的で、昨夕、マレーシアに入国した。きのうはクアラルンプールのブキ・ビンタン通りにあるホテルに泊まった。上司の波多野には、四日間の休暇届を出してあった。むろん、私費旅行だ。

有働は正午前にホテルをチェックアウトし、『ゲンティン』を訪れた。いま、綿引と玲子は二十階のツインベッド・ルームにいる。

有働は、綿引が外出するチャンスをうかがっていた。彼がひとりでホテルを離れてくれることが望ましいが、それはやはり、期待できそうもない。

有働はグラフ誌や英字新聞を読む振りをしながら、ロビーのソファに坐りつづけた。

綿引が玲子と連れだって奥のエレベーター・ホールの方から歩いてきたのは、午後二時過ぎだった。とっさに有働は英字新聞で顔を隠した。

綿引たちはロビーを突っ切り、客待ち中のタクシーに乗り込んだ。有働は立ち上がった。英字新聞を所定のラックに戻し、ホテルの表玄関を出る。

綿引と玲子を乗せたタクシーは、早くも走りだしていた。

有働は急いでタクシーを拾った。綿引たちのタクシーを尾行してもらう。ブロークン・イングリッシュでは、初老の運転手にうまく伝わらなかった。有働は身振り手振りで自分の気持ちを伝えた。

「オーケー」

運転手がにっこりと笑って、車を発進させた。

前走のタクシーは緑濃い山を下り、四十分近く疾駆《しっく》した。綿引たちが車を降りたのは、バツー洞窟《どうくつ》の前だった。ヒンズー教の聖地として知られた名所だ。信者だけではなく、観光客もよく訪れる。

クアラルンプールの市街地から十数キロ離れた場所にあって、ヒンズー教の奇祭が行われている。信者たちが舌、頰、背中などに鉄串や針を刺して行進する苦行《くぎょう》は、映像で観《み》た記憶があった。

目の前には、長い石段が見える。二百段以上はありそうだ。

「石段を上り切ると、洞窟があるんですよ。その奥にカラフルなヒンズー教の神々が並んでる。蝙蝠《こうもり》がたくさんいて、ちょっと気味が悪いけどね」

タクシー・ドライバーが癖のある英語で言った。有働は曖昧に笑って、タクシー料金を支払った。車を降り、物陰に走り入る。

綿引は玲子の手を取って、長い石段を上りはじめていた。石段の上から綿引を突き落とせば、まず救《たす》からないだろう。

綿引がひとりになってくれることを有働は切望した。玲子を道連れにするのは、さすがにためらわれた。

綿引たちの後ろ姿を見上げていると、脳裏に志帆と翔太の顔がにじんだ。綿引を亡《な》き者にしたことが発覚すれば、志帆と翔太は自分に背を向けるかもしれない。惚れた志帆を失いたくはなかった。翔太の成長も見届けたい。

波多野と母親の顔も瞼《まぶた》に浮かんだ。二人は自分の犯行を知ったら、言葉を失うだろう。殺人者になったら、何もかも失うにちがいない。決意がぐらつきそうだった。

いつの間にか、綿引たち二人は石段を上がりきっていた。どちらの姿も見えない。

有働は洞窟の手前に隠れて、綿引を待つ気になった。

足を踏み出したとき、ひとりの男が石段を駆け上がっていった。その後ろ姿には見覚えがあった。三原組の塙だった。

「若頭《カシラ》、何を考えてるんだ？」

有働は叫んで、石段を駆け上がりはじめた。

塙は振り向かなかった。石段を一気に上り、洞窟の中に入っていった。

有働は、塙が先に綿引を始末する気になったと直感した。おそらく若頭も『ゲンティン』のどこかで、綿引が外出する機会をうかがっていたのだろう。

百数十段近く上がったとき、脇腹を押さえた綿引が石段の上から降りてきた。腹にはナイフが突き刺さっている。手指が血で赤い。

「有働ちゃん、退《の》いてろ」

塙が石段の降り口で声を発した。すぐに彼はステップを数段下り、綿引の背を強く押した。

綿引が前のめりに転がった。弾みながら、落ちてくる。

有働は避《よ》けた。

綿引は石段の下まで転げ落ち、それきり微動だにしない。首が奇妙な形に捩じ曲がっている。

「誰か、その男を捕まえて！」

石段の上で、玲子が駆け降りてくる塙を指さした。日本語だった。居合わせた外国人観光客には言葉が通じなかったようだ。

有働は塙を仰いだ。塙に先を越されてしまった。それが残念だ。しかし、同時に安堵もしていた。

「おれが綿引を殺《や》るつもりだったのに」

「刑事が手を汚しちゃいけねえよ」

「若頭《カシラ》……」

「逃《フ》げさせてもらうぜ」

「うまく逃げてくれ」

「そうするさ。当分、会えねえな。兄弟、また会う日まで……」

塙が石段を一気に下り、風のように走り去った。

有働は一礼し、しばらく頭を垂《た》れたままだった。

石段に落ちた自分の影が長い。足許から立ち昇ってくる陽炎《かげろう》は、妙に濃かった。赤道直下の南国のせいか。

自分の影は揺らがなかった。涙の雫《しずく》が、影に滴《したた》りはじめた。まるで雨垂れのようだ。感謝と悔しさがない交《ま》ぜになった涙だった。
新たな借り、、ができてしまった。生きているうちに、塙に借りを返せるだろうか。
有働は声を殺して泣きつづけた。

著者注・この作品はフィクションであり、登場する人物および団体名は、実在するものといっさい関係ありません。

立件不能

一〇〇字書評

切り取り線

購買動機（新聞、雑誌名を記入するか、あるいは○をつけてください）

□（　　　　　　　）の広告を見て	
□（　　　　　　　）の書評を見て	
□ 知人のすすめで	□ タイトルに惹かれて
□ カバーがよかったから	□ 内容が面白そうだから
□ 好きな作家だから	□ 好きな分野の本だから

●最近、最も感銘を受けた作品名をお書きください

●あなたのお好きな作家名をお書きください

●その他、ご要望がありましたらお書きください

住所	〒				
氏名		職業		年齢	
Eメール	※携帯には配信できません		新刊情報等のメール配信を 希望する・しない		

あなたにお願い

この本の感想を、編集部までお寄せいただけたらありがたく存じます。今後の企画の参考にさせていただきます。Eメールでも結構です。

いただいた「一〇〇字書評」は、新聞・雑誌等に紹介させていただくことがあります。その場合はお礼として特製図書カードを差し上げます。

前ページの原稿用紙に書評をお書きの上、切り取り、左記までお送り下さい。宛先の住所は不要です。

なお、ご記入いただいたお名前、ご住所等は、書評紹介の事前了解、謝礼のお届けのためだけに利用し、そのほかの目的のために利用することはありません。

〒一〇一―八七〇一
祥伝社文庫編集長　加藤　淳
☎〇三（三二六五）二〇八〇
bunko@shodensha.co.jp

祥伝社ホームページの「ブックレビュー」からも、書き込めます。
http://www.shodensha.co.jp/bookreview/

祥伝社文庫

上質のエンターテインメントを！　珠玉のエスプリを！

祥伝社文庫は創刊15周年を迎える2000年を機に、ここに新たな宣言をいたします。いつの世にも変わらない価値観、つまり「豊かな心」「深い知恵」「大きな楽しみ」に満ちた作品を厳選し、次代を拓く書下ろし作品を大胆に起用し、読者の皆様の心に響く文庫を目指します。どうぞご意見、ご希望を編集部までお寄せくださるよう、お願いいたします。

2000年1月1日　祥伝社文庫編集部

立件不能《りつけんふのう》　長編サスペンス

平成22年2月20日　初版第1刷発行

著者　南《みなみ》　英《ひで》男《お》

発行者　竹内和芳

発行所　祥《しよう》伝《でん》社《しや》

東京都千代田区神田神保町3-6-5
九段尚学ビル　〒101-8701
☎03(3265)2081(販売部)
☎03(3265)2080(編集部)
☎03(3265)3622(業務部)

印刷所　堀内印刷

製本所　ナショナル製本

ISBN978-4-396-33551-9　C0193

祥伝社のホームページ・http://www.shodensha.co.jp/

祥伝社文庫

南 英男 三年目の被疑者

夫が捜査中、殉職しシングルマザーとなった保科志帆刑事。東京町田の殺人事件を追ううち夫殺しの犯人が…。

南 英男 異常手口

シングルマザー刑事と殉職した夫の同僚が、化粧を施された猟奇死体の謎に挑む！

南 英男 嵌《は》められた警部補

真犯人は警察関係者!? 何者かに命を狙われ、さらに殺人容疑をかけられた有働警部補、絶体絶命！

南 英男 猟犬検事 密謀

今度の獲物は15億円！ 東京地検のアウトロー検事・最上僚は痴漢騒動から巧妙な企業恐喝組織に狙いを定めた。

南 英男 猟犬検事 堕落《だらく》

美女を拉致して卵子を奪う事件が頻発していた。闇の不妊治療組織の存在を調べ始めた最上に巧妙な罠が…。

南 英男 猟犬検事 破綻《はたん》

偽装国際結婚、裏口入学…ロシア美女の甘い罠。背後にはもっと大きな黒幕と陰謀が！

祥伝社文庫

南 英男 悪党社員 反撃

横領の代償にリストラ社員を陥れる裏業務を負わされた男。だが経営者の陰謀を察知し、ついに反撃に！

南 英男 悪党社員 密猟

激戦のホテル業界に渦巻く陰謀。はみ出しの一匹狼が、悪には悪をもって反撃する痛快アクション。

南 英男 悪党社員 凌虐《りょうぎゃく》

女優たちを凌辱から救え！ TVクルーなど百数十名を乗せた客船がジャックされ、怒りに燃える街風直樹。

南 英男 悪運

失業、離婚の40歳。しかし彼はまだ人生から見放されていなかった…逆転勝負、悪運はどこまで続くか!?

南 英男 私刑法廷《しけいほうてい》

弟はなぜ暴走族に焼殺された？ 元自衛官の怒りの追跡行に、仕組まれる罠、浮かび上がる謎の殺人組織。

南 英男 囮刑事《おとりデカ》 賞金稼ぎ

「一件一千万の賞金で、超法規捜査を遂行せよ」妊婦十三人連続誘拐事件に困惑する警視庁が英断を下す！

祥伝社文庫

南 英男 潜入刑事 覆面捜査

不夜城、新宿に蠢く影…それは単なる麻薬密売ではなかった。潜入刑事久世を襲う凶弾。シリーズ第一弾！

南 英男 潜入刑事 凶悪同盟

その手がかりは、新宿でひっそりと殺されたロシア人ホステスが握っていた…。恐怖に陥れる外国人犯罪。

南 英男 潜入刑事 暴虐連鎖

甘い誘惑、有無を言わせぬ暴力、低賃金、重労働を強いられ、喰い物にされる日系ブラジル人たちを救え！

南 英男 刑事魂《デカだましい》 新宿署アウトロー派

不夜城・新宿から雪の舞う札幌へ…愛する女《ひと》を殺され、その容疑者となった生方《うぶかた》刑事の執念の捜査行！

南 英男 非常線 新宿署アウトロー派

自衛隊、広域暴力団の武器庫から大量の武器が盗まれた。生方猛警部の捜査に浮かぶ〝姿なきテロ組織〟！

南 英男 真犯人《ホンボシ》 新宿署アウトロー派

放火焼殺、刺殺、そして…。新宿で発生する複数の凶悪事件に共通する「真犯人」を炙り出す刑事魂！